Esta é uma publicação Principis, selo exclusivo da Ciranda Cultural
© 2021 Ciranda Cultural Editora e Distribuidora Ltda.

Texto
H. P. Lovecraft

Editora
Michele de Souza Barbosa

Tradução
Beatriz S. S. Cunha

Preparação
Walter Sagardoy

Revisão
Cleusa S. Quadros

Produção editorial
Ciranda Cultural

Diagramação
Linea Editora

Design de capa
Edilson Andrade

Imagens
Leonid Zarubin/Shutterstock.com;
Egor Shilov/Shutterstock.com;
Sergj/Shutterstock.com

Dados Internacionais de Catalogação na Publicação (CIP) de acordo com ISBD

L897n    Lovecraft, H. P.

Nas montanhas da loucura e outros contos / H. P. Lovecraft; traduzido por Beatriz S. S. Cunha. - Jandira, SP : Principis, 2021.
192 p. ; 15,50cm x 22,60cm . (Clássicos da Literatura Mundial).

ISBN: 978-65-5552-636-3

1. Literatura americana. 2. Suspense. 3. Terror. 4. Contos. 5. Fantasia. 6. Literatura estrangeira. I. Cunha, Beatriz S. S. II. Título.

2021-0138

CDD 810
CDU 821.111(73)

Elaborado por Lucio Feitosa - CRB-8/8803

Índice para catálogo sistemático:
1. Literatura americana 810
2. Literatura americana 821.111(73)

1ª edição em 2021
www.cirandacultural.com.br
Todos os direitos reservados.
Nenhuma parte desta publicação pode ser reproduzida, arquivada em sistema de busca ou transmitida por qualquer meio, seja ele eletrônico, fotocópia, gravação ou outros, sem prévia autorização do detentor dos direitos, e não pode circular encadernada ou encapada de maneira distinta daquela em que foi publicada, ou sem que as mesmas condições sejam impostas aos compradores subsequentes.

Esta obra reproduz costumes e comportamentos da época em que foi escrita.

# SUMÁRIO

NAS MONTANHAS DA LOUCURA ............................................................... 7

AZATHOTH: UM FRAGMENTO ............................................................. 130

ALÉM DA BARREIRA DO SONO ............................................................ 133

CELEPHAÏS ........................................................................................... 145

AR FRIO ................................................................................................ 152

EX OBLIVIONE ..................................................................................... 162

DO ALÉM .............................................................................................. 165

ELE ....................................................................................................... 173

UMA REMINISCÊNCIA DO DOUTOR SAMUEL JOHNSON ..................... 185

# NAS MONTANHAS DA LOUCURA

## CAPÍTULO 1

Sou forçado a falar, uma vez que os homens da ciência se recusaram a seguir meus conselhos sem saber o que os motivara. É totalmente contra a minha vontade que comunico minhas razões para opor-me a esta projetada incursão à Antártica, com sua vasta caça aos fósseis e suas deliberadas perfurações que provocam o derretimento das antiquíssimas calotas polares. E estou ainda mais relutante porque meu aviso pode ser em vão.

A dúvida a respeito da veracidade dos fatos, uma vez que os tenha revelado, é inevitável. No entanto, se eu suprimisse o que parece incrível e extravagante, não sobraria nada. As imagens até agora retidas, tanto as comuns como as aéreas, contarão a meu favor, pois são incrivelmente vívidas e gráficas. Ainda assim, hão de ser questionadas por causa das grandes distâncias a que podem chegar as habilidosas falsificações. Os desenhos a tinta, é claro, serão ridicularizados como óbvias imposturas, apesar da estranha técnica neles aplicada, técnica esta que os especialistas em arte deveriam observar e questionar.

No final, devo confiar no julgamento e na posição dos poucos líderes científicos que, por um lado, possuem independência de pensamento suficiente para avaliar minhas informações, considerando os próprios méritos a elas intrínsecos, os quais são terrivelmente convincentes, ou à luz de certos ciclos míticos primitivos e enigmáticos. Por outro lado, porém, esses mesmos líderes possuem influência suficiente para dissuadir o mundo da exploração em geral de qualquer programa precipitado e excessivamente ambicioso na região daquelas montanhas da loucura. É um fato lamentável que homens tão desprovidos de fama, como eu e meus associados, ligados apenas a uma pequena universidade, tenham poucas chances de causar boa impressão no que diz respeito a assuntos de natureza extremamente bizarra ou um tanto controversa.

É ainda contra nós, que não sejamos, no sentido mais estrito, especialistas nas áreas primordiais que vieram a interessar. Como geólogo, meu objetivo ao liderar a Expedição da Universidade Miskatonic foi inteiramente o de obter espécimes de rocha e solo em níveis profundos de várias partes do continente antártico, com o auxílio da extraordinária perfuração planejada pelo Professor Frank H. Pabodie, do nosso departamento de engenharia. Eu não tinha a ambição de ser um pioneiro em qualquer outro campo senão neste, mas esperava que o uso desse novo aparelho mecânico em diferentes pontos, ao longo de trajetos previamente explorados, trouxesse à luz materiais de um tipo até então não alcançado por meio dos métodos comuns de coleta.

O aparato de perfuração de Pabodie, conforme o público já fora informado por nossos relatórios, era único e revolucionário por causa da sua leveza, portabilidade e capacidade de combinar o princípio da broca comum para perfuração de poço artesiano com o princípio da pequena broca circular, de forma a lidar rapidamente com estratos de dureza variável. Cabeça de aço, hastes articuladas, motor a gasolina, torre desmontável de madeira, parafernália de dinamitação, cordas, trado para remoção de entulho e tubulação seccional para realizar perfurações de treze centímetros de largura e até trezentos metros de profundidade. Tudo formado com os acessórios necessários. Nossa carga não pesava mais do que se podia transportar em três trenós, cada um levado por sete cães. Isso foi possível graças à inteligente liga de alumínio com a qual a maioria dos objetos de metal foi fabricada. Quatro aviões Dornier grandes, projetados especialmente para a extraordinária altitude necessária no platô antártico, equipados com dispositivos adicionais de aquecimento de combustível e partida rápida, elaborados por Pabodie, eram capazes de transportar toda a nossa expedição de uma base na borda da grande barreira de gelo para vários pontos convenientes mais para dentro, e a partir desses pontos alguns cães nos serviriam.

Planejávamos cobrir uma área tão grande quanto permitisse uma estação antártica (ou mais, se absolutamente necessário), operando principalmente nas cordilheiras e no platô ao sul do Mar de Ross, regiões exploradas em graus variados por Shackleton, Amundsen, Scott e Byrd. Com frequentes mudanças de acampamento, cujo transporte era feito por avião e que envolviam distâncias grandes o suficiente para ter significado geológico, esperávamos desenterrar uma riqueza de material sem precedentes, especialmente no estrato Pré-Cambriano, do qual uma variedade tão limitada de espécimes antárticos havia sido anteriormente coletada. Queríamos também obter a maior variedade possível de rochas fossilíferas superiores, uma vez que os primórdios da história da vida deste reino inóspito de gelo e de morte é de grande importância para nossa compreensão acerca do passado da Terra. É de comum conhecimento que o continente antártico já teve um clima temperado e até mesmo tropical, abrigando uma abundância de vida vegetal e animal, da qual os líquenes, a fauna marinha, os aracnídeos e os pinguins da margem norte são os únicos sobreviventes, e esperávamos expandir essas informações em variedade, precisão e detalhes. Quando uma pequena perfuração revelava sinais fossilíferos, alargávamos a abertura por detonação, a fim de obter espécimes de tamanho e condição adequados.

Nossas perfurações, cuja profundidade variava de acordo com os sinais apresentados na parte superior do solo ou da rocha, tinham de se restringir a superfícies de terra expostas, ou quase expostas (inevitável que fossem encostas e aclives, por causa da espessura de um e meio a três quilômetros de gelo sólido que cobria os níveis mais baixos). Não podíamos perder tempo perfurando locais em que havia uma quantidade considerável de mera glaciação, embora Pabodie tivesse elaborado um plano para afundar eletrodos de cobre em conglomerados de perfurações a fim de derreter áreas limitadas de gelo com a corrente de um dínamo movido a gasolina. É esse plano (que não poderíamos ter colocado em prática senão de modo experimental em uma expedição como a nossa) que a próxima Expedição Starkweather-Moore se propõe a seguir, apesar das advertências que dei desde nosso retorno da Antártica.

O público conhece a Expedição Miskatonic graças aos nossos frequentes relatórios para o jornal *Arkham Advertiser* e para o *Associated Press*, também por meio de artigos posteriores, meus e de Pabodie. Éramos quatro homens da Universidade: Pabodie, Lake, do departamento de biologia, Atwood, do departamento de física (e também meteorologista) e eu, representando o departamento de geologia e encarregado de liderar o grupo. Contávamos com dezesseis assistentes: sete alunos de pós-graduação de Miskatonic e nove mecânicos habilidosos. Destes dezesseis, doze eram pilotos de avião qualificados, mas somente dois eram operadores de rádio competentes. Oito deles entendiam de navegação com bússola e sextante, bem como Pabodie, Atwood e eu. Além disso, é claro, nossos dois navios, antigos baleeiros de madeira, reforçados para a navegação em condições de gelo e com vapor auxiliar, contavam com a tripulação completa.

A Fundação Nathaniel Derby Pickman, com o auxílio de algumas contribuições especiais, financiou a expedição. Portanto, nossos preparativos foram extremamente meticulosos, apesar da ausência de grande publicidade. Os cães, os trenós, as máquinas, os materiais de acampamento e as peças desmontadas dos nossos cinco aviões foram entregues em Boston, e lá nossos navios foram carregados. Estávamos muito bem equipados para nossos específicos objetivos, e em todos os quesitos em relação aos suprimentos, ao regime, ao transporte e às construções de acampamento, lucramos com o excelente exemplo de nossos recentes predecessores, excepcionalmente brilhantes. Foi o número incomum e a fama de tais predecessores que fizeram nossa própria expedição, por mais ampla que fosse, ser tão pouco notada pelo mundo em geral.

Como relataram os jornais, partimos do porto de Boston no dia 2 de setembro de 1930. Seguimos um curso tranquilo ao longo da costa e atravessamos o Canal do Panamá, parando em Samoa e Hobart, na Tasmânia, onde recebemos os suprimentos finais. Nenhum dos integrantes da expedição jamais estivera nas regiões polares antes, portanto, todos nós confiamos muito nos capitães de nossos navios: *J. B. Douglas*, comandando o brigue Arkham e servindo como responsável pelo grupo marítimo, e *Georg Thorfinnssen*, comandando o barco Miskatonic, ambos baleeiros veteranos nas águas antárticas.

À medida que deixávamos o mundo habitado para trás, o sol mergulhava cada vez mais ao norte e ficava mais tempo acima do horizonte a cada dia que passava. A cerca de 60° de latitude sul, avistamos nossos primeiros icebergs (objetos de superfície plana com lados verticais) e pouco antes de chegarmos ao círculo antártico, que cruzamos no dia 20 de outubro com as cerimônias apropriadas, ficamos bastante preocupados com o campo de gelo. A queda de temperatura me inquietava sobremaneira após a nossa longa viagem pelos trópicos, mas procurei me preparar para os rigores ainda piores que estavam por vir. Em muitos momentos, os curiosos efeitos atmosféricos eram motivo de grande encantamento para mim, incluindo uma miragem incrivelmente vívida – a primeira que tive na vida – na qual icebergs distantes transformavam-se nas ameias de inimagináveis castelos cósmicos.

Após passarmos pelo gelo, que felizmente não estava compacto demais nem se estendia muito pelo caminho, chegamos novamente ao mar aberto a 67° de latitude sul e 175° de longitude leste. Na manhã de 26 de outubro, um forte clarão refletido das terras glaciadas apareceu ao sul e, antes do meio-dia, todos nós sentimos um arrepio de emoção ao contemplar uma vasta e sublime cordilheira coberta de neve que se apresentava e cobria toda a vista à frente. Finalmente encontramos um posto avançado no grande continente desconhecido e seu mundo oculto de morte gélida. Os picos obviamente eram a cordilheira do Almirantado, descoberta por Ross, e agora seria nossa tarefa contornar o cabo Adare e navegar pela costa leste da Terra de Vitória ao ponto onde planejávamos montar nossa base, na costa do estreito McMurdo, ao sopé do vulcão Erebus, na latitude 77° 9' sul.

## H. P. Lovecraft

A última etapa da viagem foi vívida e comovente. Grandes picos inóspitos e misteriosos surgiam constantemente a oeste, enquanto o baixo sol do meio-dia, ao norte, ou o sol da meia-noite, ao sul, ainda mais baixo e quase a ponto de tocar o horizonte, vertia seus nebulosos raios avermelhados sobre a neve branca, o gelo e os cursos de água azulados, bem como sobre porções negras de granito expostas nas encostas. Pelos desolados cumes varriam de todos os lados rajadas intermitentes do terrível vento antártico, cujas cadências por vezes acompanhavam a imprecisa reminiscência de uma melodia musical selvagem e semiconsciente, com notas estendendo-se por uma ampla tessitura, e que por alguma razão mnemônica subconsciente me pareciam inquietantes e até vagamente terríveis. Algo sobre a cena me lembrou das estranhas e perturbadoras pinturas asiáticas de Nikolai Roerich[1], e das ainda mais estranhas e perturbadoras descrições do diabólico platô de Leng registradas no temido *Necronomicon*[2], do árabe louco Abdul Alhazred. Mais tarde, lamentei muito ter examinado aquele monstruoso livro na biblioteca da faculdade.

No dia 7 de novembro, com a visão da cordilheira oeste temporariamente perdida, passamos para a Ilha Franklin. No dia seguinte, avistamos os picos dos montes Erebus e o Terror na Ilha de Ross à frente, com a longa linha dos montes Parry além. Ali agora estendia-se para o leste a baixa e branca linha da grande barreira de gelo, elevando-se perpendicularmente a uma altura de sessenta metros, como os penhascos rochosos de Quebec, marcando o fim da navegação para o sul. À tarde, adentramos o estreito de McMurdo e paramos perto da costa, a sotavento do fumegante monte Erebus. O pico escoriáceo se erguia quase três mil e oitocentos metros contra o céu oriental, como uma impressão japonesa do sagrado Fuji-Yama, enquanto além dele se erguia a figura branca e fantasmagórica do monte Terror, com cerca de três mil e duzentos metros de altura, agora extinto como vulcão.

---

[1] Pintor e erudito russo (1874-1947) que, em uma expedição no Himalaia, pintou diversos quadros retratando as gélidas cordilheiras. (N.T.)

[2] Livro proibido fictício criado por H. P. Lovecraft, cujo nome significa *Livro dos Nomes Mortos* ou *Livro das Leis Mortas*, escrito por um árabe louco que nele depositou seu conhecimento acerca dos segredos de um culto mais antigo que a raça humana. (N.T.)

As nuvens de fumaça do Erebus vinham intermitentes, e um dos assistentes pós-graduandos, um jovem brilhante chamado Danforth, apontou o que parecia ser lava na encosta nevada, observando que esta montanha, descoberta em 1840, sem dúvida foi a fonte da imagem de Poe quando, sete anos mais tarde, escreveu:

> *A lava que flui eternal*
> *Sulfurosas correntes descendo Yaanek*
> *No extremo frio glacial*
> *Gemendo ao rolar pelo Yaanek*
> *Nos reinos do polo boreal.*

Danforth era um ávido leitor de material bizarro e havia falado muito sobre Poe. Eu mesmo estava interessado na cena antártica do único romance de Poe, a perturbadora e enigmática Narrativa de Arthur Gordon Pym. Na costa árida e na alta barreira de gelo ao fundo, miríades de grotescos pinguins grasnavam e batiam as nadadeiras, enquanto podiam-se observar muitas focas gordas na água, nadando ou se esparramando em grandes pedaços de gelo que vagavam lentamente.

Com o auxílio de pequenos barcos, fizemos um difícil desembarque na Ilha de Ross pouco depois da madrugada do dia 9, levando um segmento de corda a partir de cada um dos navios e nos preparando para descarregar os suprimentos por meio de um sistema de boia suspensa por cabos. Nossas sensações ao pisarmos pela primeira vez em solo antártico eram pungentes e complexas, ainda que neste ponto específico as expedições Scott e Shackleton nos tivessem precedido. Nosso acampamento na costa congelada abaixo do contraforte do vulcão era provisório, e nossa base continuava sendo mantida a bordo do Arkham. Desembarcamos todos os nossos aparatos de perfuração, cães, trenós, tendas, mantimentos, tanques de gasolina, aparelhagem experimental para derreter gelo, câmeras – tanto as comuns como as aéreas –, peças de avião, entre outros acessórios, incluindo três pequenos aparelhos de rádio portáteis, além daqueles que havia nos aviões, para que pudéssemos nos comunicar com o equipamento de grande porte do Arkham de qualquer parte do continente antártico que provavelmente receberia nossa visita. O equipamento do navio, que estabelecia comunicação com o mundo exterior, deveria transmitir boletins de imprensa à poderosa estação de rádio do *Arkham Advertiser*, em Kingsport Head, Massachusetts. Esperávamos concluir o nosso trabalho durante um único verão antártico, mas se o feito se revelasse impossível, passaríamos o inverno no Arkham, enviando o Miskatonic ao norte antes que o gelo se formasse, de modo a buscar mais suprimentos para outro verão.

Não preciso repetir o que os jornais já publicaram a respeito do nosso trabalho inicial: a subida ao monte Erebus, as bem-sucedidas perfurações minerais em vários pontos da Ilha de Ross e a velocidade singular com que o aparato de Pabodie pôde realizá-las, mesmo através de camadas de rocha sólida, o teste preliminar do pequeno equipamento de derretimento de gelo, a perigosa subida da grande barreira com trenós e suprimentos, e, por fim, a montagem final de cinco aviões gigantes no acampamento em cima da barreira. O quadro de saúde do nosso grupo terrestre – vinte homens e cinquenta e cinco cães de trenó do Alasca – era notável, embora, claro, até agora não tivéssemos enfrentado temperaturas ou tempestades de vento realmente violentas. Na maior parte do tempo, o termômetro variava entre -17°C e -6°C, ou ia de -4°C para cima. Nossa experiência com os invernos da Nova Inglaterra nos havia habituado a este tipo de rigor. O acampamento da barreira era semipermanente, destinado a ser um depósito de gasolina, provisões, dinamite e outros suprimentos.

Apenas quatro dos nossos aviões eram necessários para transportar o material de exploração, de modo que o quinto fora deixado no depósito com um piloto e dois homens dos navios, para que houvesse um meio de chegar até nós a partir do Arkham, caso todos os nossos aviões de exploração fossem perdidos. Mais tarde, em momentos em que não usávamos todos os outros aviões para transportar o equipamento, empregávamos um ou dois deles para o transporte entre este depósito e a outra base permanente no grande platô, que ficava entre novecentos e cinquenta e mil cento e trinta quilômetros de distância ao sul, para além da geleira Beardmore. Apesar dos relatos quase unânimes da ocorrência de ventos e tempestades terríveis oriundos do platô, decidimos dispensar as bases intermediárias, arriscando-nos em benefício da economia e da provável eficiência.

    Boletins via rádio falavam do impressionante voo de quatro horas, sem escalas, do nosso esquadrão no dia 21 de novembro por sobre a alta plataforma de gelo, pelos vastos picos que se erguiam a oeste, e os insondáveis silêncios que ecoavam ao som dos nossos motores. O vento não nos causou grande perturbação, e as nossas radiobússolas nos ajudaram quando passamos através da única neblina opaca que encontramos. Quando a vasta elevação avizinhou-se, entre as latitudes 83° e 84°, soubemos que havíamos alcançado a geleira Beardmore, a maior geleira de vale do mundo, e que o mar congelado agora dava lugar a uma linha costeira carrancuda e montanhosa. Finalmente adentrávamos o mundo branco e morto do extremo sul. Enquanto nos apercebíamos disso, vimos o pico do monte Nansen, a leste, elevando-se até sua altura de quase quinze mil pés.

    O sucesso da instalação da base sul acima da geleira a 86° 7' de latitude, e 174° 23' de longitude leste, bem como das perfurações e explosões realizadas em vários pontos alcançados por nossas viagens de trenó e curtos voos de avião, com mais rapidez e eficácia do que se podia acreditar, são assuntos que constam nos registros históricos, assim como a árdua e triunfante subida do monte Nansen feita por Pabodie e dois dos pós-graduandos, Gedney e Carroll, nos dias 13 a 15 de dezembro. Estávamos a cerca de oito mil e quinhentos metros acima do nível do mar, e quando as perfurações experimentais revelaram terreno sólido a apenas três metros abaixo das camadas de neve e gelo em determinados pontos, fizemos uso considerável do pequeno aparelho de derretimento, introduzimos brocas e dinamitamos muitos lugares onde nenhum explorador anterior sequer pensara em coletar amostras minerais. Os granitos Pré-Cambrianos e os arenitos de Beacon obtidos dessa forma confirmaram a nossa crença de que aquele platô era homogêneo, como grande parte do continente a oeste, mas havia algo diferente nas partes situadas a leste, abaixo da América do Sul – que então pensamos formar um continente separado e menor, dividido da maior porção por uma junção congelada dos mares de Ross e Weddell, embora Byrd tenha, desde então, refutado a hipótese.

Em alguns dos arenitos, dinamitados e cinzelados após as perfurações revelarem sua natureza, encontramos algumas marcas e fragmentos fósseis muito interessantes em especial, traqueófitas, algas, trilobitas, crinoides e moluscos, como língulas e gastrópodes – todos cuja importância parecia ser significativa para a história primitiva da região. Havia também uma estranha marca triangular e estriada, com cerca de trinta centímetros de diâmetro, que Lake reconstituiu a partir de três fragmentos de ardósia extraídos de uma abertura profunda feita por explosão. Esses fragmentos vieram de um ponto a oeste, próximo à cordilheira da Rainha Alexandra. Lake, como biólogo, parecia achar aquela curiosa marca estranhamente enigmática e provocante, embora ao meu olho geológico não parecesse muito diferente das ondulações comuns presentes nas rochas sedimentares. Considerando que a ardósia não é mais que uma formação metamórfica em que um estrato sedimentar é pressionado, e que a própria pressão produz efeitos de distorção ímpares em quaisquer marcas que possam existir, não vi nenhuma razão para o extremo espanto a respeito da depressão estriada.

No dia 6 de janeiro de 1931, Lake, Pabodie, Danforth, os outros seis estudantes e eu sobrevoamos diretamente o polo sul em dois dos grandes aviões, e fomos forçados para baixo uma vez por um vento repentino que, felizmente, não se tornou em uma típica tempestade. Este foi, como os jornais afirmaram, um dos vários voos de observação, durante os quais tentamos discernir novas características topográficas em áreas não alcançadas por exploradores anteriores. Os nossos primeiros voos foram decepcionantes neste último aspecto, embora nos tenham dado alguns exemplos magníficos das miragens ricamente fantásticas e traiçoeiras das regiões polares, das quais a nossa viagem marítima nos havia dado algumas breves demonstrações. Montanhas distantes flutuavam no céu como cidades encantadas, e muitas vezes todo o mundo branco se dissolvia em uma terra dourada, prateada e escarlate como nos sonhos de Dunsany, gerando aquela expectativa de aventura sob a magia do sol baixo da meia-noite. Em dias nublados, tivemos problemas consideráveis para voar, por causa da tendência de a terra nevada e o céu se fundirem em um único e místico vazio opalescente, sem uma linha de horizonte visível para marcar a junção dos dois.

Finalmente, resolvemos realizar nosso plano original de voar oitocentos quilômetros para leste com todos os quatro aviões de exploração, e instalar uma nova base secundária em um ponto que provavelmente estaria na divisão continental menor, como, em um equívoco, a havíamos concebido. Os espécimes geológicos ali obtidos seriam interessantes para efeitos de comparação. Nosso estado de saúde até o momento permanecia excelente. O suco de limão compensava bem a dieta constante de alimentos enlatados e salgados, e as temperaturas permaneciam acima de zero, permitindo-nos resistir ao frio sem precisar de casacos de pele mais grossos. Havíamos chegado à metade do verão. Com pressa e cuidado seríamos capazes de concluir o trabalho em março e evitar um tedioso inverno na longa noite antártica. Muitas tempestades violentas de vento vindas do oeste nos haviam alcançado, mas escapamos dos danos graças à habilidade de Atwood de construir abrigos rudimentares para os aviões e quebra-ventos feitos com pesados blocos de neve, reforçando com neve as instalações do acampamento principal. A nossa boa sorte e eficiência foram, de fato, quase sobrenaturais.

O mundo exterior sabia, é claro, do nosso cronograma, e foi informado também da estranha e obstinada insistência de Lake em realizar uma viagem de exploração para oeste – ou melhor, para noroeste – antes de nossa mudança completa para a nova base. Ele parecia ter ponderado muito, com alarmante e radical intrepidez, acerca daquela marca triangular estriada na ardósia. Havia lido nela algumas contradições em sua natureza e em seu período geológico que aguçaram sua curiosidade ao máximo, e o fizeram ávido a realizar mais perfurações e explosões na formação que se estendia para o oeste, à qual os fragmentos exumados evidentemente pertenciam. Ele estava estranhamente convencido de que a marca era a impressão de algum organismo robusto, desconhecido e definitivamente inclassificável, cuja evolução era já avançada, apesar de a rocha que carregava a marca ser datada de um período tão antigo – Cambriano, senão Pré-Cambriano –, o que inviabilizava não apenas a provável existência de toda forma altamente desenvolvida de vida, como a de qualquer forma de vida posterior à unicelular ou, no máximo, ao estágio trilobita. Esses fragmentos, com a sua estranha marca, deviam ter entre quinhentos milhões e um bilhão de anos.

## CAPÍTULO 2

A criatividade popular, julgo eu, respondeu com entusiasmo aos nossos boletins via rádio acerca da partida de Lake para o noroeste, adentrando regiões que pés humanos nunca haviam pisado, nem a imaginação humana alcançado, embora não tenhamos mencionado suas indômitas esperanças de revolucionar toda a biologia e a geologia. A perfuração e o deslocamento de trenó preliminares, que ocorreram de 11 a 18 de janeiro, com Pabodie e outros cinco homens – cujos danos consistiram na perda de dois cães, quando tombaram ao atravessar uma grande crista de pressão no gelo – revelaram mais e mais da ardósia Arqueana. Até mesmo eu fiquei interessado pela profusão singular de notórias marcas fósseis presentes naquele estrato incrivelmente antigo. Tais marcas, no entanto, eram provenientes de formas de vida muito primitivas, e não envolviam nenhum grande paradoxo, exceto que, fosse qual fosse aquela forma de vida, definitivamente pertencia ao período Pré-Cambriano, assim como o estrato de rocha. Portanto, eu ainda não conseguia enxergar fundamento no pedido de Lake por um interlúdio em nosso cronograma que tanto prezava por poupar tempo – um interlúdio que exigia o uso de todos os quatro aviões, muitos homens e todo o aparato mecânico da expedição. No final, acabei por não vetar o plano, embora tenha decidido não acompanhar o grupo que partira em direção ao noroeste, apesar do apelo de Lake por meu conselho geológico. Enquanto estavam fora, eu permaneceria na base com Pabodie e cinco homens, elaborando os planos finais da mudança para o leste. Como parte da preparação para essa transferência, um dos aviões teria de ir até o Estreito de McMurdo a fim de trazer uma boa reserva de gasolina. Mas, por hora, isso podia esperar. Mantive comigo um trenó e nove cães, visto que seria imprudente ficar sem nenhum meio de transporte em um mundo completamente inabitado e tão imenso.

A expedição secundária de Lake ao desconhecido, como todos recordarão, enviou seus próprios relatórios dos transmissores de ondas curtas dos aviões. Eles eram captados simultaneamente pelo nosso aparelho na base sul e pelo Arkham no Estreito de McMurdo, de onde eram transmitidos para o mundo exterior em comprimentos de onda para uma distância de até cinquenta metros. O início se deu em 22 de janeiro às quatro da manhã, e a primeira mensagem via rádio que recebemos veio apenas duas horas depois, quando Lake relatou sua descida ao gelo, momento em que iniciou o processo de derretimento em pequena escala e fez uma perfuração em um ponto distante quatrocentos e oitenta quilômetros de nós. Seis horas depois, recebemos uma segunda mensagem muito entusiasmada, contando sobre o frenético e intenso trabalho pelo qual um raso poço havia sido afundado e detonado, culminando na descoberta de fragmentos de ardósia com várias marcas, semelhantes àquela que havia dado origem a tamanho interesse.

Três horas depois, um breve boletim anunciou a retomada do voo nas garras de um cortante e impetuoso vendaval. Quando enviei uma mensagem de protesto a fim de evitar o perigo, Lake respondeu com rispidez que seus novos espécimes valiam assumir qualquer risco. Percebi que sua euforia havia alcançado o estágio da insurreição, e que eu nada podia fazer para impedi-lo de precipitadamente colocar o sucesso de toda a expedição em risco. Mas era apavorante imaginá-lo mergulhando cada vez mais naquela traiçoeira e sinistra imensidão branca de tempestades, cheia de insondáveis mistérios, que se estendia por mais de dois mil quilômetros até a linha costeira da Terra da Rainha Maria e da Terra de Knox, um pouco familiar e um pouco suspeita.

Em seguida, após cerca de uma hora e meia, chegou do avião em pleno voo uma mensagem enviada por Lake, duas vezes mais entusiasmada, que quase reverteu minhas opiniões e me fez desejar ter acompanhado o grupo:

> São 10h05 da noite. Em voo. Terminada a tempestade de neve, avistamos à frente uma cadeia montanhosa mais alta do que qualquer outra que até agora tenhamos visto. Talvez chegue a igualar-se aos Himalaias, considerando a altitude do platô. Latitude provável: 76° 15', longitude 113° 10'. Estende-se tanto quanto alcança a visão, para a direita e para a esquerda. Suspeita-se que haja dois vulcões ativos. Todos os cumes negros e sem neve. Ventania sobre eles impede a navegação.

Depois disso, Pabodie, eu e os homens permanecemos junto ao receptor, sem fôlego. A imagem daquela cadeia titânica de montanhas, a cerca de mil e cem quilômetros, despertou nosso espírito mais profundo de aventura, e nos alegramos que nossa expedição, ainda que não nós mesmos pessoalmente, tenhamos feito tal descoberta. Em meia hora, Lake voltou a contatar-nos:

> *Avião de Moulton forçado a pousar no platô, no sopé das colinas. Nenhum ferido. Há possibilidade de reparo. Transferiremos o essencial para outros três aviões, de modo a retornarmos ou seguirmos, caso necessário, mas por hora faz-se dispensável outra viagem com carga pesada. As montanhas superam qualquer coisa que se possa imaginar. Irei a bordo do avião de Carroll para explorar, livre de cargas.*
>
> *Não se pode imaginar nada parecido. Os picos mais altos devem ter mais de dez mil e seiscentos metros. Everest não é páreo. Atwood descobrirá a altitude com o teodolito enquanto Carroll e eu levantamos voo. Provavelmente estávamos errados sobre os vulcões, pois as formações parecem estratificadas. Talvez ardósia Pré-Cambriana com outros estratos misturados. Linhas inusitadas, seções regulares de cubos ligadas aos picos mais altos. A coisa toda é maravilhosa sob a luz vermelho-ouro do sol baixo. É como a terra misteriosa de um sonho ou o portão de entrada para um mundo proibido de maravilhas inexploradas. Quisera estivessem aqui para estudá-lo.*

Embora tivesse chegado a hora de dormir, nenhum de nós ouvintes pensou sequer por um momento em retirar-se. Há de ter acontecido coisa parecida no Estreito de McMurdo, onde o depósito de suprimentos e o Arkham também recebiam as mensagens, pois o Capitão Douglas fez contato felicitando a todos pela importante descoberta, e Sherman, o operador do depósito, secundou suas congratulações. Lamentamos, é claro, o avião danificado, mas esperávamos que o conserto pudesse ser facilmente feito. Então, às onze da noite, chegou outra mensagem de Lake:

*Sobrevoando as montanhas mais altas com Carroll. Não nos atrevemos a tentar os cumes mais altos com o atual clima, portanto o faremos mais tarde. Subida terrível, percurso difícil a essa altitude, mas vale a pena. É uma grande cadeia e bastante densa, portanto, não se pode divisar o que há atrás. A maioria dos cumes excedem os Himalaias, são muito estranhos. A cadeia parece feita de ardósia Pré-Cambriana, com sinais claros de muitos outros estratos misturados. Estávamos errados sobre os vulcões. Vai mais longe do que podemos ver em ambas as direções. Não há neve acima de cerca de seis mil e quatrocentos metros.*

*Formações estranhas nas encostas das montanhas mais altas. Grandes blocos cúbicos com lados perfeitamente retos, formam muralhas, como os antigos castelos asiáticos suspensos em montanhas íngremes nas pinturas de Roerich. Impressionantes a distância. Voamos próximo a algumas delas, e Carroll acreditava que fossem formadas por blocos menores separados, mas talvez seja efeito do clima. As arestas se esfarelaram e ficaram arredondadas como se tivessem sido expostas a tempestades e alterações climáticas por milhões de anos.*

*Algumas partes, em especial as superiores, parecem ser de rocha mais clara do que qualquer estrato visível nas encostas, portanto parecem de origem cristalina. Ao sobrevoar mais de perto, abriram-se muitas bocas de cavernas, algumas cujo contorno era mais regular que o normal, algumas quadradas ou semicirculares. Vocês têm de vir investigar. Acredito ter visto muros em forma de quadrado em cima de um pico. A altura parece-me ser de nove mil a dez mil e setecentos metros. Estamos agora a uma altitude muito acima de seis mil e quinhentos metros, o frio é diabólico e de ranger os dentes.*

*O vento sopra e assovia ao passar por entre as entradas das cavernas, mas não oferece perigo ao voo por enquanto.*

A partir de então, por mais meia hora, Lake continuou nos bombardeando de comentários e compartilhou sua intenção de escalar algumas das montanhas a pé. Respondi-lhe que eu me juntaria a eles assim que me pudessem mandar um avião, e que Pabodie e eu elaboraríamos o melhor plano para resolver a questão da gasolina (onde e como haveríamos de concentrar nossa reserva, em vista das alterações no rumo da expedição). Era evidente que as perfurações de Lake, bem como suas atividades aéreas, exigiriam muito de nossos suprimentos, pois ele planejava instalar uma nova base no sopé das montanhas. Era possível que o voo para leste não pudesse ser feito, afinal, naquela estação. A respeito dessa questão, contatei o capitão Douglas e pedi a ele que transferisse tudo o que pudesse dos navios para a barreira com a única equipe de cães que havíamos deixado lá. O que deveríamos, de fato, estabelecer era uma rota direta entre a região desconhecida onde estava Lake e o Estreito de McMurdo.

Lake contatou-me mais tarde para dizer que havia decidido montar o acampamento onde o avião de Moulton fora forçado a pousar e onde os reparos já haviam progredido um pouco. A camada de gelo era muito fina, por isso podia-se ver o solo negro. Portanto, ele faria perfurações e explosões naquele mesmo ponto antes de sair de trenó em qualquer viagem ou em expedições de escalada. Lake falou da inefável majestade de todo o cenário, e da estranha sensação de estar abrigado atrás daqueles vastos e silenciosos píncaros, cujas fileiras erguiam-se como uma muralha, alcançando o céu até a borda do mundo. As observações de Atwood com o teodolito haviam calculado a altura dos cinco cumes mais altos entre nove mil e dez mil e quatrocentos metros. O vento que ali soprava parecia ser parte da natureza do local e era motivo de grande preocupação para Lake, pois dava sinal da existência ocasional de prodigiosas ventanias, mais violentas do que qualquer coisa que havíamos enfrentado até o momento. O acampamento ficava a mais de oito quilômetros de onde as montanhas mais altas erguiam-se abruptamente. Não era difícil perceber uma nota de alarme subconsciente nas palavras de Lake (que atravessavam um vazio glacial de quase mil e duzentos quilômetros até nós), ao pedir que todos nos apressássemos para encontrá-lo na nova e estranha região o quanto antes. Ele estava prestes a ir descansar, após um dia inteiro de trabalho contínuo, efetuado com velocidade, pertinácia e cujos resultados eram quase incomparáveis.

Pela manhã, estabeleci dupla comunicação via rádio com Lake e o capitão Douglas, cada um em sua base, todas muito distantes uma da outra. Acordamos que um dos aviões de Lake viria à minha base para buscar a mim, Pabodie, os cinco homens e todo o combustível que pudesse transportar. A solução da outra parte do problema com o combustível, caso decidíssemos fazer a viagem para leste, poderia esperar por alguns dias, uma vez que Lake tinha gasolina suficiente para manter o aquecimento do acampamento e as perfurações. A antiga base do sul teria de ser reabastecida, mas se adiássemos a viagem para o leste não a usaríamos até o próximo verão. Entretanto, Lake teria de enviar um avião para explorar uma rota direta entre suas novas montanhas e o Estreito de McMurdo.

Pabodie e eu nos preparamos para fechar a nossa base por um curto ou longo período, conforme fosse o caso. Se invernássemos na Antártica, era provável que voássemos direto da base de Lake ao Arkham sem regressar a este local. Algumas das nossas tendas cônicas já haviam sido reforçadas com blocos de gelo, e então decidimos completar o trabalho, estabelecendo uma aldeia permanente. Dispúnhamos de um vultoso estoque de tendas, portanto Lake manteve todas das quais sua base precisaria, mesmo após a nossa chegada. Comuniquei a ele que Pabodie e eu estaríamos prontos para a mudança a noroeste depois de um dia de trabalho e uma noite de descanso.

Nossos esforços, no entanto, não foram muito consistentes depois das quatro da tarde, pois por volta desse horário, Lake começou a nos enviar mensagens extraordinárias e cheias de entusiasmo. O dia não havia começado favorável, pois uma pesquisa aérea das superfícies rochosas expostas apresentara ausência completa dos estratos Arqueanos e primordiais pelos quais ele procurava, e que formavam uma parte tão grande dos picos colossais que se erguiam a uma distância tentadora do acampamento. A maioria das rochas que avistaram parecia ser arenitos Jurássicos e Eocretáceos, e xistos Permianos e Triássicos, com um ou outro afloramento negro brilhante, dando evidências de carvão maciço e rígido. Isso causou grande desânimo a Lake, cujos planos todos baseavam-se em coletar espécimes com mais de quinhentos milhões de anos que estes. Era claro que, para reencontrar o veio da ardósia Arqueana na qual ele havia encontrado aquelas marcas singulares, teria de fazer uma longa viagem de trenó desde os contrafortes até as íngremes encostas das gigantescas montanhas.

Ele havia decidido, no entanto, fazer algumas perfurações locais, como constava no programa geral da expedição. Montou a perfuratriz e colocou cinco homens para trabalhar com ele, enquanto o resto terminava de instalar o acampamento e reparar o avião danificado. A rocha visível mais macia – um arenito cerca de seiscentos metros do acampamento – foi escolhida para a primeira amostragem. A perfuratriz fez excelente progresso sem que fossem necessárias outras detonações. Cerca de três horas depois, após a primeira detonação realmente muito estrondosa, ouvimos os gritos da equipe de perfuração, e o jovem Gedney, líder das operações, correu para o acampamento para dar as notícias aterradoras.

Eles haviam descoberto uma caverna. No início da perfuração, o arenito dera lugar a um veio de calcário Eocretáceo, repleto de minúsculos fósseis de cefalópodes, corais, equinídeos, espiríferos e eventuais indícios de esponjas siliciosas e ossos de vertebrados marinhos (provavelmente, de teleósteos, tubarões e ganóides). Isso, por si só, já era de grande importância, pois aqueles eram os primeiros fósseis vertebrados que a expedição conseguira coletar. No entanto, quando pouco depois a cabeça da broca passou através do estrato, penetrando no que parecia ser um espaço oco, uma onda totalmente nova e duplamente intensa de entusiasmo espalhou-se entre os escavadores. Uma detonação ampla havia escancarado um segredo subterrâneo. Então, através da abertura irregular, de talvez um metro e meio de altura e um de largura, abriu-se diante dos ávidos pesquisadores uma cavidade de calcário que há mais de cinquenta milhões de anos fora escavada pela ação contínua das águas subterrâneas de um mundo tropical extinto.

A camada oca não tinha mais de dois metros e meio de profundidade, mas se estendia indefinidamente em todas as direções e por ela passava um ar fresco, movendo-se levemente, o que indicava sua conexão com um extenso sistema subterrâneo. Havia no teto e no solo abundância de estalactites e estalagmites, algumas das quais em forma de coluna. Mas o mais importante era o vasto depósito de conchas e ossos, que em alguns lugares quase bloqueavam a passagem. Essa mistura de ossos fósseis, levada pela água desde florestas Mesozoicas desconhecidas de traqueófitas e fungos, de cicadófitas terciárias, palmáceas e angiospermas primitivos, continha mais amostras de espécimes Cretáceos, Eocênicos e outras espécies animais do que o paleontólogo mais competente já pôde contar ou classificar em um ano inteiro. Havia moluscos, carapaças de crustáceos, peixes, anfíbios, répteis, aves e mamíferos primitivos, grandes e pequenos, conhecidos e desconhecidos. Não é surpresa que Gedney tenha voltado para o acampamento aos gritos, que todos os outros tenham largado o trabalho e, ignorando o frio de bater os dentes, corrido para o local onde a alta torre demarcava a abertura de um novo portal para os segredos contidos no coração da terra e os éons esquecidos.

Após satisfazer seu primeiro ímpeto de curiosidade, Lake rabiscou uma mensagem em seu caderno e mandou o jovem Moulton correr de volta para o acampamento de modo a enviá-la via rádio. Este foi o primeiro excerto que recebi acerca das descobertas. Relatava a identificação de conchas primitivas, ossos de ganóides e placodermos, restos de labirintodontes e tecodontes, grandes fragmentos cranianos de mosassauros, vértebras e carapaças de dinossauros, dentes e ossos da asa de um pterodáctilo, restos de arqueopterix, dentes de tubarões do Mioceno, crânios de pássaros primitivos e outros ossos de mamíferos arcaicos, como paleotérios, xifodontídeos, eoipos, oreodontes, e titanotérios. Não havia resquício de quaisquer animais recentes como mastodontes, elefantes, camelos, veados ou animais bovinos. Portanto, Lake concluiu que os últimos depósitos datavam da idade Oligocênica, e que os estratos da camada oca se mantivera em seu estado atual, seco, morto e inacessível, por pelo menos trinta milhões de anos.

Por outro lado, a predominância de formas de vida muito primitivas era extremamente singular. Embora não houvesse dúvidas de que a formação de calcário era Eocretácea – conforme indicava a presença de fósseis tão típicos como ventriculitos – e não anterior, os fragmentos espalhados no espaço oco incluíam uma quantidade surpreendente de organismos até então considerados pertencentes a períodos muito mais antigos: peixes rudimentares, moluscos e corais tão distantes quanto o Siluriano ou

Ordoviciano. Era inevitável inferir que nesta parte do mundo havia um grau de continuidade notável e singular entre a vida de mais de trezentos milhões de anos atrás e a de apenas trinta milhões de anos atrás. Especulava-se, portanto, até onde essa continuidade se estendia para além do período Oligocênico depois de a caverna ter sido fechada. De todo modo, a chegada dos terríveis gelos do Pleistoceno há cerca de quinhentos mil anos – como se fosse ontem em comparação com a idade desta cavidade – devem ter posto fim a qualquer uma das formas primitivas que conseguiram sobreviver no local apesar de suas condições.

Lake não se contentou em enviar apenas uma mensagem. Logo escreveu outro boletim e o enviou através da imensidão gelada até o acampamento, antes mesmo de Moulton retornar para lá. Depois disso, Moulton permaneceu junto ao rádio em um dos aviões, transmitindo as frequentes emendas de Lake – enviadas por uma sucessão de mensageiros – para mim e para o Arkham, que por sua vez as retransmitia para o mundo exterior. Aqueles que acompanharam os jornais recordarão o entusiasmo gerado entre os homens da ciência pelos relatórios daquela tarde, os quais, passados todos estes anos, acabaram por resultar no planejamento da expedição Starkweather-Moore, aquela a que estou tão ansioso para dissuadir de seus propósitos. Prefiro transcrever as mensagens literalmente como Lake as enviara, tal qual fez nosso operador de base, McTighe, ao traduzi-las na ponta de seu lápis:

> *Fowler faz descoberta de suma importância nos arenitos e fragmentos de calcário obtidos das dinamitações. Muitas marcas triangulares notórias, como as da ardósia Arqueana, prova de que o que as marcara sobreviveu há mais de 600 milhões de anos até os tempos Eocretáceos sem grandes alterações morfológicas, senão a diminuição do tamanho médio. As marcas Eocretáceas parecem um pouco mais primitivas ou decadentes do que as anteriores. Dar ênfase na imprensa à importância da descoberta, significará para a Biologia o que Einstein significa para a Matemática e para a Física. Conecta-se ao meu trabalho anterior e amplifica as conclusões.*

*Parece indicar, como eu suspeitava, que a Terra testemunhou um ou mais ciclos inteiros de vida orgânica antes daquele que sabemos ter começado com células Arqueozoicas. A vida desenvolveu-se e diferenciou-se há não mais de mil milhões de anos, quando o planeta era jovem e há pouco inabitável para qualquer forma de vida ou estrutura protoplásmica normal. Levanta-se a questão acerca de quando, onde e como se deu tal desenvolvimento.*

*Mais tarde. Examinando certos fragmentos do esqueleto de grandes sáurios terrestres e marinhos, bem como de mamíferos primitivos, encontrei danos ou lesões locais singulares na estrutura óssea, não atribuíveis a predadores ou carnívoros de qualquer período. Tais lesões são de dois tipos: perfurações alongadas, penetrantes, e o que parecem ser incisões cortantes. Um ou dois casos de ossos com cortes limpos. Poucos espécimes afetados. Mandei buscar lanternas no acampamento. Ampliaremos a área de busca para o subsolo retirando estalactites.*

*Ainda mais tarde. Encontramos um fragmento peculiar de esteatita com cerca de quinze centímetros de diâmetro e quatro centímetros de espessura, totalmente diferente de qualquer formação local visível, esverdeada, mas sem nada que evidencie seu período. É curiosamente macia e regular. Tem a forma de uma estrela de cinco pontas, com as extremidades quebradas e sinais de outra clivagem nos ângulos internos e no centro da superfície. Depressão pequena e suave no centro da superfície intacta. Desperta muita curiosidade quanto à origem e ao desgaste pelo clima. Provavelmente causada pela ação da água. Carroll acredita que, com a lupa, seja capaz de fazer observações adicionais de importância geológica. Grupos de pequenos pontos em padrões regulares. Os cães estão cada vez mais inquietos à medida que trabalhamos, e parecem odiar a esteatita. Tenho de examinar se possui algum odor peculiar. Reportaremos novamente quando Mills voltar com as lanternas e iniciarmos o trabalho na área subterrânea.*

*São 10h15 da noite. Descoberta importante. Orrendorf e Watkins, trabalhando no subsolo às 9h45 da noite com o auxílio das lanternas, encontraram um fóssil monstruoso em forma de barril de natureza completamente desconhecida. Provável que seja vegetal, a menos que se trate de uma espécie marinha desconhecida de radiado. Tecido claramente preservado por sais minerais. Resistente como couro, mas surpreendentemente flexível em alguns lugares. Marcas de fraturas nas extremidades e nos lados. Mede um metro e oitenta de ponta a ponta, um metro de diâmetro central, afunilando-se para cerca de trinta centímetros em cada extremidade. Aparência exata de um barril, com cinco proeminências em lugar das ripas. Sulcos laterais, parecidos com pedúnculos finos, perpendiculares às proeminências. Entre as tais proeminências, há curiosas cristas ou asas que se dobram e se espalham como leques. Todas muito danificadas, senão uma, cuja abertura mede quase dois metros e dez. A estrutura lembra alguns monstros de mitos primitivos, especialmente os fabulosos Seres Antigos do Necronomicon.*

*As asas parecem membranosas, estendidas sobre uma estrutura de tubos glandulares. Orifícios minúsculos aparentes na estrutura, nas pontas das asas. Extremidades do corpo ressequidas não deixam pistas para o interior ou para o que está quebrado lá. Tenho de dissecar quando voltarmos ao acampamento. Não consigo distinguir se é vegetal ou animal. Muitas características, é claro, de um ser incrivelmente primitivo. Toda a equipe foi designada a cortar estalactites e procurar mais espécimes. Encontramos mais ossos cicatrizados, mas estes terão de esperar. Temos problemas com os cães. Eles não suportam o novo espécime, e é provável que o destruíssem em pedaços se não o mantivéssemos longe deles.*

*São 11h30 da noite. Atenção, Dyer, Pabodie, Douglas. Assunto de suma – diria até extraordinária – importância. O Arkham deve transmitir esta mensagem para a estação de Kingsport imediatamente. O fóssil estranho com formato de barril é o ser Arqueano que deixara as marcas nas rochas. Mills, Boudreau e Fowler encontraram um grupo com mais treze no subterrâneo a cerca de doze metros da abertura. Misturados, havia fragmentos de esteatita curiosamente arredondados e de tamanho menor do que aquele encontrado antes – este tem forma de estrela, mas sem fraturas, exceto em alguns dos pontos.*

*Dos espécimes orgânicos, oito parecem estar em perfeito estado, com todos os apêndices. Trouxemos tudo à superfície e levamos os cães para longe. Eles não suportam estas coisas. Prestem muita atenção à descrição e repitam confirmando, pois os registros devem ser precisos e acurados.*

*Os objetos medem cerca de dois metros e meio de comprimento total. Torso de barril com um metro e oitenta, um metro de diâmetro central, e trinta centímetros de diâmetro nas extremidades. Cinza-escuros, flexíveis e infinitamente resistentes. Asas membranosas de dois metros e dez, da mesma cor, encontram-se dobradas, nascem de sulcos entre as proeminências. Estrutura das asas tubular ou glandular, de um cinza mais claro, com orifícios nas extremidades. Quando abertas, asas apresentam borda serrilhada. Em torno do Equador, cada qual no ápice central de cada uma das cinco proeminências verticais semelhantes a ripas, ficam cinco sistemas de braços ou tentáculos flexíveis, de um cinza-claro, firmemente dobrados junto ao tronco, mas expansíveis até um comprimento máximo de quase um metro. São como os braços de um crinoide primitivo. Os pedúnculos, com oito centímetros de diâmetro, dividem-se em cinco outros subpedúnculos depois de quinze centímetros, cada um dos quais se ramifica em pequenos tentáculos ou gavinhas afuniladas depois de vinte centímetros, de modo que cada pedúnculo tem um total de vinte e cinco tentáculos.*

*No topo do torso, pescoço curto e bulboso de um cinza mais claro, com indícios de guelras ou coisa parecida. Suporta o que parece ser uma cabeça amarelada em forma de estrela-do-mar, com cinco pontas, coberta por cílios rijos de oito centímetros e várias cores prismáticas.*

*Cabeça grossa e inflada, com cerca de sessenta centímetros de ponta a ponta, com tubos amarelados flexíveis de oito centímetros sobressaindo de cada ponta. Há uma fenda exatamente no centro da parte superior, uma provável abertura das vias respiratórias. No final de cada tubo há uma expansão esférica, na qual se envolve uma membrana amarelada e revela um globo vítreo, com íris vermelha, evidentemente um olho.*

*Cinco tubos avermelhados ligeiramente mais longos, partem de ângulos internos da cabeça estrelada e terminam em proeminências na forma de sacos, todos da mesma cor, que, quando pressionados, se abrem para orifícios em formato de sino com um diâmetro máximo de cinco centímetros, revestidos com projeções afiadas que parecem dentes brancos – provavelmente bocas. Todos esses tubos, cílios, e pontas da cabeça estrelada encontram-se dobrados firmemente para baixo. Os tubos e as pontas pendem sobre o pescoço bulboso e o torso. Flexibilidade surpreendente apesar da extrema resistência.*

*Na parte inferior do torso, há membros grosseiros homólogos, mas de funcionamento dissimilar ao da cabeça. Um pseudopescoço bulboso, de um cinza-claro e sem indício de guelras, suporta um conjunto estrelado de cinco pontas esverdeadas.*

*Braços duros e musculosos com um metro e vinte de comprimento, que se afunilam de dezessete centímetros e meio de diâmetro na base para cerca de sete na extremidade. A cada extremidade prende-se uma pequena terminação de um triângulo membranoso e esverdeado com cinco nervuras, cuja medida é de vinte centímetros de comprimento e quinze de largura na ponta mais longa. Esta é a nadadeira ou o pseudópodo que fez as marcas nas rochas, desde aquelas datadas de mil milhões de anos de idade àquelas de cinquenta a sessenta milhões de anos.*

*De ângulos internos do conjunto estrelado projetam-se tubos avermelhados de sete centímetros e meio de diâmetro na base e dois centímetros e meio na ponta. Orifícios nas pontas. Todas essas partes resistentes como couro, mas extremamente flexíveis. Braços medindo um metro e vinte, com nadadeiras indubitavelmente usadas para algum tipo de locomoção, marinha ou não. Quando movidos, apresentam indícios de muscularidade exagerada. Todas essas projeções encontradas firmemente dobradas sobre o pseudopescoço e o fim do tronco, correspondendo às projeções na outra extremidade.*

*Ainda não podemos atribuí-lo ao reino animal ou vegetal, mas as probabilidades agora indicam o animal. É provável que represente uma evolução incrivelmente avançada de radiado sem a perda de certas características primitivas. Há semelhanças inconfundíveis com equinodermos, apesar de pontuais evidências contraditórias.*

*A estrutura da asa é um enigma diante do provável habitat marinho, mas pode ter utilidade na locomoção aquática. A simetria é, curiosamente, semelhante à vegetal, lembrando a estrutura essencial vertical dos vegetais, não a estrutura horizontal dos animais. O período de evolução fabulosamente precoce, anterior ao dos protozoários Arqueanos mais simples que conhecemos até então, impossibilita todas as conjecturas quanto à origem.*

*Os espécimes completos têm uma semelhança tão assustadora com certas criaturas de mitos primitivos, que a ideia da existência de seres antiquíssimos fora da Antártica torna-se inevitável. Dyer e Pabodie leram o* Necronomicon *e viram as pinturas dos pesadelos de Clark Ashton Smith[3] baseados no texto. Compreenderão quando falo dos Seres Antigos que supostamente criaram toda a vida terrestre por zombaria ou engano. Estudiosos sempre pensaram que a concepção se formara a partir de um tratamento mórbido imaginativo de radiados tropicais muito antigos, bem como as criaturas do folclore pré-histórico das quais falara Wilmarth, apêndices dos cultos de Cthulhu, etc.*

*Abre-se um vasto campo de estudo. Depósitos provavelmente datados do final do período Cretáceo ou início do Eoceno, a julgar por espécimes associados. Imensas estalagmites depositadas acima deles. É árduo o trabalho de arrancá-las, mas a dureza evitou danos. Estado de preservação milagroso, evidentemente graças à ação do calcário. Não encontramos mais nada até agora, mas retomaremos a busca mais tarde. A tarefa agora é transportar catorze espécimes enormes para o acampamento sem a ajuda dos cães, que ladram furiosamente e não são confiáveis perto deles.*

*Com nove homens – três deles encarregados de vigiar os cães – daremos conta dos três trenós, embora o vento esteja desfavorável.*

---

[3] Clark Ashton Smith (1893 – 1961) pintor, escultor e autor de fantasia, terror e ficção científica, criava muitos de seus personagens fictícios a partir de seus próprios sonhos e pesadelos. (N.T.)

*Temos de estabelecer contato aéreo com o Estreito de McMurdo e começar o transporte de material. Mas tenho de dissecar uma destas coisas antes de descansar. Quem me dera ter aqui um laboratório de verdade. Dyer deve lastimar sua tentativa de impedir minha viagem para o oeste.*

*Primeiro as maiores montanhas do mundo e agora isso. Se essa última descoberta não for o ponto alto da expedição, não sei o que poderá ser. Estamos feitos, cientificamente. Parabéns, Pabodie, pela perfuratriz que abriu a caverna. Arkham, por favor, repita a descrição.*

Minhas sensações e as de Pabodie, ao receber este relatório, eram quase indescritíveis, e os nossos companheiros não estavam menos entusiasmados. McTighe, que às pressas havia anotado os pontos importantes das informações conforme chegavam via rádio, escreveu toda a mensagem de sua versão abreviada assim que o operador de Lake se desconectou. Todos apreciaram o significado marcante da descoberta, e mandei os parabéns a Lake assim que o operador do Arkham repetiu de volta as partes descritivas, como solicitado. Meu exemplo foi seguido por Sherman de sua estação no depósito de suprimentos do Estreito de McMurdo, bem como pelo capitão Douglas do Arkham. Mais tarde, como chefe da expedição, acrescentei algumas observações a serem transmitidas pelo Arkham para o mundo exterior. Naturalmente, descansar era uma ideia absurda em meio a tamanha agitação. Meu único desejo era chegar ao acampamento de Lake o mais rápido possível. Fiquei desapontado quando ele nos deu a notícia de que um forte vendaval impossibilitava as viagens aéreas.

No entanto, dentro de uma hora e meia o interesse se reergueu e eliminou toda decepção. Lake, enviando-nos mais mensagens, relatou o sucesso do transporte dos catorze grandes espécimes para o acampamento. Havia sido uma tarefa árdua, pois as amostras eram surpreendentemente pesadas, mas os nove homens foram capazes de completar a missão. Às pressas, alguns membros do grupo se puseram a construir um cercado com blocos de neve a uma distância segura do acampamento, aonde os cães poderiam ser levados para facilitar sua alimentação. Os espécimes foram dispostos na neve dura próximo ao acampamento, exceto um deles, no qual Lake fazia tentativas grosseiras de dissecação.

Essa parecia ser uma tarefa mais dificultosa do que o previsto, pois, apesar do calor de um fogão a gasolina instalado na recém-erguida tenda, que fazia as vezes de um laboratório, os tecidos enganosamente flexíveis do espécime escolhido (robusto e intacto) não perderam nada de sua resistência coriácea. Lake estava duvidoso acerca de como fazer as incisões necessárias sem ser violento a ponto de destruir todas as sutilezas estruturais pelas quais buscava. É verdade que ele dispunha de mais sete espécimes perfeitos, mas este era um número muito pequeno para se usar sem parcimônia, a menos que, mais tarde, a caverna proporcionasse uma fonte ilimitada deles. Portanto, ele retirou o espécime e arrastou para dentro outro que, apesar de ter resquícios dos conjuntos estrelados em ambas as extremidades, havia sido terrivelmente esmagado e sofrera uma fratura parcial ao longo de um dos grandes sulcos do torso.

Os resultados, rapidamente relatados via rádio, foram de fato chocantes e exasperadores. Não era possível trabalhar com delicadeza ou precisão utilizando instrumentos que mal eram capazes de cortar os tecidos anômalo, mas o pouco que se pôde descobrir deixou-nos todos perplexos e aturdidos. A biologia teria de ser totalmente revista, pois esta coisa não era produto do desenvolvimento de nenhuma célula conhecida pela ciência. Não houvera praticamente nenhuma substituição mineral, e apesar da idade, talvez quarenta milhões de anos, os órgãos internos estavam intactos. A característica coriácea, incorruptiva e quase indestrutível era um atributo inerente ao sistema de organização da coisa, e pertencia a um ciclo Paleogeno de evolução invertebrada completamente alheio aos nossos poderes de especulação. A princípio, tudo o que Lake encontrara estava seco, mas conforme a tenda aquecida surtia seu efeito degelante, encontrou-se umidade orgânica, de odor pungente e repugnante no lado com os ferimentos da criatura. Não era sangue, mas um fluido grosso, verde-escuro, que aparentemente servia para o mesmo propósito. Quando Lake chegou a esse estágio, todos os trinta e sete cães haviam sido levados para o cercado ainda incompleto próximo ao acampamento, e mesmo a essa distância, o odor acre suscitou neles latidos ferozes e grande inquietação.

Longe de ajudar a identificar o estranho ente, a dissecação preliminar apenas aprofundou o seu mistério. Todas os palpites a respeito de seus membros externos estavam corretos, e com base nisso, era quase inevitável classificar a coisa como animal. Contudo, a inspeção interna revelou tantas características vegetais, que Lake acabou desesperançoso em um mar de dúvidas. Tinha sistema digestivo e circulatório, e eliminava resíduos orgânicos por meio dos tubos avermelhados de sua base esteliforme. Superficialmente, podia-se dizer que o aparelho respiratório funcionava com oxigênio em vez de dióxido de carbono, e havia curiosas evidências de câmaras de armazenamento de ar e métodos de transferir a respiração do orifício externo para pelo menos outros dois outros sistemas respiratórios completamente desenvolvidos (guelras e poros). Era claro que se tratava de um anfíbio, e é provável que tenha se adaptado a longos períodos de hibernação sem ar também. Os órgãos vocais pareciam estar conectados ao sistema respiratório principal, mas apresentavam anomalias que estavam para além da compreensão imediata. Fala articulada, ou seja, uma enunciação silábica, parecia pouco concebível, mas a emissão de notas musicais flauteadas em ampla tessitura era altamente provável. O sistema muscular era quase prematuramente desenvolvido.

O sistema nervoso era tão complexo e bem desenvolvido que Lake sentiu-se perplexo. Embora excessivamente primitiva e arcaica em alguns aspectos, a criatura possuía um conjunto de centros ganglionares, além de conectivos, indicando extremos de desenvolvimento especializado. O cérebro, de cinco lobos, era surpreendentemente evoluído e havia sinais de um sistema sensorial, cuja comunicação se estabelecia em parte por meio dos cílios rijos da cabeça, envolvendo fatores estranhos a qualquer outro organismo terrestre. É provável que tenha mais de cinco sentidos, de modo que seus hábitos não poderiam ser previstos a partir de nenhuma analogia existente. Lake acredita que possa ter sido uma criatura com sensibilidade aguçada e funções sutilmente diferenciadas em seu mundo primitivo (muito semelhante às formigas e abelhas dos dias de hoje). Reproduzia-se como as criptógamas vegetais, em especial as pteridófitas, e possuía uma bolsa de esporos nas pontas das asas. Evidentemente, desenvolvia-se a partir de um talo ou protalo.

Contudo, atribuir-lhe um nome nesse estágio era pura tolice. Parecia um radiado, mas com certeza era algo mais. Era parcialmente vegetal, mas possuía três quartos das características essenciais da estrutura de um animal. O contorno simétrico e outros de seus atributos davam claros indícios de que era de origem marinha. No entanto, não era possível precisar o limite de suas adaptações posteriores. As asas, afinal, apresentavam persistentes insinuações de voo. O modo como sofrera sua tremendamente complexa evolução, em uma Terra recém-nascida, a tempo de deixar marcas em rochas Arqueanas, estava tão além de nossa concepção que levou Lake a curiosamente recordar os mitos primitivos sobre os Grandes Antigos, que descenderam desde as estrelas e conceberam a vida na Terra como um gesto de brincadeira ou por engano. Lembrou-se também dos contos alucinados sobre criaturas cósmicas que viviam em montes, narrados por um colega folclorista do departamento de Literatura e Língua Inglesa da Universidade Miskatonic.

Naturalmente, ele considerou a possibilidade de as marcas Pré-Cambrianas terem sido autoria de um ancestral menos evoluído dos espécimes presentes, mas logo rejeitou essa teoria demasiado simplista, ao considerar as evoluídas características estruturais dos fósseis mais antigos. Se muito, as estruturas posteriores mostravam decadência em vez de evolução superior. O tamanho dos pseudópodos havia diminuído, e toda a morfologia parecia mais rústica e simplificada. Além disso, os nervos e órgãos há pouco examinados apresentavam indícios singulares de retrocesso a partir de formas mais complexas. Lake encontrou, com surpresa, múltiplos membros atrofiados e degenerados. Ao todo, pouco poderia ser considerado resolvido. Ele recorreu à mitologia para atribuir à criatura um nome provisório, e jocosamente passou a denominar suas descobertas como "Os Antigos".

Por volta das 2h30 da manhã, tendo decidido adiar o avanço no trabalho e descansar um pouco, Lake cobriu o organismo dissecado com uma lona encerada, retirou-se da tenda-laboratório e estudou os espécimes intactos com renovado interesse. O incessante sol antártico começara a aquecer ligeiramente os tecidos da criatura, tornando-os um pouco mais flexíveis, de modo que as pontas da cabeça e dois ou três tubos mostravam sinais de desdobramento, mas Lake não acreditava haver qualquer perigo de decomposição imediata em um ambiente cuja temperatura estava abaixo de zero. Ainda assim, colocou todos os espécimes não dissecados juntos e jogou uma tenda de reserva sobre eles, a fim de mantê-los protegidos da ação direta dos raios solares. Isso também ajudaria a manter o odor longe dos cães, cuja agitação hostil começara a realmente tornar-se um problema, apesar da considerável distância e das barreiras de blocos de neve cada vez mais altas que um número crescente de homens se apressava em levantar ao redor do abrigo. Lake teve de sobrepesar os cantos da lona da tenda com grandes blocos de neve para mantê-la no lugar em vista da ventania que aumentava, pois as montanhas titânicas pareciam estar prestes a produzir rajadas de vento severas. As apreensões iniciais em relação aos repentinos ventos antárticos reavivaram-se, e sob a supervisão de Atwood foram tomadas precauções para escorar com neve as tendas, o novo cercado dos cães e os abrigos rudimentares dos aviões, do lado que apontava para as montanhas. Estes últimos abrigos, iniciados com blocos de neve endurecida sempre que possível, não eram de modo algum tão altos quanto deveriam ser. Lake, portanto, afastou os homens de outras tarefas e empregou todas as mãos para trabalhar nos abrigos.

Passava das quatro da manhã quando Lake finalmente se preparou para retirar-se e aconselhou a todos que compartilhássemos o período de descanso que seu grupo tiraria quando as paredes do abrigo estivessem um pouco mais altas. Conversou amigável e brevemente com Pabodie via rádio e repetiu seus elogios ao maravilhoso trabalho das perfuratrizes que o ajudaram a fazer sua descoberta. Atwood também enviou saudações e elogios. Também dei a Lake minhas cordiais congratulações e admiti que ele tinha razão sobre a viagem ao oeste. Todos concordamos em nos contatarmos pelo rádio às dez da manhã. Se o vendaval cessasse, Lake enviaria um avião para o grupo da minha base. Pouco antes de me retirar, enviei uma mensagem final ao Arkham, com instruções para suavizar as notícias do dia quando retransmitidas ao mundo exterior, pois os detalhes soavam radicais demais e poderiam suscitar uma onda de incredulidade, até que conseguíssemos provas mais substanciais.

## CAPÍTULO 3

Nenhum de nós, imagino, dormiu pesado ou ininterruptamente naquela manhã. Tanto o entusiasmo pela descoberta de Lake, como a crescente fúria do vento estavam contra tal descanso. Tão selvagem era a ventania, mesmo onde estávamos, que era inevitável imaginar o quão mais violenta estaria no acampamento de Lake, que se encontrava logo debaixo dos vastos picos desconhecidos, onde o vento fora gerado e desde onde se disseminava. Às dez da manhã, McTighe estava acordado e tentou contatar Lake via rádio, como combinado, mas algum incidente elétrico no ar perturbado a oeste parecia impedir a comunicação. Conseguimos, no entanto, entrar em contato com o Arkham, e Douglas me disse que também não tivera sucesso em sua tentativa de falar com Lake. Ele não sabia da ventania, pois o clima era estável no Estreito de McMurdo, apesar de sua persistente fúria no lugar onde estávamos.

Durante todo o dia estivemos junto ao rádio, ansiosos, vez ou outra tentando contatar Lake, mas invariavelmente sem resultados. Por volta do meio-dia, um poderoso tufão veio do oeste, fazendo-nos temer pela segurança do nosso acampamento, mas acabou por se extinguir, com apenas uma recidiva moderada às duas da tarde. Depois das três, o clima manteve-se muito tranquilo, e redobramos nossos esforços para contatar Lake. Refletindo que ele dispunha de quatro aviões, cada um deles com um excelente aparato de rádios em ondas curtas, não podíamos conceber qualquer acidente comum capaz de danificar todo o seu equipamento de rádio de uma só vez. No entanto, perdurava o empedernido silêncio, e quando pensávamos na força delirante com que o vento devia ter soprado em sua localização, não pudemos deixar de fazer as mais terríveis conjecturas.

Às seis horas, nossos temores tornaram-se intensos e definitivos, e depois de uma consulta via rádio a Douglas e Thorfinnssen, resolvi tomar providências e iniciar uma investigação. O quinto avião, que havíamos deixado no depósito de suprimentos do Estreito de McMurdo com Sherman e dois marujos, estava em boas condições e pronto para uso imediato, e parecia que a emergência para a qual havia sido reservado estava agora bem diante de nós. Contatei Sherman via rádio e pedi que se juntasse a mim na base sul, com o avião e os dois marujos, o mais depressa possível, pois as condições climáticas pareciam estar altamente favoráveis. Depois, discutimos sobre quais seriam os integrantes da equipe de investigação e decidimos incluir a todos, juntamente com o trenó e os cães que eu havia mantido comigo. Mesmo uma carga tão grande não seria demais para um dos grandes aviões planejados especialmente para cuidar do transporte de nossos maquinários pesados. Vez ou outra, persisti em tentar contatar Lake pelo rádio, mas era sempre em vão.

Sherman, com os marujos Gunnarsson e Larsen, decolou às 7h30 da noite, e entrou em contato conosco por diversas vezes durante a viagem, relatando um voo tranquilo. Eles chegaram à nossa base à meia-noite, e todos nos reunimos para discutir quais seriam os próximos passos. Era arriscado sobrevoar a Antártica em um único avião, sem qualquer base em terra, mas ninguém recuou a respeito do que parecia ser a necessidade mais evidente. Às duas da manhã, cedemos a um breve período de descanso após alguns carregamentos preliminares do avião, mas em quatro horas estávamos de pé para terminar de carregá-lo e cuidar dos preparativos.

Às 7h15 da manhã, do dia 25 de janeiro, iniciamos nosso voo para o noroeste sob a pilotagem de McTighe, na companhia de dez homens, sete cães, um trenó, guarnecidos de combustível e suprimentos, entre outros itens, incluindo o equipamento de rádio do avião. O céu estava claro, muito calmo, e a temperatura amena. Antecipamos pouquíssimas dificuldades para alcançar a latitude e longitude designadas por Lake para chegar ao local de seu acampamento. Estávamos apreensivos pelo que poderíamos encontrar – ou não encontrar – no final da nossa viagem, pois a resposta para todas as chamadas enviadas ao acampamento continuava sendo o silêncio.

Cada incidente daquele voo de quatro horas e meia está marcado em minha memória, por causa da sua posição crucial em minha vida. Ele marcou a minha perda, aos cinquenta e quatro anos de idade, de toda aquela paz e equilíbrio de que usufrui uma mente normal, pela sua concepção habitual sobre a natureza externa e as leis naturais. A partir de então, os dez de nós

– mas o aluno Danforth e eu acima de todos os outros – estávamos prestes a enfrentar um mundo terrivelmente amplificado de horrores obductos que nada jamais apagará de nossas emoções, os quais nos absteríamos de partilhar com a humanidade, se possível fosse. Os jornais haviam publicado os boletins que enviamos do avião em movimento, contando sobre nossa viagem sem escalas, nossas duas batalhas com vendavais traiçoeiros, nosso vislumbre da superfície quebrada onde Lake fizera sua perfuração no meio da viagem, três dias antes, e a nossa visão de um grupo daqueles estranhos e fofos cilindros de neve, que Amundsen e Byrd pontuaram terem sido enrolados pelo vento por todo o infinito platô congelado. No entanto, chegou um momento em que as nossas sensações não podiam ser transmitidas por quaisquer palavras compreensíveis à imprensa, até um último ponto em que tivemos de adotar uma verdadeira regra de censura rigorosa.

O marujo Larsen foi o primeiro a observar a linha denteada de cones e pináculos à frente, e seus gritos levaram todos para as janelas do grande avião. Apesar da velocidade em que viajávamos, os picos ganhavam proeminência com muita lentidão. Portanto, concluímos que deviam estar infinitamente longe, e eram visíveis apenas por causa de sua altura descomunal. Pouco a pouco, no entanto, ergueram-se obstinadamente ao céu, a oeste, permitindo-nos distinguir diversos cumes desnudos, tenebrosos e enegrecidos, e capturar a curiosa sensação de fantasia que inspiravam, iluminados pela forte luz avermelhada antártica contra o provocante cenário repleto de nuvens glaciais iridescentes. Em todo o espetáculo, havia um vestígio persistente e difuso de um secretismo estupendo e potencial revelação. Era como se esses rígidos pináculos fantasmagóricos marcassem os pilones de uma terrível entrada para esferas oníricas proibidas, e para abismos complexos de tempo, de espaço e de ultradimensionalidade. Não pude deixar de sentir que aquelas eram coisas más: montanhas da loucura cujas encostas mais longínquas guardavam um maldito abismo supremo. Aquele manto de nuvens semiluminoso ao fundo abarcava inefáveis indícios de uma imprecisa e etérea vastidão, que se estendia para muito além do espaço terrestre, e espantosamente remetia a tudo o que havia de ermo, desértico, devoluto e que há eras jazia morto nesse virginal e insondável mundo austral.

Foi o jovem Danforth que chamou nossa atenção para as curiosas regularidades dos picos montanhosos mais altos, regularidades estas que se assemelhavam a fragmentos de perfeitos cubos, os quais Lake havia mencionado em suas mensagens e que, de fato, justificavam a sua comparação com as sugestões oníricas de templos primordiais em ruínas, nas nubladas montanhas asiáticas tão sutil e estranhamente pintadas por Roerich. Tinha, por certo, algo assombrosamente análogo às obras de Roerich naquele continente sobrenatural de mistério montanhoso. Eu havia percebido tal paridade em outubro, quando tivemos o primeiro vislumbre da Terra de Vitória, e voltei a percebê-la outra vez, com mais intensidade, agora. Adquiri também uma nova onda de inquieta consciência das semelhanças míticas Arqueanas, do quão perturbadoramente este reino letal correspondia ao famigerado e pernicioso platô de Leng nos escritos primais. Os mitólogos identificaram Leng na Ásia Central, mas a memória da raça humana – ou de seus antecessores – é longa. É perfeitamente possível que certas histórias tenham descido de terras, e montanhas, e templos de horror mais primitivos que a Ásia, mais primitivos que qualquer mundo humano por nós conhecido. Alguns místicos ousados insinuaram uma origem Pré-Pleistocena para os fragmentários Manuscritos Pnakóticos, e sugeriram que os devotos de Tsathoggua eram tão estranhos à humanidade quanto o próprio Tsathoggua. Onde quer que pudesse estar Leng, no espaço ou no tempo, não é uma região à qual eu gostaria de adentrar ou de estar perto, tampouco apreciava a proximidade de um mundo que dera origem a tão ambíguas monstruosidades Arqueanas como as que Lake há pouco havia mencionado. Naquele momento, arrependi-me de ter lido o abominável *Necronomicon*, ou de ter conversado tanto com aquele folclorista erudito, Wilmarth, da Universidade Miskatonic.

Este estado de espírito serviu, sem dúvida, para agravar minha reação à bizarra miragem que se abateu sobre nós a partir do zênite cada vez mais opalescente, à medida que nos aproximávamos das montanhas e percebíamos as cumulativas ondulações dos cumes. Eu havia tido dezenas de miragens polares durante as semanas anteriores, algumas delas tão estranhas e fantasticamente vívidas como as que estavam agora bem diante de nós. Contudo, essa carregava a novíssima e obscura característica de simbolismo ameaçador. Eu estremeci conforme o alucinante labirinto com as fabulosas paredes, e torres, e minaretes emergiam dos caóticos vapores gélidos sobre a nossa cabeça.

O efeito era o de uma cidade ciclópica cuja arquitetura era desconhecida aos olhos humanos ou à sua imaginação, com vastas composições de alvenaria negras como noite, incorporando monstruosas perversões das leis geométricas. Havia cones truncados, por vezes escalonados ou repletos de caneluras, sobrepostos por altas colunas cilíndricas, avultadas em certos pontos, como que bulbosas, não raro coroadas por camadas de discos denteados e finos. Tinha também estranhas construções salientes, semelhantes a mesas que sugeriam pilhas de fasquias retangulares ou placas circulares, ou estrelas de cinco pontas, cada uma delas sobrepondo-se à de baixo. Havia pirâmides e cones compósitos, isolados ou sobre cilindros, cubos, ou cones e pirâmides truncados mais chatos, e às vezes pináculos semelhantes a agulhas em curiosos aglomerados de cinco. Todas essas estapafúrdias estruturas pareciam costuradas por pontes tubulares, que cruzavam de uma à outra, em várias alturas vertiginosas. A escala implícita do todo era aterradora e opressiva em seu absoluto gigantismo. As miragens, em sua maioria, não eram diferentes de algumas das formas selvagens observadas e desenhadas pelo baleeiro ártico Scoresby em 1820. Mas naquele momento, naquele lugar, com aqueles picos montanhosos obscuros e desconhecidos erguendo-se prodigiosamente à nossa frente, com a anômala descoberta daquele mundo antiquíssimo, e a mortalha de um provável desastre envolvendo a maior parte da nossa expedição, todos parecíamos encontrar ali uma nódoa de latente malignidade e um presságio infinitamente nefasto.

Alegrei-me quando a miragem começou a se dissipar, embora no processo os vários cones e as várias torres de pesadelo tenham assumido formas distorcidas e temporárias de monstruosidade ainda mais elevada. À medida que toda a ilusão se dissolvia em agitada opalescência, começamos a olhar para a terra outra vez e vimos que o fim da nossa jornada não estava longe.

As montanhas desconhecidas adiante erguiam-se vertiginosamente como uma terrível muralha de gigantes. Suas curiosas regularidades podiam ser vistas com uma nitidez surpreendente mesmo sem binóculos. Sobrevoávamos os contrafortes mais baixos agora, e pudemos ver em meio à neve, ao gelo e às regiões nuas do platô central, um par de pontos escuros que presumimos ser o acampamento de Lake e a perfuração que fizera. Os contrafortes mais altos disparavam ao céu a uma distância de oito a dez quilômetros dali, formando uma cordilheira quase que distinta da aterradora linha de picos mais que himalaicos além deles. Por fim, Ropes (o estudante que havia substituído McTighe na pilotagem) começou a preparar-se para pousar, voando em direção à área mais escura à esquerda, cujo tamanho indicava ser o acampamento. Feito isso, McTighe despachou via rádio a última mensagem livre de censura que o mundo receberia de nossa expedição.

Todos vocês com certeza leram os breves e insatisfatórios boletins sobre o restante da nossa permanência temporária na Antártica. Algumas horas depois de nossa aterrissagem, enviamos um relatório comedido da tragédia que encontramos e, relutantes, anunciamos o extermínio de toda a equipe de Lake pelo terrível vendaval do dia anterior, ou da noite que o antecedera. Onze encontrados mortos, e o jovem Gedney, desaparecido. As pessoas perdoaram nossa nebulosa falta de detalhes atribuindo-a ao choque que o triste evento teria nos causado, e acreditaram quando explicamos que a ação mutilante do vento havia tornado inviável o transporte de todos os onze corpos para fora dali. Na verdade, orgulho-me do fato de que mesmo em meio à angústia, à completa perplexidade e ao horror que nos tomara até a alma, quase não nos distanciamos da verdade em qualquer ponto específico. O tremendo significado reside no que não ousamos contar, no que eu agora mesmo não contaria, não fosse pela necessidade de alertar a outros quanto a inomináveis terrores.

É fato que o vento trouxera terrível devastação. É muito duvidoso que todos pudessem ter sobrevivido, mesmo sem a outra coisa. A tempestade, com a sua fúria de partículas de gelo ensandecidas, há de ter sido mais forte do que qualquer coisa que nossa expedição encontrara antes. Um dos abrigos para os aviões, ao que parece, foi deixado em estado precário (estava quase pulverizado) e a torre do lugar de perfuração, longe dali, completamente despedaçada. O metal exposto dos aviões aterrados e do maquinário de perfuração ficara brilhante por causa do atrito do gelo, e duas das pequenas tendas foram derrubadas, apesar do escoramento com blocos de neve. As superfícies de madeira à mostra no detonador estavam esburacadas e desnudadas de tinta, e todos os sinais de pegadas na neve foram completamente obliterados. Também é verdade que não encontramos nenhum dos objetos biológicos Arqueanos em condições de ser levado dali intacto. Coletamos alguns minerais de uma vasta pilha tombada, incluindo vários dos fragmentos de esteatita esverdeada, cujo formato ímpar de cinco pontas com padrões sutis de pontos agrupados causaram muitas comparações duvidosas. Levamos também alguns ossos fósseis, entre os quais estavam os mais típicos dos espécimes curiosamente feridos.

Nenhum dos cães sobreviveu. O curral construído às pressas com blocos de neve perto do campo foi quase totalmente destruído. O vendaval pode ter sido o responsável, embora os danos mais severos do lado que dava para o acampamento, e que não era atingido diretamente pelo vento, sugerem que os cães tenham saltado para fora ou, frenéticos, destruído o curral por si mesmos. Os três trenós desapareceram, e tentamos explicar que o vento poderia tê-los empurrado para o desconhecido. A perfuratriz e os aparelhos de derretimento, na área de perfuração, estavam demasiado danificados para valer o resgate, portanto usamos o que restara para obstruir aquela abertura para o passado sutilmente perturbadora, a qual Lake havia dinamitado. Também deixamos no acampamento os dois aviões mais avariados, uma vez que nosso grupo sobrevivente dispunha de apenas quatro pilotos aptos: Sherman, Danforth, McTighe e Ropes, sendo que Danforth encontrava-se em um precário estado de nervosismo para pilotar. Trouxemos de volta todos os livros, equipamentos científicos e outros itens que pudemos encontrar, embora muita coisa estivesse inexplicavelmente espalhada. Tendas de reserva e casacos de pele estavam desaparecidos ou em péssimas condições.

Eram aproximadamente quatro da tarde, após longos voos de busca que nos forçaram a dar Gedney como desaparecido, quando enviamos nossa mensagem comedida ao Arkham, para retransmissão ao mundo. Acredito que fizemos bem em mantê-la tão calma e evasiva quanto pudemos. O máximo que reportamos sobre a agitação dizia respeito a nossos cães, cuja inquietação frenética junto aos espécimes biológicos era esperada, segundo os relatos do pobre Lake. Acredito que não tenhamos mencionado o fato de haverem apresentado a mesma inquietação ao farejar as estranhas esteatitas esverdeadas e alguns outros objetos na região do caos (objetos que incluíam instrumentos científicos, aviões, maquinário, tanto no campo como na área de perfuração, cujas partes haviam se soltado, sido movidas ou de alguma forma adulteradas pelos ventos que devem ter mostrado singular curiosidade e espírito investigativo.

Quanto aos catorze espécimes biológicos, fomos justificadamente genéricos. Dissemos que os únicos que encontramos estavam danificados, mas que havia o suficiente deles para provar a descrição completa, acurada e impressionante de Lake. Foi uma árdua tarefa manter as nossas emoções pessoais fora do assunto. Não mencionamos números ou dissemos exatamente como havíamos encontrado aqueles que encontramos. A essa altura, havíamos concordado em não transmitir nada que sugerisse loucura da parte da equipe de Lake, e certamente parecia loucura encontrar seis monstruosidades imperfeitas cuidadosamente enterradas na posição vertical, em túmulos de neve de dois metros e setenta, com montículos de cinco pontas sobre os quais haviam sido desenhados grupos de pontos padronizados exatamente iguais àqueles encontrados nas estranhas esteatitas esverdeadas, enterradas a partir dos períodos Mesozoico ou Terciário. Os oito espécimes perfeitos mencionados por Lake pareciam ter sido completamente espalhados pelo vento.

Também fomos cuidadosos com a paz de espírito geral do público. Portanto, Danforth e eu pouco dissemos acerca daquela terrível viagem sobre as montanhas no dia seguinte. O fato de que somente um avião com carga radicalmente reduzida poderia atravessar uma cordilheira de tamanha altura, felizmente, limitou a ronda de reconhecimento a nós dois. Quando retornamos, à uma da manhã, Danforth estava à beira da histeria, mas manteve um autocontrole admirável. Não foi necessária muita persuasão para fazê-lo prometer que não mostraria os nossos desenhos e as outras coisas que trouxéramos em nossos bolsos, nem diria aos outros uma palavra além do que havíamos combinado de retransmitir ao mundo, e que ocultaria as filmagens da nossa câmera para desenvolvimento privado posterior. Desse modo, parte da história que agora conto será tão nova para Pabodie, McTighe, Ropes, Sherman e os outros, como será para o mundo em geral. De fato, Danforth é mais reservado que eu, pois ele viu, ou pensa que viu, algo que não contará nem mesmo para mim.

Como todos sabem, nosso relatório incluiu a descrição de uma dificultosa ascensão (confirmando o palpite de Lake, segundo o qual os grandes picos seriam feitos de ardósia Arqueana e outros estratos rugosos muito primitivos e inalterados, ao menos desde meados do período Eocretáceo), um comentário convencional sobre a regularidade das formações suspensas, cúbicas e em forma de muralha, uma conclusão de que as bocas das cavernas indicavam veios calcários dissolvidos, uma conjectura de que certas encostas e desfiladeiros permitiriam que montanhistas experientes escalassem e atravessassem toda a cordilheira, e uma observação de que o misterioso lado oposto possuía um sublime e grandioso superplatô tão antigo e intocado quanto as próprias montanhas – seis mil metros de elevação, com grotescas formações de rocha projetando-se através de uma fina camada glacial, e que desce gradualmente em contrafortes entre a superfície do platô central e os profundos precipícios dos picos mais altos.

Este conjunto de dados é, em todos os aspectos, verdadeiro do início ao fim, e satisfez completamente os homens que haviam ficado no acampamento. Atribuímos nossa ausência de dezesseis horas – um período mais longo do que o nosso anunciado programa de voo, pouso, reconhecimento e coleta de rochas demandava – a um prolongado período fictício de condições adversas do vento, e relatamos, como de fato fizéramos, ter aterrissado no contraforte mais distante. Felizmente, nossa história soou realista e prosaica o suficiente para não estimular nenhum dos outros a repetir o voo. Tivesse algum deles tentado fazê-lo, eu teria usado todas as minhas forças para impedi-lo, e não sei o que Danforth teria feito. Enquanto estávamos fora, Pabodie, Sherman, Ropes, McTighe e Williamson trabalharam como castores nos dois aviões de Lake em melhor estado, ajustando-os novamente para uso, apesar do malabarismo totalmente inexplicável que se viu feito em seu mecanismo operacional.

Decidimos carregar todos os aviões na manhã seguinte e voltar para a nossa antiga base o mais rápido possível. Embora indireta, essa era a rota mais segura em direção ao Estreito de McMurdo, pois um voo direto através de trechos completamente desconhecidos do gélido continente envolveria muitos perigos adicionais. Futuras explorações eram pouquíssimo viáveis, tendo em vista a trágica dizimação de nosso grupo e a ruína do nosso maquinário de perfuração. Dúvidas e horrores – que não revelamos – à nossa volta fizeram-nos desejar apenas fugir o mais rapidamente possível daquele mundo austral de desolação e loucura.

Como o público sabe, o nosso regresso ao mundo foi realizado sem mais desastres. Todos os aviões chegaram à antiga base na noite do dia seguinte, em 27 de janeiro, após um voo rápido e sem escalas. No dia 28 chegamos ao Estreito de McMurdo em duas etapas, sendo a única pausa muito breve e ocasionada por um defeito no leme de um dos aviões, por causa do furioso vento sobre a plataforma de gelo depois de havermos deixado o grande platô. Após mais cinco dias, o Arkham e o Miskatonic, levando todos os homens e os equipamentos a bordo, afastavam-se cada vez mais do espesso campo de gelo e prosseguiam pelo Mar de Ross com as satíricas montanhas da Terra de Vitória erguendo-se a oeste, contra um conturbado céu antártico, transformando os uivos do vento em melódicos assobios de ampla tessitura, que me arrepiaram até o âmago. Menos de uma quinzena depois, deixamos os últimos indícios de terra polar para trás e agradecemos aos céus por estarmos libertos daquele maldito, assombrado reino onde a vida e a morte, o espaço e o tempo, estabeleceram obscuras e blasfemas alianças nas épocas desconhecidas em que a matéria se contorcia e nadava pela primeira vez na mal resfriada crosta do planeta.

Desde o nosso regresso, todos temos trabalhado constantemente para desencorajar a exploração antártica, e temos mantido certas dúvidas e palpites para nós mesmos com esplêndida unidade e fidelidade. Mesmo o jovem Danforth, com o seu colapso nervoso, não hesitou nem balbuciou quaisquer acontecimentos para os seus médicos – na verdade, como já disse, há algo que ele pensa ter visto sozinho e não dirá nem mesmo a mim, embora eu acredite que poderia ser de grande ajuda ao seu estado psicológico se consentisse em fazê-lo. Isso poderia prover alguma explicação e causar grande alívio, ainda que talvez a coisa não tenha sido mais do que uma ilusão consequente de um choque anterior. Essa é a impressão que tenho após raros momentos de descontrole em que ele sussurra para mim coisas desarticuladas – coisas que repudia com veemência assim que se recompõe.

Será um trabalho árduo dissuadir os outros de partir para o grande continente branco, e alguns de nossos esforços podem prejudicar diretamente a nossa causa, atraindo uma atenção inquisitiva. Talvez tenhamos sabido desde o princípio que a curiosidade humana é imortal, e que os resultados que anunciamos seriam suficientes para estimular os outros a prosseguirem na mesma busca antiquíssima pelo desconhecido. Os relatórios de Lake acerca dessas monstruosidades biológicas haviam despertado o máximo interesse de naturalistas e paleontólogos, apesar de termos sido sensatos o suficiente em não exibir as partes separadas que havíamos tirado dos próprios espécimes enterrados, ou as fotografias deles, tal como foram encontrados. Também nos abstivemos de mostrar as peças mais intrigantes dentre os ossos lesionados e a esteatitas esverdeadas. Ainda assim, Danforth e eu guardamos com todo o cuidado as fotos que tiramos e os desenhos que fizemos do superplatô por toda a cordilheira, bem como as coisas enrugadas que limpamos, estudamos tomados de terror e trouxemos conosco em nossos bolsos.

Mas, agora, a expedição Starkweather-Moore está sendo organizada, e com meticulosidade muito superior a qualquer coisa que a nossa unidade tenha tentado. Se não forem dissuadidos, chegarão ao núcleo mais profundo da Antártica, procederão com degelos e perfurações até trazerem à tona aquilo que sabemos ter o poder de acabar com o mundo. Por isso, tenho de dar fim a todas as reticências de uma vez por todas, falando até mesmo sobre aquela coisa derradeira e inominável que vive para lá das montanhas da loucura.

## CAPÍTULO 4

É com grande hesitação e repugnância que permito a minha mente retornar ao acampamento de Lake e ao que encontramos ali – e àquela outra coisa que vive para lá das montanhas da loucura. Permaneço constantemente tentado a esquivar-me dos pormenores e a deixar que indícios façam as vezes dos fatos e das inelutáveis deduções. Espero já ter dito o bastante para agora deslizar brevemente sobre o resto, e com o resto refiro-me ao horror no acampamento. Falei do terreno devastado pela ventania, dos abrigos destruídos, do maquinário desarranjado, da inquietação dos nossos cães, dos trenós e outros materiais desaparecidos, da morte de homens e cães, da ausência de Gedney, e dos seis espécimes biológicos absurdamente enterrados, com a textura estranhamente intacta, a despeito de todas as lesões estruturais, tudo isso enquanto ainda estávamos em um mundo morto há quarenta milhões de anos. Não me lembro se mencionei que ao verificar os corpos dos cães, percebemos que faltava um deles. Não pensamos muito a respeito disso até mais tarde – na verdade, somente Danforth e eu demos atenção ao assunto.

As principais coisas que tenho escondido estão relacionadas aos corpos e a certas questões sutis que podem ou não resultar em uma hedionda e incrível justificativa para o aparente caos. Na época, tentei distrair a mente dos homens dessas questões, pois era muito mais simples – muito mais normal – atribuir tudo a um surto de loucura por parte de alguns homens do grupo de Lake. Pelo aspecto das coisas, a demoníaca ventania da montanha teria sido suficiente para enlouquecer qualquer homem naquele centro de todo mistério e desolação do mundo.

O auge da anormalidade, é claro, era a condição dos corpos, tanto dos homens como dos cães. Todos eles haviam passado por algum tipo terrível de conflito, foram rasgados e mutilados de maneiras diabólicas e completamente inexplicáveis. A morte de cada um deles, tanto quanto podemos julgar, havia sido motivada por estrangulamento ou laceração. Os cães haviam claramente dado início à confusão, pois o estado de seu curral mal construído dava indícios de ter sido rompido à força pelo lado de dentro.

O abrigo dos cães havia sido levantado a certa distância do acampamento por causa do ódio dos animais por aqueles organismos Arqueanos infernais, mas a precaução parecia ter sido em vão. Quando deixados sozinhos naquela monstruosa ventania, atrás de frágeis muros de altura insuficiente, os cães devem ter fugido em debandada, tomados de pavor – se do próprio vento ou de algum crescente odor emitido pelos atormentadores espécimes, não se podia dizer.

Mas o que quer que tenha acontecido, foi terrível e violento. Talvez eu deva pôr de lado os escrúpulos e dizer de uma só vez o pior, embora com uma categórica declaração de opinião, baseada nas observações de primeira mão e nas mais rígidas deduções, minhas e de Danforth, de que o então desaparecido Gedney não fora de modo algum responsável pelos abomináveis horrores que encontramos. Eu havia dito que os corpos estavam assustadoramente mutilados. Agora devo acrescentar que alguns apresentavam incisões e subtrações muito curiosas, feitas a sangue-frio e de maneira desumana. O mesmo fora observado em cães e homens. Todos os corpos mais saudáveis, mais corpulentos, bípedes ou quadrúpedes, tiveram as massas de tecido mais sólidas cortadas e removidas, como que por um açougueiro cuidadoso, e em torno deles havia estranhas aspersões de sal – retirado dos depósitos de suprimentos devastados nos aviões – que suscitaram as associações mais horríveis. A coisa aconteceu em um dos hangares improvisados, de onde o avião havia sido arrastado para fora, e os ventos subsequentes apagaram todas as pistas que poderiam fornecer qualquer teoria plausível. Os pedaços dispersos de roupa, brutalmente arrancadas dos homens em que haviam sido feitas as incisões, não davam pista alguma. É inútil trazer à tona a leve impressão de termos visto pegadas fracas na neve em um canto protegido do recinto em ruínas, pois essa impressão com certeza não dizia respeito a pegadas humanas, mas claramente conectava-se a toda aquela conversa de marcas nos fósseis que o pobre Lake vinha mencionando ao longo das semanas anteriores. Era preciso ter cuidado com a imaginação quando por trás daquelas obscuras montanhas da loucura.

Como já indiquei, Gedney e um cão haviam sido dados como desaparecidos. Ao chegarmos naquele terrível abrigo, contávamos a perda de dois cães e de dois homens, no entanto, a barraca de dissecação, que se encontrava incólume, a qual adentramos após investigarmos as monstruosas sepulturas, tinha algo a revelar. Ela não estava como Lake a havia deixado, pois as partes cobertas da monstruosidade primitiva haviam sido removidas da mesa improvisada. De fato, a essa altura já havíamos percebido que uma das seis coisas imperfeitas e estranhamente enterradas que encontráramos – aquela com o traço de um odor particularmente odioso – devia constituir as seções coletadas do ente que Lake havia tentado analisar. Em torno daquela mesa de laboratório foram espalhadas outras coisas, e não demorou muito para adivinharmos que tais coisas eram as partes dissecadas, com cuidado, mas com pouca habilidade, de um homem e de um cão. Pouparei os sentimentos dos sobreviventes omitindo a menção da identidade desse homem. Os instrumentos anatômicos de Lake estavam desaparecidos, mas as evidências revelavam que haviam sido cautelosamente limpos. O fogão a gasolina também tinha sumido, mas à sua volta encontramos curiosos resíduos de fósforos. Sepultamos as partes humanas ao lado dos outros dez homens, e as partes caninas junto aos outros trinta e cinco cães. Quanto às manchas bizarras na mesa do laboratório e na miscelânea de livros ilustrados grosseiramente manuseados, que se encontravam espalhados ao redor, estávamos demasiado desnorteados para especular.

Esse era o pior do horror no acampamento, mas outras coisas foram igualmente chocantes. O desaparecimento de Gedney, de um dos cães, dos oito espécimes biológicos incólumes, dos três trenós, e de certos instrumentos, como livros técnicos e científicos ilustrados, materiais de escrita, lanternas e baterias, alimentos e combustível, aparatos de aquecimento, tendas de reserva, casacos de peles e afins, estava completamente além da sã conjectura, também não havia justificativa plausível para as manchas e borrões de tinta em alguns pedaços de papel, e para os vestígios de curiosa e desastrada experimentação por estranhos em torno dos aviões e de todos os outros dispositivos mecânicos, tanto no acampamento como na área de perfuração. Os cães pareciam abominar esse maquinário bizarramente espalhado. Depois, havia ainda a confusão na despensa, o desaparecimento de certos suprimentos, além do chocante e cômico monte de latas abertas das formas mais improváveis, nos lugares mais improváveis. A profusão de fósforos dispersos, intactos, quebrados ou gastos, constituiu outro pequeno enigma, assim como as duas ou três lonas de tendas e os casacos de peles que encontramos jogados com cortes peculiares e nada ortodoxos, possivelmente por causa dos esforços desajeitados para adaptações inimagináveis. Os maus-tratos dos corpos humanos e caninos, e o ensandecido sepultamento dos espécimes Arqueanos danificados, eram todos parte dessa mesma aparente loucura desintegradora. Em vista de tal circunstância, fotografamos cuidadosamente todas as principais evidências da insana desordem no acampamento, haveremos de usar as imagens para reforçar nossas súplicas contra a partida da proposta Expedição de Starkweather-Moore.

Nossa primeira atitude após encontrarmos os corpos no abrigo foi fotografar e abrir a delirante fila de túmulos com os montículos de neve de cinco pontas. Não pudemos deixar de notar a semelhança daqueles monstruosos montículos, com seus aglomerados de pontos agrupados, e as descrições do pobre Lake das estranhas esteatitas esverdeadas, e quando encontramos algumas das próprias esteatitas na enorme pilha de minerais, achamos a semelhança muito grande, de fato. Toda a formação geral, deve-se deixar claro, parecia lembrar de maneira abominável a cabeça estrelada dos entes Arqueanos, e concordamos que a similitude deve ter causado forte impacto às mentes sensibilizadas da exausta equipe de Lake.

Pois a loucura – focando no fato de que Gedney poderia ter sido o único sobrevivente – foi a explicação espontaneamente adotada por todos, até onde considerarmos as opiniões emitidas, apesar de eu não ser tão ingênuo a ponto de negar que cada um de nós possa ter guardado delirantes suposições de que a sanidade nos proibiu de formular completamente. Pela tarde, Sherman, Pabodie e McTighe fizeram uma exaustiva exploração aérea por todo o território ao redor, esquadrinhando o horizonte com seus binóculos em busca de Gedney e das várias coisas desaparecidas, mas nada veio à luz. O grupo relatou que a barreira titânica estendia-se infinitamente para a direita e para a esquerda, sem reduzir-se em altura ou estrutura essencial. Em alguns dos picos, porém, as formações regulares cúbicas e muralhas eram mais conspícuas e nítidas, tendo similitudes duplamente fantásticas com as ruínas montanhosas asiáticas pintadas por Roerich. A distribuição das crípticas bocas das cavernas nos cumes negros e despidos de neve parecia bastante uniforme, até onde foram capazes de acompanhar a cordilheira.

Apesar de todos os horrores predominantes, dispúnhamos ainda de elevado zelo científico e espírito de aventura para nos questionarmos a respeito do reino desconhecido que ficava para além daquelas montanhas misteriosas. Como afirmavam nossas comedidas mensagens, descansamos à meia-noite após nosso dia de terror e perplexidade, mas não sem antes formular um plano provisório para um ou mais voos, em uma altitude propícia para cruzar a cordilheira, com um avião de carga leve, equipado com uma câmera aérea e equipamento de geologia, começando na manhã seguinte. Ficou decidido que Danforth e eu tentaríamos seguir o plano primeiro. Acordamos às sete da manhã com a intenção de voarmos cedo. No entanto, ventos fortes – mencionados em nosso breve boletim para o mundo exterior – atrasaram nosso início até quase nove da manhã.

Já mencionei a história evasiva que contamos aos homens no acampamento e retransmitimos para o mundo quando regressamos dezesseis horas depois. Agora é meu terrível dever amplificar este relato, preenchendo as misericordiosas lacunas com indícios do que realmente vimos no mundo oculto transmontano – indícios das revelações que finalmente levaram Danforth a um colapso nervoso. Gostaria que ele acrescentasse uma descrição realmente franca sobre aquilo que pensa ter visto a sós – embora provavelmente se tratasse de uma ilusão causada pelo choque – e que talvez tenha sido a última gota que o deixou no estado em que está. Contudo, ele permanece firme contra tal declaração. Tudo o que posso fazer é repetir seus desarticulados sussurros posteriores sobre o que o fizera gritar, enquanto o avião subia de volta através do desfiladeiro torturado pelo vento, após aquele choque real e tangível que compartilhei. Essa será a minha última palavra. Se os sinais claros da sobrevivência de terrores antigos naquilo que eu revelar não forem o suficiente para impedir os outros de se intrometerem no meio da Antártica – ou, pelo menos, de investigarem muito abaixo da superfície daquelas ruínas de segredos proibidos e de maldito tormento desumano – a responsabilidade pelos inomináveis e talvez imensuráveis males não será minha.

Danforth e eu, analisando as anotações feitas por Pabodie em seu voo vespertino e utilizando um sextante, calculamos que a passagem mais baixa e acessível na cordilheira situava-se em algum lugar à nossa direita, à vista do acampamento e a cerca de sete mil ou sete mil e trezentos metros acima do nível do mar. Para esse destino nos dirigimos, portanto, à bordo do avião aliviado em nosso voo de descoberta. O acampamento em si, localizado em contrafortes que se erguiam de um alto platô continental, ficava a cerca de três mil e setecentos metros de altitude, portanto, a subida até a real altitude necessária não era tão alta quanto podia parecer. No entanto, tínhamos perfeita consciência do ar rarefeito e do frio intenso à medida que subíamos, pois por causa das condições de visibilidade, tivemos de deixar as janelas da cabine abertas. Estávamos vestidos, é claro, com nossos casacos de peles mais pesados.

Conforme nos aproximávamos dos picos hostis, obscuros e sinistro acima da linha de neve, despedaçada e fendida, e das geleiras intersticiais, pudemos observar mais e mais as formações curiosamente regulares que pendiam das encostas, e outra vez fomos lembrados das estranhas pinturas asiáticas de Nikolai Roerich. Os antigos e desgastados estratos rochosos comprovaram por completo todos os boletins de Lake, e atestavam que esses pináculos elevavam-se exatamente da mesma maneira desde um período surpreendentemente primitivo na história da terra – talvez mais de cinquenta milhões de anos. Era inútil conjecturar qual altura poderiam ter alcançado um dia. Mas tudo nessa estranha região apontava para influências atmosféricas obscuras desfavoráveis à mudança, e calculadas para retardar os processos climáticos habituais de desintegração de rochas.

No entanto, era o emaranhado de cubos e muralhas regulares ao lado da montanha, e as bocas das cavernas o que mais nos fascinava e perturbava. Eu os estudei com os binóculos e tirei fotografias aéreas enquanto Danforth pilotava. Por vezes, eu o substituía na pilotagem – embora meu conhecimento de aviação fosse puramente amador – a fim de deixá-lo usar os binóculos. Podíamos observar com facilidade que grande parte do material de constituição daquelas rochas era um quartzito Arqueano mais claro, diferente de qualquer formação visível em áreas amplas da superfície geral, e que sua regularidade era extrema e excepcional em um nível que o pobre Lake pouco havia descrito.

Como ele dissera, suas bordas estavam esfareladas e arredondadas por eras indescritíveis de selvagem ação climática, mas sua preternatural solidez e o resistente material de que eram constituídas salvaram-nas da obliteração. Muitas partes, especialmente as mais próximas das encostas, pareciam feitas de uma substância idêntica à da superfície rochosa circundante. Todo o conjunto parecia-se com as ruínas de Machu Picchu nos Andes, ou com as antigas muralhas de Kish quando escavadas pela Expedição de Campo do Museu de Oxford em 1929. Tanto Danforth como eu tivemos, vez ou outra, essa impressão dos blocos ciclópicos separados que Lake havia atribuído a seu companheiro de voo Carroll. Como explicar tais coisas naquele lugar estava, francamente, além do meu alcance e, de um jeito estranho, senti-me humilhado como geólogo. Formações ígneas têm, muitas vezes, estranhas regularidades – como a ilustre Calçada dos Gigantes na Irlanda – mas essa estupenda cordilheira, apesar de Lake ter a princípio suspeitado da existência de vulcões ativos, era acima de tudo não vulcânica em sua estrutura evidente.

As curiosas bocas das cavernas, perto das quais as formações estranhas pareciam mais abundantes, apresentavam outro enigma, apesar de menor, em consequência da regularidade de contornos. Eram, como dizia o boletim de Lake, quase sempre meio quadradas ou semicirculares, como se os orifícios naturais tivessem sido moldados para uma maior simetria por alguma mão mágica. Sua numerosidade e ampla distribuição eram visíveis, e sugeriram que toda a região estava alveolada com túneis dissolvidos em estratos calcários. Não era possível visualizar muita coisa de dentro das cavernas, mas vimos que eram aparentemente livres de estalactites e estalagmites. Do lado de fora, as partes das encostas das montanhas adjacentes às aberturas pareciam invariavelmente suaves e regulares, e Danforth pensou que as pequenas rachaduras e corrosões causadas pela erosão do tempo tendiam a padrões incomuns. Tomado, como estava, pelos horrores e absurdos descobertos no acampamento, ele deu a entender que as corrosões lembravam vagamente aqueles chocantes grupos de pontos espalhados sobre a primitiva esteatita esverdeada, duplicados de modo terrível nos insanos montes de neve acima das seis monstruosidades enterradas.

Subíamos gradualmente sobre os contrafortes mais altos e nos dirigíamos para a passagem relativamente baixa que havíamos selecionado. À medida que avançávamos, vez ou outra olhávamos para a neve e o gelo da rota terrestre, perguntando-nos se poderíamos ter tentado fazer a viagem com o equipamento mais simples de dias anteriores. Para a nossa surpresa, de certa forma, vimos que o terreno era longe de difícil, como de costume, e que, apesar das fendas e de outros pontos difíceis, é provável que não pudesse deter os trenós de um Scott, um Shackleton ou um Amundsen. Algumas das geleiras pareciam conduzir a passagens desnudadas pelo vento com uma incomum continuidade, e ao chegar à nossa passagem escolhida, descobrimos que o seu caso não era exceção.

Nossa sensação de tensa expectativa, à medida que nos preparávamos para contornar a crista e olhávamos um mundo nunca antes espezinhado, não pode ser descrita no papel, apesar de não termos motivos para pensar que as regiões para além da cordilheira fossem, em essência, diferentes das já vistas e atravessadas. O toque de mistério maligno que havia naquelas montanhas titânicas, e no mar que era aquele céu opalescente, vislumbrado entre seus cumes, era algo tão imensamente sutil e amainado que não se pode explicar em meras palavras. Pelo contrário, era um caso de vago simbolismo psicológico e associação estética – uma coisa misturada com poesia exótica e pinturas, e mitos arcaicos ocultos em volumes desconhecidos e proibidos. Mesmo a veemência do vento continha um peso peculiar de consciente malignidade, e por um segundo, era como se seu compósito ruído compreendesse um bizarro sibilo ou flauteado melódico em ampla tessitura, à medida que o forte sopro entrava e saía das onipresentes e ressonantes bocas das cavernas. Havia uma nota turva de repulsa reminiscente naquele ruído, tão complexa e difícil de identificar quanto qualquer outra impressão obscura.

Estávamos então, depois de uma lenta ascensão, a uma altura de sete mil e cento e oitenta e cinco metros, de acordo com o aneroide, e havíamos deixado a região da neve definitivamente para trás. Lá nas alturas, havia somente encostas escuras de rocha desnudada e o início de geleiras estriadas, com exceção daqueles intrigantes cubos, muralhas e bocas de cavernas melódicas para acrescentar um presságio de antinatural, de fantástico e de onírico. Contemplando a linha de altos picos, pensei conseguir enxergar aquele que o pobre Lake mencionara, com uma muralha exatamente em cima. Parecia meio perdido em uma estranha neblina antártica – era tanta que, talvez, tenha sido aquela a responsável pela primal desconfiança da existência de vulcões por parte de Lake. O desfiladeiro erguia-se diante de nós, suave e ventoso entre seus denteados e malignamente austeros pilones. Mais além, surgia um céu irrequieto por vapores rodopiantes e iluminado pelo baixo sol polar – o céu daquele misterioso reino distante. Sentíamos que nenhum olho humano jamais o havia contemplado.

Em poucos metros de altitude, avistaríamos tal reino. Danforth e eu, incapazes de nos comunicarmos senão com gritos em meio àquele uivo e ao sibilar do vento que disparava através da passagem, acrescentado ainda o barulho não abafado dos motores, trocamos olhares eloquentes. E então, tendo alcançado os últimos metros, finalmente vislumbramos o memorável outro lado da barreira e os segredos não selados de uma terra antiquíssima e por completo estranha.

## CAPÍTULO 5

Acredito que nós dois, simultaneamente, tenhamos gritado em um misto de assombro, espanto e terror, sem conseguir confiar em nossos próprios sentidos, quando finalmente atravessamos o desfiladeiro e avistamos o que havia além. Precisávamos, é claro, forçar nossas mentes a conceber alguma teoria natural para preservar nossas faculdades por um momento. É provável que tenhamos pensado em coisas como as pedras grotescamente desgastadas do Jardim dos Deuses no Colorado, ou as rochas fantasticamente simétricas esculpidas pelo vento do deserto do Arizona. Talvez até tenhamos pensado que a visão fosse uma miragem como aquela que tivéramos na manhã anterior quando nos aproximamos das montanhas da loucura. Éramos forçados a recorrer à perspectiva de coisas normais como essa enquanto nossos olhos percorriam aquele platô interminável, marcado por tempestades, e compreendiam aquele labirinto quase infindo de massas pétreas colossais, regulares e geometricamente eurítmicas, que edificavam seus cumes despedaçados e esburacados sobre um lençol glacial com não mais do que doze ou quinze metros de espessura, e obviamente tornava-se mais fino em algumas áreas.

O efeito da monstruosa visão era indescritível, pois sua origem parecia certamente envolver uma diabólica violação das leis naturais conhecidas.

Ali, em um altiplano infernalmente antigo a seis mil metros de altitude, em um clima inóspito desde uma idade pré-humana não mais recente que quinhentos mil anos atrás, estendia-se quase ao limite da visão um emaranhado ordenado de pedras que somente o desespero da autodefesa mental poderia atribuir a uma causa consciente e artificial. Havíamos descartado anteriormente, no que diz respeito a um pensamento sério, qualquer teoria de que os cubos e as muralhas das encostas das montanhas não tivessem origem natural. Como poderia ser de outra forma, quando o próprio homem mal podia ser distinguido dos grandes símios no momento em que aquela região sucumbira ao atual reinado ininterrupto de morte glacial?

No entanto, agora, a influência da razão parecia irrefutavelmente abalada, pois aquele labirinto ciclópico de blocos quadrados, curvos e angulosos tinha características que eliminavam todo refúgio confortável. Era, com toda a clareza, a cidade blasfema da miragem, em uma realidade dura, objetiva e inelutável.

Aquele maldito presságio, afinal, tivera um fundamento material – havia uma camada horizontal de poeira glacial na atmosfera, e aquela perturbadora sobrevivência de pedra projetara sua imagem através das montanhas, segundo as simples leis da reflexão. O fantasma, é claro, chegara a nós distorcido e exagerado, e continha coisas que a fonte real não continha, mas quando vimos a verdadeira fonte, a achamos ainda mais horrível e ameaçadora do que a sua imagem distante.

Somente a incrível e desumana qualidade maciça daquelas vastas torres de pedra e muralhas salvaram as coisas terríveis da completa aniquilação nas centenas de milhares – talvez milhões – de anos que ali estiveram, em meio aos ventos de um sombrio planalto. "Corona Mundi: Teto do Mundo". Toda espécie de frases fantásticas brotou de nossos lábios enquanto olhávamos vertiginosamente para baixo em direção ao inacreditável espetáculo. Voltei a lembrar-me dos ominosos e sobrenaturais mitos primitivos que com tanta persistência me acompanhavam desde o meu primeiro vislumbre deste lúgubre mundo antártico: do demoníaco platô de Leng, do Mi-Go, do Abominável Homem da Neve dos Himalaias, dos Manuscritos Pnakóticos com suas inferências pré-humanas, do culto de Cthulhu, do *Necronomicon*, das lendas hiperbóreas do amorfo Tsathoggua e da prole amorfa associada à semi-entidade.

Por quilômetros e quilômetros infindos em cada direção, a coisa estendia-se com pouquíssimo desbaste. De fato, conforme nossos olhos a acompanhavam para a direita e para a esquerda ao longo da base dos baixos e graduais contrafortes que a separavam da borda das montanhas, percebemos que não era possível enxergar desbaste algum, exceto por uma ruptura à esquerda do desfiladeiro por meio do qual chegáramos. Havíamos apenas atingido, aleatoriamente, uma parte limitada de algo que possuía dimensão incalculável. Os contrafortes eram mais esparsamente salpicados com grotescas estruturas de pedra, coadunando a terrível cidade aos cubos e muralhas familiares, que evidentemente formavam seus postos avançados nas montanhas. Estes últimos, assim como as estranhas bocas de cavernas, eram tão abundantes no lado posterior das montanhas como o eram do lado de fora.

A maior parte do inominável labirinto de pedras consistia em muralhas de três a quarenta e cinco metros de altura, e um e meio a três metros de espessura. Compunha-se principalmente de extraordinários blocos de ardósia escura, xisto e arenito primordiais – blocos que em muitos casos chegavam a medir um metro e vinte por um metro e oitenta por dois metros e quarenta – embora em vários lugares parecesse ser esculpido a partir de uma rocha sólida e desnivelada de ardósia Pré-Cambriana. Os edifícios estavam longe de ser iguais em tamanho, e havia inúmeros arranjos semelhantes a favos de mel de enorme extensão, bem como estruturas separadas menores. O formato geral dessas coisas tendia ao cônico, ao piramidal ou ao escalonado, embora houvesse muitos cilindros perfeitos, cubos perfeitos, aglomerados de cubos e outras formas retangulares, além de uma peculiar porção de edifícios angulosos, cuja planta estrelada sugeria fortificações modernas. Os construtores fizeram uso constante e especializado do princípio do arco, e é provável que tenham existido cúpulas quando no apogeu da cidade.

Todo o emaranhado estava monstruosamente desgastado pelo clima, e a superfície glacial a partir da qual as torres se projetavam estava repleta de blocos caídos e detritos antiquíssimos. Nos lugares onde a glaciação era transparente, podíamos ver as partes inferiores das pilhas gigantescas, e notamos as pontes de pedra preservadas pelo gelo, que ligavam as diferentes torres a várias distâncias acima do solo. Nas muralhas expostas pudemos detectar as marcas nos lugares onde existiram pontes mais altas, do mesmo tipo. Uma inspeção mais aprofundada revelou incontáveis janelas, muito amplas, algumas das quais eram fechadas com uma espécie de veneziana feita de um material petrificado que originalmente seria madeira, embora a maioria das janelas estivesse escancarada de uma forma sinistra e ameaçadora. Muitas das ruínas, é claro, já se encontravam sem o teto e estavam com as bordas superiores irregulares, embora arredondadas pelo vento. Outras, no entanto, de um modelo mais agudamente cônico, ou piramidal, ou protegidas por estruturas circundantes mais altas, preservavam contornos intactos, apesar do esboroamento da erosão onipresente. Com o auxílio dos binóculos, conseguimos, com dificuldade, distinguir o que pareciam ser decorações esculturais em faixas horizontais – decorações incluindo aqueles curiosos grupos de pontos cuja presença nas antigas esteatitas assumira agora um significado muito maior.

Em muitos lugares os edifícios foram totalmente arruinados e o manto de gelo despedaçado por várias causas geológicas. Em outros, a cantaria desgastara-se até o próprio nível da glaciação. Uma faixa larga, que se estendia do interior do platô a uma fenda nos contrafortes, a cerca de dois quilômetros à esquerda da passagem que havíamos atravessado, estava completamente livre de construções. Provavelmente representava, conforme concluímos, o curso de algum grande rio que no período Terciário – há milhões de anos – passava pela cidade e desaguava em algum prodigioso abismo oculto da grande cordilheira. Decerto, tratava-se de toda uma região de cavernas, abismos e segredos subterrâneos desconhecidos pela exploração humana.

Recordando nossas sensações e lembrando do nosso aturdimento ao contemplar aqueles vestígios monstruosos de eras que pensávamos ser pré-humanas, só posso surpreender-me que tenhamos preservado qualquer coisa semelhante a equilíbrio. É óbvio que sabíamos que algo estava deploravelmente equivocado – a cronologia, a teoria científica, ou a nossa própria consciência. No entanto, mantivemos a postura para pilotar o avião, observar os muitos detalhes com bastante atenção, e com cautela tirar uma série de fotografias que talvez ainda possam ser úteis a nós e ao mundo. No meu caso, arraigados hábitos científicos podem ter ajudado, pois além da perplexidade e da percepção de ameaça, em mim ardia dominante a curiosidade de entender melhor esse segredo antigo, de saber que espécie de seres haviam construído e vivido naquele lugar incalculavelmente gigantesco, de compreender qual poderia ter sido a relação entre tão singular concentração de vida e o mundo geral de seu próprio tempo ou de outros.

Isso porque aquele lugar não podia ser uma cidade comum. Há de ter formado o núcleo e o centro primordiais de algum capítulo arcaico e inacreditável da história da terra, cujas ramificações exteriores, resgatadas senão vagamente pelos mais obscuros e distorcidos mitos, desapareceram por completo em meio ao caos das convulsões terrestres, muito antes de qualquer raça humana por nós conhecida dar os primeiros passos à frente dos símios. Aqui jazia uma megalópole Paleogênica, em comparação à qual as lendárias regiões de Atlântida e Lemúria, Commoriom e Uzuldaroum, e Olathoc, na terra de Lomar, são coisas recentes de hoje – nem mesmo de ontem. Uma megalópole análoga às blasfêmias pré-humanas como Valusia, R'lyeh, Ib, na terra de Mnar, e a Cidade sem Nome, dos desertos da Arábia. Conforme sobrevoávamos aquele emaranhado de torres rígidas e titânicas, minha imaginação por vezes escapava das minhas rédeas e vagueava sem rumo em reinos de associações fantásticas, chegando a tecer correlações entre aquele mundo perdido e alguns dos meus sonhos mais loucos envolvendo o insano horror que encontrara no acampamento.

    Em benefício de uma viagem mais leve, o tanque de combustível do avião havia sido apenas parcialmente preenchido. Portanto, tivemos de ser cautelosos em nossas explorações. No entanto, ainda assim, sobrevoamos uma enorme extensão de solo, ou melhor dizendo, de ar, após descermos até um nível em que a força do vento se tornara quase que irrelevante. Parecia não haver limite para a cordilheira, ou para o comprimento da assustadora cidade de pedra que fazia fronteira com seus contrafortes internos. Os voos de oitenta quilômetros em cada direção não apresentaram nenhuma grande mudança no labirinto de rocha e na cantaria que se agarrava cadavérica ao gelo eterno. Havia, no entanto, algumas diversificações altamente cativantes, tais como os entalhes no cânion por onde aquele amplo rio atravessara os contrafortes e chegara ao seu lugar de deságue na grande cordilheira. Os promontórios nas entradas da corrente haviam sido audaciosamente esculpidos, formando pilones ciclópicos, e algo sobre os desenhos rugosos e em forma de barril despertou reminiscências estranhamente vagas, odiosas e confusas tanto em Danforth como em mim.

    Também nos deparamos com vários espaços abertos em forma de estrela, evidentes praças públicas, e notamos diversas ondulações no terreno. Onde se erguia uma colina íngreme, esta era geralmente oca, de modo a formar uma espécie de edifício de pedra, mas havia pelo menos duas exceções. Dentre elas, uma fora demasiado desgastada pelos efeitos do clima para revelar o que houvera na crista saliente, enquanto a outra ainda possuía um fantástico monumento cônico esculpido da rocha sólida, quase assemelhando-se a coisas como a famosa Tumba da Serpente no antigo vale de Petra.

    Saindo das montanhas em direção à parte interna, descobrimos que a cidade não dispunha de largura infinita, apesar de seu comprimento ao longo dos contrafortes parecer interminável. Após cerca de cinquenta quilômetros, as grotescas edificações de pedra começaram a desaparecer, e depois de mais quinze quilômetros, chegamos a um ermo ininterrupto quase que sem sinais de artifício senciente. O curso do rio para além da cidade parecia marcado por uma linha larga e deprimida, enquanto a terra assumia uma característica acidentada um pouco mais acentuada, parecendo elevar-se ligeiramente conforme se estendia para o nebuloso oeste.

Até então não havíamos pousado ainda, contudo, deixar o platô sem fazer ao menos uma tentativa de adentrar algumas das monstruosas estruturas teria sido inconcebível. Portanto, decidimos encontrar um lugar regular nos contrafortes perto do nosso desfiladeiro navegável, de modo a pousar o avião ali e nos prepararmos para explorar um pouco da área a pé. Embora essas suaves encostas estivessem parcialmente cobertas com uma porção de escombros, voando baixo logo descobrimos um número mais amplo de possíveis locais de pouso. Selecionando aquele que se encontrava mais próximo do desfiladeiro, uma vez que o nosso voo seguinte seria através da cordilheira e de volta ao acampamento, por volta das 12h30 da tarde conseguimos aterrissar em um campo firme de neve endurecida, completamente livre de obstáculos e bem sustentado para uma rápida e favorável posterior decolagem.

Não parecia ser necessário proteger o avião com um abrigo para neve por ocasião de tão breve ausência, uma vez que inexistia a ocorrência de ventos fortes naquele nível. Portanto, somente verificamos se os esquis de pouso estavam escorados com segurança e se as partes vitais do mecanismo estavam protegidas do frio. Para a nossa viagem a pé, deixamos no avião nossos casacos de pele mais pesados e levamos conosco um pequeno kit de equipamentos que consistia em uma bússola de bolso, a câmera manual, mantimentos leves, bastante papel e blocos de anotações, martelo e cinzel de geólogo, bolsas de coleta de espécimes, corda de alpinismo e potentes lanternas com pilhas extras. Havíamos trazido esse kit de equipamentos no avião para que, caso conseguíssemos fazer uma aterrissagem, pudéssemos fotografar no solo, fazer desenhos e esboços topográficos, e obter espécimes de rocha a partir de alguma encosta nua, afloramento, ou caverna da montanha. Felizmente, contávamos com um suprimento extra de papel que podíamos rasgar, colocar em uma bolsa de coleta de espécime sobressalente e usar segundo o princípio antigo do jogo "lebre e cão de caça"[4], marcando

---

[4] Jogo antigo em que um dos participantes é a lebre e os outros são os cães de caça. A lebre dispara na frente e deixa pelo caminho uma trilha de papel picado, representando seu odor, enquanto os cães de caça seguem o rastro para alcançá-la – rastro este que pode ser levado pelo vento. (N.T.)

o nosso percurso no interior de labirintos que pudéssemos vir a adentrar. Trouxéramos tal suprimento de papel para o caso de encontrarmos algum sistema de caverna cujo ar fosse tranquilo o suficiente para permitir esse método mais rápido e fácil de marcar o caminho, em vez de usar o método habitual de gravar marcas em rochas.

    Ao descer cautelosamente pela encosta sobre a neve incrustada em direção ao estupendo labirinto de pedra que se elevava contra o oeste opalescente, tivemos o pressentimento da chegada iminente de algo espetacular, como havíamos tido ao nos aproximarmos da inexplorada montanha quatro horas antes. A verdade é que havíamos praticamente nos familiarizado com o incrível segredo escondido pela barreira de picos contudo, a perspectiva de, com efeito, adentrarmos muralhas primordiais criadas por seres conscientes há talvez milhões de anos – antes da existência de qualquer raça humana conhecida – era, não obstante, impressionante e potencialmente terrível em suas implicações de anormalidade cósmica. Apesar de o ar rarefeito naquela prodigiosa altitude ter tornado a tarefa mais dificultosa do que seria habitual, tanto Danforth como eu vínhamos suportando muito bem, e nos sentimos capazes de resistir a quase qualquer missão com que viéssemos a nos deparar. Apenas alguns passos à frente nos levaram a uma ruína disforme, desgastada ao nível da neve, e cinquenta ou setenta e cinco metros mais adiante havia uma enorme muralha sem cobertura, ainda completa em seu gigantesco contorno esteliforme, erguendo-se a uma altura irregular de cerca de três metros a três metros e meio. Seguimos em direção à tal muralha. Quando finalmente a alcançamos e pudemos de fato tocar seus desgastados blocos ciclópicos, sentimos que havíamos estabelecido uma ligação sem precedentes e quase blasfema com éons esquecidos e obductos à nossa espécie.

    A muralha esteliforme, medindo cerca de noventa metros de ponta a ponta, foi construída de blocos de arenito Jurássico de tamanho irregular, em média com um metro e oitenta por dois metros e quarenta de superfície. Havia uma fileira de seteiras ou janelas com cerca de um metro e vinte de largura e um metro e meio de altura, cujo espaço entre elas tinha grande simetria ao longo das pontas da estrela e em seus ângulos internos, e com as bases a cerca de um metro e vinte da superfície glaciada. Olhando através delas, pudemos ver que a cantaria tinha um metro e meio de espessura, que não havia no interior quaisquer partições, e que havia vestígios de entalhes ou baixos-relevos estriados no interior das muralhas – fatos que, na verdade, já havíamos conjecturado antes, quando voamos baixo sobre aquela muralha e outras como ela. Embora originalmente devessem ter existido partes mais baixas, todos os vestígios foram agora totalmente obscurecidos pela profunda camada de gelo e neve a esse ponto.

Rastejamos através de uma das janelas e, em vão, tentamos decifrar os desenhos murais quase apagados, contudo, não tentamos perturbar o chão glaciado. Nossos voos de reconhecimento haviam indicado que muitas edificações na cidade propriamente dita, estavam menos atulhadas de gelo, e que talvez pudéssemos encontrar interiores completamente livres que nos revelariam o verdadeiro nível do solo se adentrássemos essas estruturas ainda cobertas na parte superior. Antes de sairmos da muralha, a fotografamos cuidadosamente e estudamos perplexos a sua cantaria ciclópica construída sem argamassa. Desejamos que Pabodie estivesse presente, pois seu conhecimento de engenharia poderia nos ajudar a adivinhar como tais blocos titânicos poderiam ter sido manuseados naquela era incrivelmente remota, quando a cidade e seus arredores foram construídos.

A caminhada de oitocentos metros abaixo em direção à verdadeira cidade, com o vento acima sibilando inútil e selvagemente através dos picos que se erguiam ao céu no fundo, foi algo de que os menores detalhes permanecerão sempre gravados em minha mente. Somente em pesadelos fantásticos é que qualquer ser humano, além de Danforth e eu, poderia conceber tais efeitos ópticos. Entre nós e os violentos vapores vindos do ocidente estava aquele monstruoso emaranhado de torres de pedra escura, com suas incríveis e bizarras formas nos impressionando vez após outra, a cada novo ângulo de visão. Era como uma miragem em pedra sólida, e se não fosse pelas fotografias, eu ainda duvidaria da existência de tal coisa. O padrão geral da cantaria era idêntico ao da muralha que havíamos examinado, mas as formas extravagantes que esta tomara em suas manifestações urbanas estavam além de toda e qualquer descrição.

Até mesmo as imagens ilustram apenas uma ou duas fases da interminável variedade, da massividade preternatural e do exotismo de outro mundo. Havia formas geométricas para as quais até mesmo Euclides teria dificuldade de encontrar um nome – cones de todos os graus de irregularidade e truncamento, escalões com toda espécie de desproporção exasperante, fustes com estranhas ampliações em forma bulbosa, colunas quebradas em grupos curiosos, e conjuntos de cinco pontas ou cinco arestas de uma insana grotesquia. À medida que nos aproximávamos, era possível enxergar através de certas partes transparentes do manto de gelo, e detectar algumas das pontes tubulares de pedra que conectavam às estruturas estranhamente esparsas em várias alturas. Parecia não haver uma rua bem disposta sequer, e o único espaço amplo e aberto ficava a um quilômetro e meio para a esquerda, onde, sem dúvida, o antigo rio fluíra através da cidade para as montanhas.

Com nossos binóculos, pudemos enxergar que as faixas externas e horizontais de esculturas quase desvanecidas, além dos grupos de pontos, eram predominantes e comuns. Quase podíamos imaginar como se parecera aquela cidade uma vez, ainda que a maioria dos telhados e topos das torres tivessem inevitavelmente desabado. Como um todo, fora um complexo emaranhado de faixas e becos torcidos, sendo todos eles profundos cânions, alguns um pouco maiores que túneis por causa da cantaria suspensa ou das pontes em arco. Agora, estendida abaixo de nós, agigantava-se como a fantasia de um sonho, com a névoa do oeste ao fundo, através de cuja extremidade setentrional o sol antártico do início da tarde, baixo e avermelhado, esforçava-se para brilhar. E quando, por um momento, aquele sol encontrava uma obstrução mais densa e mergulhava a cena em uma sombra efêmera, o efeito era sutilmente ameaçador, de uma maneira que não tenho esperanças de conseguir descrever com palavras. Mesmo os suaves uivos e silvos do vento nos grandes desfiladeiros da cordilheira às nossas costas ganhavam uma nota mais selvagem de premeditada malignidade. O último estágio de nossa descida à cidade foi invulgarmente íngreme e abrupto, e um afloramento de rocha na ponta em que o declive se alterava nos levou a pensar que um escalão artificial existira ali. Fomos conduzidos a crer que sob o gelo, deveria haver uma fileira de degraus ou equivalentes.

Quando finalmente mergulhamos na cidade em si, escalando a cantaria derrubada e nos encolhendo diante da opressiva proximidade e da altura intimidadora das onipresentes e esburacadas muralhas em ruínas, outra vez nossas sensações tornaram-se tais que maravilho-me com o tamanho autocontrole que mantivemos. Danforth estava claramente assustado, e começou a fazer algumas especulações ofensivamente irrelevantes sobre o horror no acampamento – com as quais me ressentia ainda mais por não conseguir deixar de compartilhar certas conclusões forçadas a nós por muitas características daqueles mórbidos vestígios da antiguidade de pesadelo. As especulações também trabalhavam em sua imaginação, pois em um lugar – onde uma aleia que abrigava uma profusão de detritos tornava-se uma esquina acentuada – ele insistiu ter visto no chão leves vestígios de marcas de que não gostava. Em outros lugares, porém, parava para ouvir um som sutil, imaginário, vindo de algum ponto indefinido: um sibilo musical abafado, ele dizia, semelhante ao som do vento nas cavernas da montanha, mas de alguma forma perturbadoramente diferente. A incessante ocorrência esteliforme da arquitetura circundante e dos poucos arabescos murais distinguíveis, continha uma insinuação sinistra da qual não podíamos escapar, e deu-nos um toque de terrível certeza subconsciente a respeito das entidades primitivas que haviam criado e habitado naquele lugar profano.

No entanto, nossas almas científicas e aventureiras não estavam completamente mortas, e levamos adiante mecanicamente o nosso programa de obter espécimes de todos os diferentes tipos de rochas representados na cantaria. Queríamos reunir um conjunto bastante completo para tirar melhores conclusões acerca da idade do local. Nada nas grandes muralhas externas parecia datar de depois dos períodos Jurássico e Eocretáceo, nem qualquer pedaço de pedra em todo o lugar parecia ser mais recente que o período Plioceno. Com toda a certeza, vagueávamos em meio a uma morte que já reinava há pelo menos quinhentos mil anos, e provavelmente ainda mais.

À medida que avançávamos por aquele labirinto de crepúsculo penumbroso, parávamos em todas as aberturas disponíveis para estudar os interiores e investigar as possibilidades de entrada. Algumas estavam acima do nosso alcance, enquanto outras levavam apenas a ruínas entulhadas de gelo, tão vazias quanto a muralha da montanha. Uma delas, embora espaçosa e convidativa, abriu-se em um abismo aparentemente sem fundo e desprovido de quaisquer meios visíveis de descer. De vez em quando, tínhamos uma oportunidade de estudar a madeira petrificada de uma veneziana que resistira, e ficávamos impressionados com a fabulosa antiguidade implícita nas fibras ainda perceptíveis. Aquelas janelas haviam vindo de gimnospermas Mesozoicos e coníferas – especialmente cicadófitas Cretáceas – bem como de palmáceas e angiospermas primitivos, claramente e origem Terciária. Nada definitivamente posterior ao período Plioceno pôde ser descoberto. Aquelas venezianas – cujas bordas mostravam a presença anterior de estranhas dobradiças há muito desaparecidas – haviam sido colocadas de maneiras variadas, algumas no lado de fora e algumas no lado de dentro de profundas embrasuras. Pareciam ter ficado presas no lugar, sobrevivendo, assim, ao enferrujamento de suas dobradiças antigas e, provavelmente, metálicas.

Após um tempo, nos deparamos com uma fileira de janelas – nos bojos de um cone colossal de cinco pontas com ápice intacto – que conduzia a um vasto e preservado salão com chão de pedra, contudo, eram altas demais para permitir nossa descida sem o auxílio de uma corda. Tínhamos uma corda conosco, mas não queríamos nos dar ao trabalho de fazer uma descida de seis metros, a menos que fôssemos obrigados a fazê-lo, especialmente neste ar rarefeito do platô, onde se exigia muito esforço cardíaco. Aquele enorme salão tratava-se provavelmente de um saguão ou de uma espécie de átrio, e as nossas lanternas revelavam esculturas ousadas, distintas e potencialmente assustadoras dispostas em torno das paredes, em largas faixas horizontais, separadas por frisas igualmente largas de arabescos convencionais. Fomos cuidadosos ao tomar nota do que vimos naquele local e planejávamos adentrá-lo, a menos que encontrássemos um interior mais acessível.

Finalmente, porém, encontramos exatamente a abertura que desejávamos, uma arcada de cerca de um metro e oitenta de largura e três metros de altura, marcando a antiga extremidade de uma ponte suspensa que passava por cima de uma aleia a cerca de um metro e meio acima do atual nível do gelo. As arcadas, é claro, eram repletas de pisos superiores, e neste caso um deles ainda existia. O edifício ao qual assim se tinha acesso era uma série de escalões retangulares à nossa esquerda, apontando para oeste. Aquele do outro lado da aleia, onde abria-se a outra arcada, era um cilindro decrépito sem janelas e com um curioso bojo de cerca de três metros acima da abertura. Estava totalmente escuro lá dentro, e a arcada parecia abrir-se em um poço de vazio ilimitado.

Os escombros amontoados tornavam a entrada para o vasto edifício à esquerda duplamente mais fácil, embora por um momento tenhamos hesitado antes de aproveitar a oportunidade que há tanto ansiávamos. Isso porque, embora tivéssemos adentrado aquele dédalo de mistério arcaico, era necessária renovada força de vontade para avançarmos, de fato, para dentro de um edifício completo e subsistente de um fabuloso mundo antigo, cuja natureza estava a tornar-se cada vez mais e mais terrivelmente evidente para nós. No final, porém, acabamos por seguir em frente e escalamos os escombros até a ostensiva embrasura. O piso adiante era feito de grandes placas de ardósia, e parecia formar a saída de um longo e alto corredor com paredes cheias de esculturas.

Observando as muitas arcadas interiores que partiam daquele salão, e percebendo a provável complexidade do ninho de aposentos dentro dele, decidimos começar o nosso sistema de marcação de caminho. Até então, nossas bússolas, além dos frequentes vislumbres da vasta cordilheira entre as torres em nossa retaguarda, tinham sido o suficiente para evitar que nos perdêssemos do nosso caminho, mas a partir daquele momento, seria necessário um auxílio artificial. Desse modo, rasgamos nosso papel extra em retalhos do tamanho adequado, os colocamos em uma bolsa a ser transportada por Danforth, e nos preparamos para usá-los com tanta parcimônia quanto nos permitisse a segurança. Este método provavelmente nos impediria de nos desviarmos, dado que não parecia haver nenhuma corrente de ar forte dentro da cantaria primordial. Se um vento mais intenso se desenvolvesse, ou se o nosso estoque de papel se esgotasse, poderíamos, naturalmente, recorrer ao método mais seguro, ainda que mais trabalhoso e lento, de tirar lascas de pedras.

Era possível imaginar, antes mesmo de uma tentativa, quão extenso era o território que havíamos aberto. A estreita e frequente conexão dos diferentes edifícios tornava provável que conseguíssemos atravessar de um para outro pelas pontes sob o gelo, exceto se impedidos por colapsos locais e desastres geológicos, porquanto pouquíssima formação glacial parecia ter se formado nas construções. Quase todas as áreas de gelo transparente revelavam que as janelas submersas encontravam-se bem fechadas, como se a cidade tivesse sido deixada naquele estado uniforme até que a camada glacial chegasse para cristalizar sua parte inferior por toda a posteridade. De fato, tinha-se a curiosa impressão de que aquele lugar havia sido deliberadamente encerrado e esvaziado em algum éon obscuro e remoto, em vez de dominado por qualquer calamidade súbita ou até mesmo por uma decadência gradual. Teria sido prevista a chegada do gelo, e teria uma população desconhecida partido dali em massa para procurar uma habitação menos condenada? A determinação das precisas condições fisiográficas da formação do manto de gelo naquele ponto teriam de esperar por uma solução posterior. Entretanto, estava bastante claro que não havia acontecido uma catástrofe absoluta. Talvez a pressão do acúmulo de tempestades de neve tenha sido responsável pelas atuais condições, ou talvez alguma inundação do rio, ou o rompimento de alguma barragem de gelo antiga na cordilheira tenha contribuído com o estado agora observável. A imaginação pode conceber quase qualquer coisa em relação àquele lugar.

## CAPÍTULO 6

Seria fastidioso estender-me em um relato detalhado e consecutivo das nossas andanças dentro daquele favo cavernoso, primitivo e arcaico de cantaria, aquela monstruosa furna de segredos ancestrais em que agora ressoavam pela primeira vez, após incontáveis períodos, o som dos passos de humanos. Isso é especialmente verdade porque grande parte do terrível drama e da revelação veio de um mero estudo das gravuras murais onipresentes. As fotografias que tiramos dessas gravuras, com a iluminação das lanternas, servirão muito bem para provar a verdade do que estamos revelando, e é lamentável que não tenhamos levado conosco uma provisão maior de filme. Fizemos nos cadernos esboços grosseiros de certas características mais destacadas após consumidos todos os nossos filmes.

O edifício que havíamos adentrado era de grande dimensão e galhardia, e nos deu uma noção impressionante da arquitetura daquele passado geológico desconhecido. As partições internas eram menos grandiosas que as paredes externas, mas nos níveis inferiores estavam conservadas com excelência. Uma complexidade labiríntica, envolvendo a diferença de nível curiosamente irregular entre os pisos, caracterizava toda a organização do lugar, e certamente teríamos nos perdido logo no início, não fosse pela trilha de papel rasgado deixada pelo caminho. Decidimos explorar, antes de mais nada, as partes superiores mais decrépitas, porquanto subimos por aquele labirinto uma distância de cerca de trinta metros, até o ponto onde a camada mais alta das câmaras abria-se de forma nevada e ruinosa para o céu polar. A ascensão se deu pelas íngremes rampas de pedra estriadas transversalmente, ou planícies inclinadas, que por toda parte faziam as vezes de escadas. Os cômodos que encontramos eram de todas as formas e proporções imagináveis, de esteliformes a triangulares e perfeitamente cúbicos. Talvez seja seguro afirmar que as medidas gerais eram de cerca de nove metros na área do chão, e seis metros de altura, embora existissem muitos aposentos maiores. Após um minucioso exame das regiões superiores e do nível glacial, descemos, andar por andar, até a parte soterrada onde logo percebemos que, de fato, estávamos em um labirinto contínuo de câmaras e passagens conectadas, as quais provavelmente conduziam a áreas ilimitadas fora daquele edifício em particular. A ciclópica imponência e o gigantismo de tudo o que nos cercava tornaram-se curiosamente opressivos, e havia algo vago, mas profundamente inumano em todos os contornos, dimensões, proporções, decorações e nuances estruturais da arcaica e blasfema cantaria. Logo percebemos, pelo que revelavam os entalhes, que aquela cidade monstruosa tinha muitos milhões de anos.

Ainda não somos capazes de explicar os princípios de engenharia utilizados no balanceamento e ajuste anômalos das vastas massas rochosas, embora fosse claro o uso constante do sistema de arco. Os cômodos que visitamos estavam totalmente desprovidos de quaisquer móveis, uma circunstância que sustentava a nossa crença na deserção deliberada da cidade. A principal característica decorativa era o sistema quase universal de esculturas murais, que tendiam a correr em contínuas faixas horizontais de noventa centímetros de largura, dispostos do chão ao teto em alternância com faixas, de igual largura, de arabescos geométricos. Havia exceções a essa regra de organização, mas sua preponderância era esmagadora. Muitas vezes, no entanto, uma série de cártulas lisas contendo grupos de pontos estranhamente padronizados, era embutida em uma das faixas de arabesco.

A técnica, logo vimos, era madura, sofisticada e sua estética evoluíra ao mais alto grau do conhecimento civilizado, embora fosse, em todos os seus detalhes, completamente estranha a qualquer tradição artística conhecida da raça humana. Nenhuma escultura que eu antes tenha contemplado equiparava-se a tamanha delicadeza de execução. Os mais ínfimos detalhes de uma vegetação rica, ou da vida animal, foram reproduzidos com surpreendente vivacidade, apesar da suntuosa escala das esculturas, enquanto os desenhos convencionais eram maravilhas de habilidosa complexidade. Os arabescos exibiam um abundante uso de princípios matemáticos, e eram compostos de curvas e ângulos obscuramente simétricos, de base cinco. As faixas pitorescas seguiam uma tradição muito formalizada e envolviam um tratamento singular da perspectiva, mas possuíam uma força artística que nos comoveu profundamente, apesar do abismo existente entre vastos períodos geológicos. O método de design articulava-se em uma justaposição singular da seção transversal com a silhueta bidimensional, e incorporava uma psicologia analítica além da de qualquer raça conhecida da antiguidade. É inútil tentar comparar tal arte com qualquer outra representada em nossos museus. Aqueles que virem nossas fotografias provavelmente encontrarão seu análogo mais próximo entre certas concepções grotescas dos mais ousados futuristas.

O traço dos arabescos consistia em entalhes, cuja profundidade nas paredes intocadas variava de cinco a oito centímetros. Quando apareceram cártulas com grupos de pontos – como o que pareciam ser inscrições em alguma língua e alfabeto desconhecidos e primitivos – o entalhe na superfície lisa teria talvez quatro centímetros, e os pontos talvez cinco centímetros de profundidade. As faixas pitorescas estavam em baixo-relevo, de modo que o fundo ficava deprimido a cerca de cinco centímetros da superfície original da parede. Em alguns espécimes, podiam ser detectados os vestígios de uma coloração anterior, embora em sua maioria os incalculáveis éons tenham desintegrado e desbotado os pigmentos possivelmente aplicados. Quanto mais se estudava a maravilhosa técnica, mais se admirava as obras. Sob a rigorosa estilização, podia-se compreender a minuciosa observação e a precisa habilidade gráfica dos artistas, e, de fato, o próprio estilo servia para simbolizar e acentuar a verdadeira essência, ou a diferenciação vital, de cada objeto delineado. Sentimos, também, que além dessas perfeições evidentes havia ainda outras à espreita, além do alcance de nossa percepção. Alguns toques aqui e ali davam vagos indícios de símbolos e estímulos latentes, e outra condição mental e emocional, além do auxílio de um equipamento sensorial mais completo ou diferente, poderia tê-los tornado de profunda e contundente importância para nós.

A temática das esculturas era obviamente proveniente da vida da época desaparecida de sua criação, e continha uma grande proporção de fatos históricos. Essa mentalidade histórica anormal da raça primitiva – uma circunstância casual que opera, por coincidência e milagre, a nosso favor – foi o que tornou as esculturas tão incrivelmente informativas e que nos levou a colocar sua fotografia e transcrição acima de todas as outras considerações. Em certos cômodos, a organização dominante distinguia-se pela presença de mapas, cartas astronômicas e outros projetos científicos em grande escala – coisas tais que davam ingênua e terrível corroboração ao que coletáramos das frisas e dos dados pitorescos. Ao sugerir o que o todo revelou, posso apenas esperar que meu relato não desperte mais curiosidade do que sã prudência por parte daqueles que acreditarem em mim. Seria trágico se alguém fosse seduzido por esse reino de morte e horror pelo próprio aviso cujo objetivo é desencorajar novas visitações.

Essas paredes esculpidas eram interrompidas por janelas altas e portais enormes de três metros e meio, alguns dos quais retinham as tábuas petrificadas de madeira – elaboradamente entalhadas e polidas – das portas e venezianas de antes. Todos os acessórios de metal haviam desaparecido há muito tempo, mas algumas das portas permaneceram no lugar e tiveram de ser abertas à força à medida que avançávamos de cômodo para cômodo. Guarnições de janelas com vidraças transparentes singulares – na maioria elípticas – resistiram aqui e ali, embora em pouca quantidade. Havia também abundância de nichos de grande magnitude, geralmente vazios, mas por vezes continham algum objeto bizarro esculpido em esteatita esverdeada, tendo estas sido quebradas ou talvez consideradas inferiores demais para justificar a remoção. Outras aberturas estavam, sem dúvida, conectadas com instalações mecânicas passadas – aquecimento, iluminação e similares – de uma espécie sugerida em muitos dos entalhes. Os tetos costumavam ser lisos, mas encontramos alguns que haviam sido incrustados com esteatita esverdeada ou outros azulejos, dos quais grande parte havia já se soltado. Os pisos também eram pavimentados com tais azulejos, embora pedras lisas fossem predominantes.

Como mencionei, todos os móveis e outros objetos haviam sido retirados, mas as esculturas davam uma ideia clara dos estranhos artigos que antes preenchiam esses cômodos tumulares e acústicos. Sobre a camada glacial, o chão encontrava-se, em geral, repleto de detritos, entulhos e escombros, contudo, mais abaixo tal condição tornava-se mais agravada. Em alguns dos corredores e câmaras inferiores nada mais havia além de poeira arenosa ou incrustações antigas, enquanto poucas áreas apresentavam um ar inquietante de varredura e limpeza recentes. Claro que, nos lugares onde haviam ocorrido rachaduras ou desabamentos, os níveis inferiores estavam tão atulhados quanto os superiores. Um pátio central – como os de outras estruturas que víramos quando em voo – guardava as regiões interiores da absoluta escuridão, de modo que raras vezes tivemos de usar nossas lanternas nos cômodos superiores, exceto quando estudamos detalhes esculpidos. Abaixo da calota de gelo, no entanto, a penumbra se aprofundava, e muitas partes do emaranhado nível térreo aproximava-se do pleno breu.

Para a formação de uma ideia, mesmo que rudimentar, dos nossos pensamentos e sentimentos à medida que penetrávamos aquele silencioso labirinto de cantaria inumana, faz necessário correlacionar um caos irremediavelmente vertiginoso de humores, memórias e impressões fugitivas. A impressionante antiguidade e a desolação letal do local eram suficientes para sobrecarregar quase qualquer pessoa sensível, mas somavam-se a esses elementos o recente, inexplicado horror no acampamento, assim como as revelações rapidamente impostas pelas terríveis esculturas murais à nossa volta. No momento em que nos deparamos com um trecho de perfeito relevo, onde não poderia haver nenhuma ambiguidade de interpretação, custou-nos senão uma breve análise para que viesse à tona a terrível verdade – verdade a respeito da qual seria ingenuidade afirmar que Danforth e eu não havíamos, individualmente, suspeitado antes, embora tenhamos, cautelosos, evitado até mesmo sugerir tal coisa um para o outro. Não poderia haver mais nenhuma dúvida clemente sobre a natureza dos seres que haviam construído e habitado aquela monstruosa cidade morta há milhões de anos, quando os ancestrais do homem eram mamíferos arcaicos primitivos, e vastos dinossauros vagueavam pelas estepes tropicais da Europa e da Ásia.

Havíamos nos agarrado a uma desesperada alternativa e insistido – cada um consigo mesmo – que a onipresença do motivo de cinco pontas significava apenas alguma exaltação cultural ou religiosa do objeto natural Arqueano que tão claramente consagrara a característica esteliforme, bem como os motivos decorativos da civilização Minoica de Creta exaltavam o touro sagrado, os do Egito, o escaravelho, os de Roma, o lobo e a águia, e os de várias tribos selvagens algum totem animal selecionado. Entretanto, aquele refúgio solitário foi arrancado de nós, e fomos forçados a enfrentar definitivamente a atordoante percepção que o leitor destas páginas, sem dúvida, antecipou há muito tempo. Mal posso suportar escrevê-la com clareza, tinta e papel, mesmo agora, mas talvez isso não seja necessário.

As coisas outrora criadas e habitadas naquela terrível cantaria na era dos dinossauros não eram, de fato, dinossauros, mas algo muito pior. Os dinossauros eram criaturas novas e quase destituídas de cérebro, mas os construtores da cidade eram sábios, antigos, e haviam deixado certos vestígios em rochas que ali jaziam há quase mil milhões de anos – rochas assentadas antes de a verdadeira vida na terra ter evoluído para além de grupos plásticos de células – rochas assentadas antes mesmo de qualquer espécie de vida na terra existir. Foram os criadores e escravizadores dessa vida e, acima de todas as dúvidas, a origem dos antiquíssimos mitos diabólicos, assustadoramente sugeridos por registros como os manuscritos Pnakóticos e o *Necronomicon*. Eles eram "Os Antigos" que descenderam desde as estrelas quando a Terra era jovem, os seres cuja substância uma evolução antinatural moldara, e cujos poderes jamais foram criados neste planeta.

E pensar que apenas um dia antes, Danforth e eu havíamos de fato analisado fragmentos de sua substância milenar fossilizada, e que o pobre Lake e sua equipe haviam visto seus contornos completos. É, para mim, certamente impossível relatar na ordem adequada as etapas pelas quais coletamos as informações que possuímos sobre aquele capítulo monstruoso da vida pré-humana. Após o primeiro choque da revelação, tivemos de parar um pouco para nos recuperarmos, e já eram três horas da tarde quando começamos nossa verdadeira jornada de pesquisa sistemática. As esculturas da construção na qual entráramos datavam de um período relativamente tardio – talvez dois milhões de anos atrás – como pôde-se verificar por suas características geológicas, biológicas e astronômicas, além de representarem uma arte que poderia ser chamada de decadente em comparação aos espécimes que encontramos em construções mais antigas, depois de atravessarmos algumas pontes sob o manto glacial. Um dos edifícios, talhado em rocha viva, parecia datar de quarenta ou, possivelmente, até mesmo de cinquenta milhões de anos – para o Eoceno inferior ou Cretáceo superior – e continha baixos-relevos de uma mestria que superava qualquer outra coisa que tenhamos encontrado, com uma importante exceção. Concordamos, portanto, que aquela fora a estrutura arquitetônica mais antiga com que nos deparamos.

Se não fosse o apoio das fotografias que logo se tornarão públicas, abster-me-ia de dizer o que encontrei e inferi, para que não fosse tido como louco. Decerto, as partes infinitamente arcaicas do mosaico narrativo – representando a vida pré-terrestrial dos seres de cabeça esteliforme em outros planetas, em outras galáxias, e em outros universos – podem ser facilmente interpretadas como a mitologia fantástica desses seres, embora tais partes por vezes incluíssem desenhos e diagramas tão estranhamente semelhantes às descobertas mais recentes da matemática e da astrofísica que eu mal soubesse o que pensar. Que outros julguem quando virem as fotografias que publicarei.

Naturalmente, nenhum conjunto de entalhes que encontramos contava mais do que uma fração de qualquer história conectada, nem sequer começamos a perscrutar os vários estágios daquela história na ordem apropriada. Alguns dos vastos cômodos eram unidades independentes, até onde pudemos observar sua configuração, enquanto em outros casos, uma crônica contínua era tecida através de uma série de cômodos e corredores. Os melhores mapas e diagramas estavam nas paredes de um abismo assustador, abaixo até mesmo de um antigo nível do solo – uma caverna com talvez sessenta metros quadrados e dezoito metros de altura, que quase sem dúvida fora algum tipo de centro educacional. Havia muitas repetições enervantes do mesmo material em diferentes cômodos e construções, e era certo que alguns capítulos de experiência, e alguns resumos ou fases da história da raça, haviam sido favoritos entre diferentes decoradores ou habitantes. Algumas vezes, porém, versões variadas do mesmo tema provaram-se úteis para resolver pontos discutíveis e preencher lacunas.

Ainda causa-me espanto que tenhamos deduzido tanto no pouco tempo de que dispúnhamos. É claro que, mesmo agora, temos senão um mero delineamento geral, e grande parte foi obtida mais tarde, a partir de um estudo das fotografias e esboços que fizemos. É possível que este estudo posterior tenha sido a fonte imediata do colapso de Danforth, as memórias revividas e as impressões vagas atuando em conjunto com sua sensibilidade natural e o vislumbre final daquele suposto horror inexplicável, cuja essência ele não revelará nem mesmo para mim. Mas assim tinha de ser, pois não podíamos emitir nosso aviso de maneira eficaz sem obtermos informações tão completas quanto fosse possível, e a emissão dessa advertência é uma necessidade primordial. Certas influências persistentes naquele desconhecido mundo antártico de tempo desordenado e da lei natural alienígena tornam imperativo que explorações futuras sejam desencorajadas.

## CAPÍTULO 7

A história completa, tal como até agora decifrada, aparecerá em breve em um boletim oficial da Universidade Miskatonic. Aqui, esboçarei apenas os aspectos mais importantes de forma pouco precisa e divagante. Mito ou não, as esculturas contavam sobre a vinda desses seres de cabeça esteliforme desde o espaço cósmico até a Terra nascente e sem vida. Contavam sobre o seu advento e o de muitas outras entidades alienígenas que, em certos tempos, embarcam em explorações espaciais pioneiras. Pareciam capazes de atravessar o éter interestelar com suas vastas asas membranosas, estranhamente confirmando algum curioso conto folclórico que me contara um colega antiquário há muito tempo. Haviam vivido sob o mar por um longo período, construindo cidades fantásticas e travando batalhas extraordinárias com adversários inomináveis, nas quais faziam uso de dispositivos intrincados, empregando princípios de energia desconhecidos. É evidente que seus conhecimentos científicos e mecânicos superavam muito os do homem moderno, embora apenas recorressem às suas formas mais difundidas e elaboradas quando obrigados a fazê-lo. Algumas das esculturas sugeriam que haviam passado por um estágio de vida mecanizada em outros planetas, mas recuaram por julgarem seus efeitos emocionalmente insatisfatórios. Sua constituição de dureza preternatural e a simplicidade de suas necessidades naturais os tornavam, de uma forma peculiar, capazes de viver uma vida de alto padrão sem os benefícios especializados da manufatura artificial e até mesmo sem vestimentas, senão para ocasional proteção contra os elementos.

Foi sob o mar, inicialmente para obter comida e depois para outros fins, que eles criaram a vida na Terra, usando as substâncias disponíveis de acordo com métodos há muito conhecidos. Os experimentos mais elaborados vieram após a aniquilação de vários inimigos cósmicos. Eles haviam feito a mesma coisa em outros planetas, tendo fabricado não apenas o alimento necessário, mas certas massas protoplásmicas multicelulares capazes de moldar seus tecidos em toda sorte de órgãos temporários, sob influência hipnótica, assim criando os escravos ideais para realizar o trabalho pesado da comunidade. Eram a essas massas viscosas, sem dúvida, que se referia Abdul Alhazred ao falar sobre os "Shoggoths" em seu terrível *Necronomicon*, embora mesmo aquele árabe louco não insinuasse que um deles tivesse existido na Terra, exceto nos sonhos daqueles que haviam mastigado uma certa erva alcaloide. Quando Os Antigos estelicéfalos neste planeta sintetizaram sua simples fonte de alimento e criaram um bom suprimento de Shoggoths, permitiram que outros grupos de células se desenvolvessem em outras formas de vida animal e vegetal para fins diversos, extirpando qualquer um cuja presença se tornasse problemática.

Com a ajuda dos Shoggoths, cujas expansões podiam ser levadas a levantar pesos prodigiosos, as pequenas e profundas cidades submarinas tornaram-se vastos e imponentes labirintos de pedra semelhantes àqueles que mais tarde se ergueram em terra. De fato, Os Antigos, altamente adaptáveis, haviam vivido um longo tempo em terra em outras partes do universo, e é provável que mantivessem muitas tradições de construções terrestres. Enquanto estudávamos a arquitetura de todas essas cidades Paleogêneas esculpidas, incluindo a de cujos imemoriais corredores atravessávamos naquele momento, ficamos impressionados com uma curiosa coincidência que ainda não tentamos explicar, nem para nós mesmos. Os topos das construções, que na cidade real em torno de nós havia, é claro, se reduzido a ruínas disformes há eras, apresentavam-se com clareza nos baixos-relevos, e mostravam grandes aglomerações de pináculos pontiagudos, delicados remates em certos ápices cônicos e piramidais, bem como fileiras de finos discos horizontais sobrepostos em fustes cilíndricas. Era exatamente o que tínhamos visto naquela monstruosa e portentosa miragem, projetada por uma cidade morta em que tais elementos superiores estavam ausentes há milhares e dezenas de milhares de anos, mas que erguia-se diante dos nossos olhos ignorantes através das insondáveis montanhas da loucura quando nos aproximamos do malfadado acampamento do pobre Lake.

Poderiam ser escritos volumes acerca da vida dos Antigos, tanto sob o mar como depois que uma parte deles migrou para a terra. Aqueles que viviam em águas rasas haviam mantido o uso pleno dos olhos, nas extremidades de seus cinco tentáculos principais da cabeça, e praticado as artes da escultura e da escrita de maneira bastante usual – a escrita realizada com um estilo, em superfícies de cera à prova d'água. Os que habitavam mais abaixo, nas profundezas do oceano, embora usassem um curioso organismo fosforescente para obter luz, setorizavam sua visão com obscuros sentidos especiais operando através dos cílios prismáticos em suas cabeças – sentidos estes que tornaram todos Os Antigos parcialmente independentes da luz quando em emergências. Suas formas de escultura e escrita haviam mudado de maneira curiosa com a descida, incorporando certos processos de revestimento, aparentemente químicos (provavelmente para garantir fosforescência), que os baixos-relevos não esclareciam para nós. Os seres se moviam no mar, em parte nadando (usando os braços crinoides laterais) e em parte contorcendo-se com a fileira inferior de tentáculos, que continham seus pseudópodos. Vez ou outra, realizavam longos saltos com o uso auxiliar de dois ou mais conjuntos de suas asas dobráveis. Quando em terra, usavam os pseudópodos, mas ocasionalmente voavam a grandes alturas ou a longas distâncias com suas asas. Os muitos tentáculos finos em que se ramificavam os braços crinoides, eram infinitamente refinados, flexíveis, rijos e precisos em coordenação muscular e nervosa, garantindo a máxima habilidade e destreza em todas as operações artísticas e outras manuais.

A dureza das criaturas era quase inacreditável. Até mesmo a terrível pressão das profundezas do mar parecia impotente para lhes fazer mal. Pouquíssimos pareciam morrer, exceto por violência, e seus locais de sepultamento eram muito limitados.

O fato de cobrirem seus corpos mortos, intumescidos em posição vertical, com montículos de cinco pontas e com inscrições, despertou em Danforth e em mim pensamentos que fez com que uma nova pausa para nos recuperarmos fosse necessária após a revelação das esculturas. Os seres se multiplicavam por meio de esporos, semelhante a pteridófitos vegetais, como suspeitava Lake, mas, por causa de sua prodigiosa resistência, longevidade e consequente falta de necessidade de substituição, não encorajavam o desenvolvimento em grande escala de novos protalos, exceto quando havia novas regiões para colonizar. Os jovens amadureciam rapidamente, e recebiam uma educação que ultrapassa qualquer padrão que possamos imaginar. A vida intelectual e estética era altamente evoluída, e produziu um conjunto duradouro de costumes e instituições que descreverei com mais detalhes em minha monografia que está por vir. Variavam um pouco, caso fosse a residência marítima ou terrestre, mas tinham os mesmos fundamentos e princípios.

Embora capazes, como vegetais, de derivar alimento de substâncias inorgânicas, favoreciam alimentos orgânicos e especialmente animal. No mar, comiam vida marinha crua, mas quando em terra coziam seus víveres. Caçavam e criavam gados, abatendo os animais com armas afiadas, origem das marcas estranhas em certos ossos fósseis que nossa expedição havia notado. Eles resistiram maravilhosamente a todas as temperaturas ordinárias, e em seu estado natural poderiam viver na água até à temperatura de congelamento. Contudo, quando a grande glaciação do Pleistoceno se aproximou – há quase um milhão de anos – os habitantes da terra tiveram de recorrer a medidas especiais, incluindo o aquecimento artificial, até que finalmente o frio mortal parece tê-los levado de volta para o mar. Para seus voos pré-históricos através do espaço cósmico, conforme conta a lenda, absorviam certas substâncias químicas e tornavam-se quase independentes de alimentação, respiração ou aquecimento. Contudo, na época em que a grande glaciação chegou, haviam perdido o conhecimento do método. Em todo caso, não poderiam ter prolongado indefinidamente tal estado artificial, sem dano.

Por não se acasalarem e possuírem estrutura semivegetal, os Antigos não tinham nenhuma base biológica para a fase familiar de vida mamífera, mas pareciam organizar grandes comunidades a partir dos princípios de utilização confortável do espaço e – como podemos deduzir pelas ocupações registradas e pelo afastamento dos co-habitantes – de associação mental compatível. Ao que diz respeito à mobília de suas casas, mantiveram tudo no centro dos enormes cômodos, deixando livres todos os espaços das paredes para tratamento decorativo. A iluminação, no caso dos habitantes terrestres, era realizada por um dispositivo de provável natureza eletroquímica. Tanto em terra como debaixo d'água, usavam mesas curiosas, cadeiras e sofás como armações cilíndricas – pois repousavam e dormiam na vertical, com os tentáculos dobrados para baixo – e prateleiras para os articulados conjuntos de superfícies pontilhadas que constituíam seus livros.

    O sistema de governo era evidentemente complexo e provavelmente socialista, embora nenhuma certeza a esse respeito possa ser inferida a partir das esculturas que vimos. Havia um extensivo comércio, tanto local como entre cidades diferentes, além de certos contadores pequenos, chatos, de cinco pontas e inscritos, que serviam como dinheiro. É provável que a menor das várias esteatitas esverdeadas encontradas por nossa expedição sejam parte de tal moeda. Embora a cultura fosse principalmente urbana, existia alguma agricultura e muita pecuária. A mineração e um volume limitado de manufatura também eram praticadas. As viagens eram muito frequentes, mas a migração permanente parecia rara, exceto pelos vastos movimentos colonizadores pelos quais a raça se expandiu. Para a locomoção pessoal não se utilizava nenhum auxílio externo, porque Os Antigos pareciam possuir capacidades extraordinárias de velocidade, fosse na terra, no ar ou na água. Carregamentos, no entanto, eram puxados por bestas de carga: Shoggoths sob o mar, e uma curiosa variedade de vertebrados primitivos nos anos posteriores de existência na terra.

    Estes vertebrados, bem como uma infinidade de outras formas de vida – animais e vegetais, marinhos, terrestres e aéreas – foram os produtos de evolução não orientada, atuando sobre as células de vida criadas pelos Antigos, mas que acabaram por escapar-lhes da atenção. Foram permitidas desenvolverem-se sem controle, porque não entraram em conflito com os seres dominantes. As formas incômodas, é claro, eram mecanicamente exterminadas. Achamos interessante ver em algumas das últimas e mais decadentes esculturas uma espécie de mamífero primitivo e cambaleante, usado às vezes como comida e às vezes como um bufão para o entretenimento dos habitantes terrestres, cujos prenúncios vagamente símios e humanos eram inconfundíveis. Na construção das cidades terrestres, os enormes blocos de pedra das torres altas eram geralmente erguidos por pterodáctilos com asas grandes, de uma espécie até então desconhecida pela paleontologia.

A persistência com a qual Os Antigos sobreviveram a várias mudanças geológicas e convulsões da crosta terrestre foi quase um milagre. Embora poucas, ou nenhuma, de suas primeiras cidades pareçam ter subsistido além da era Arqueana, não houve nenhuma interrupção em sua civilização ou na transmissão de seus registros. O lugar original de seu advento ao planeta foi o oceano Antártico, e é provável que não tenham vindo muito tempo após a matéria formadora da Lua ter sido arrancada do vizinho Pacífico Sul. De acordo com um dos mapas esculpidos, o globo inteiro encontrava-se então submerso por água, e à medida que se passavam os éons, as cidades de pedra se espalhavam para cada vez mais longe da Antártica. Outro mapa mostra uma grande porção de terra seca em torno do polo sul, onde é evidente que alguns dos seres fizeram assentamentos experimentais, embora seus principais centros tenham sido transferidos para as proximidades no fundo do mar. Alguns mapas posteriores, que mostram a massa terrestre como fragmentos à deriva, enviando certas partes isoladas ao norte, defendem de uma forma impressionante as teorias da deriva continental, desenvolvidas nos últimos tempos por Taylor, Wegener e Joly.

Com a sublevação de novas terras no Pacífico Sul, iniciaram-se tremendos eventos. Algumas das cidades marinhas foram irremediavelmente despedaçadas, mas esse não foi o pior infortúnio. Outra raça – uma raça terrestre de seres em forma octópode e provavelmente correspondente à fabulosa descendência pré-humana de Cthulhu – logo começou a descender desde o infinito cósmico e instaurou uma monstruosa guerra que, por um tempo, forçou Os Antigos a se transportarem de uma vez para o mar outra vez, um golpe colossal, tendo em conta o crescimento dos assentamentos. Mais tarde estabeleceu-se a paz, e as novas terras foram concedidas aos descendentes de Cthulhu, enquanto Os Antigos possuíam o mar e as terras mais antigas. Novas cidades terrestres foram fundadas, a maior delas na Antártica, pois a região do advento era sagrada. A partir de então, tal como antes, a Antártica permaneceu sendo o centro da civilização dos Antigos, e todas as cidades ali construídas pela descendência de Cthulhu foram destruídas. Então, de repente, as terras do Pacífico afundaram novamente, levando consigo a terrível cidade de pedra de R'lyeh e todos os octópodes cósmicos, de modo que Os Antigos voltaram a governar supremos no planeta, com exceção de um sombrio temor, sobre o qual não gostavam de falar. Em uma época um pouco mais tardia, suas cidades pontilharam todas as terras e águas do globo, daí a recomendação em minha monografia vindoura de que alguns arqueólogos façam perfurações sistemáticas com o aparato desenvolvido por Pabodie em certas regiões amplamente separadas.

A tendência constante ao longo de eras foi a transição da água para a terra, um movimento encorajado pela ascensão de novas massas de terra, embora o oceano nunca tenha sido abandonado por completo. Outra causa para a mudança em direção à terra foi a nova dificuldade de criar e gerir os Shoggoths, de quem dependia o êxito da vida marinha. Ao marchar do tempo, como infelizmente confessaram as esculturas, a arte de criar vida nova a partir de matéria inorgânica acabou por perder-se, de modo que Os Antigos tinham de depender da moldagem de formas já existentes. Em terra, os grandes répteis revelaram-se bastante dóceis, mas os Shoggoths do mar, reproduzindo-se por fissão e alcançando um perigoso nível de inteligência acidental, representando um sério problema por algum tempo.

Sempre haviam sido controlados por meio das sugestões hipnóticas dos Antigos, e modelaram sua dura plasticidade em vários e úteis membros e órgãos temporários. Mas agora seus poderes de automodelagem vinham sendo, por vezes, exercidos de maneira independente, segundo configurações imitativas implantadas por sugestão passada. Ao que parece, haviam desenvolvido um cérebro semiestável, cuja volição, separada e ocasionalmente obstinada, ecoava a vontade dos Antigos, sem obedecê-la sempre. As imagens esculpidas dos Shoggoths preencheram Danforth e a mim de horror e repugnância. Costumavam ser entidades informes, constituídas por uma geleia viscosa que se assemelhava a uma aglutinação de bolhas, cada uma medindo cerca de quatro metros e meio de diâmetro quando em forma esférica. Entretanto, estavam em constante mudança de forma e volume, expulsando suplementos temporários ou formando órgãos para visão, audição e fala, imitando seus mestres, quer espontaneamente, quer segundo a sugestão.

Parecem ter se tornado intratáveis, de maneira peculiar, em meados da era Permiana, talvez cento e cinquenta milhões de anos atrás, quando uma verdadeira guerra por nova subjugação foi travada contra eles pelos Antigos marinhos. As imagens dessa guerra, bem como as das obras dos Shoggoths, que em geral decapitavam suas vítimas e cobriam de limo seus cadáveres, continham uma qualidade incrivelmente temível, apesar do abismo que se interpõe de eras incalculáveis. Os Antigos usavam curiosas armas de agitação molecular e atômica contra as entidades rebeldes, e no final alcançavam plena vitória. Depois disso, as esculturas mostravam um período em que os Shoggoths foram domados e subjugados por Antigos armados, assim como os cavalos selvagens do oeste americano foram domados por cowboys. Ainda que durante a rebelião os Shoggoths tivessem mostrado capacidade de viver fora da água, essa transição não foi encorajada, dado que sua utilidade em terra dificilmente teria sido proporcional ao problema que seria geri-los.

Durante o período Jurássico, Os Antigos encontravam novas adversidades, em forma de uma nova invasão do espaço galáctico, dessa vez de criaturas semifúngicas, semicrustáceas, indubitavelmente semelhantes àquelas que figuravam determinadas lendas do norte, sussurradas e retidas nos Himalaias, como o Mi-Go, ou Abomináveis Homens das Neves. Para lutar contra esses seres, Os Antigos tentaram, pela primeira vez desde o seu advento terreno, retornar ao éter planetário. Mas, apesar de todos os preparativos necessários, descobriram que já não lhes era possível deixar a atmosfera da terra. Fosse qual fosse o antigo segredo da viagem interestelar, agora estava definitivamente perdido. Por fim, os Mi-Go expulsaram Os Antigos de todas as terras do norte, embora fossem impotentes para perturbar os que estavam no mar. Pouco a pouco se iniciava o lento recuo da raça antiga para o seu habitat antártico original.

Foi curioso notar, a partir das batalhas registradas, que tanto os descendentes de Cthulhu como os Mi-Go pareciam ser compostos de uma matéria muito diferente da que conhecemos, do que aquela que compunha Os Antigos. Foram capazes de passar por transformações e reintegrações impossíveis para seus adversários e, portanto, parecem ter vindo originalmente de abismos ainda mais remotos do espaço cósmico. Os Antigos, apesar de sua resistência anormal e propriedades vitais peculiares, eram estritamente materiais, e devem ter tido sua origem absoluta no contínuo do espaço-tempo conhecido, enquanto as fontes primárias dos outros seres podem apenas ser conjecturadas, com o fôlego suspenso. Tudo isso, é claro, presumindo que as ligações não-terrestres e as anomalias atribuídas aos inimigos invasores não sejam pura mitologia. É concebível que Os Antigos tenham inventado uma estrutura cósmica para explicar suas derrotas ocasionais, visto que o interesse histórico e o orgulho obviamente formavam o seu principal elemento psicológico. É significativo que seus anais não mencionassem muitas raças avançadas e poderosas de seres cujas culturas sofisticadas e cidades grandiosas figuram persistentemente em certas lendas obscuras.

O estado de transformação do mundo através de longas eras geológicas apareceu com vivacidade surpreendente em muitos dos mapas e das cenas esculpidos. Em certos casos, a ciência existente terá de passar por revisão, enquanto em outros, suas ousadas deduções se confirmam de maneira formidável. Como disse antes, a hipótese de Taylor, Wegener, e Joly de que todos os continentes são fragmentos de uma massa de terra original antártica, fendida peça força centrífuga, de modo que as várias partes se afastaram para longe umas das outras sobre uma superfície inferior tecnicamente viscosa – uma hipótese sugerida, entre outros detalhes complementares, pelos contornos da África e da América do Sul, e a forma como as grandes cadeias montanhosas passaram por desdobramentos – recebe impressionante apoio dessa misteriosa fonte.

Mapas que mostravam com clareza o mundo Carbonífero de cem milhões ou mais anos atrás, exibiam fendas e abismos significativos, mais tarde destinados a separar a África dos reinos outrora contínuos da Europa (a então Valúsia da lenda primitiva), Ásia, Américas e Antártica. Outras cartas – e sobretudo uma, relacionada à fundação da vasta cidade morta ao nosso redor, há cinquenta milhões de anos – mostravam todos os continentes atuais bem diferenciados. E no espécime mais recente que pudemos estudar, datando talvez do período Plioceno, apresentava-se claramente um mundo muito semelhante ao de hoje, apesar da conexão do Alasca com a Sibéria, da América do Norte com a Europa através da Groenlândia, e da América do Sul com a Antártica através da Terra de Graham. No mapa Carbonífero, todo o globo – incluindo o fundo oceânico e as massas terrestres – carregava símbolos das vastas cidades pétreas dos Antigos, mas nas cartas posteriores à recessão gradual em direção à Antártica tornava-se muito nítida. O espécime final do Plioceno não mostrava cidades terrestres, exceto no continente antártico e na ponta da América do Sul, nem quaisquer cidades oceânicas ao norte do paralelo 50 de latitude sul. O conhecimento e o interesse pelo mundo setentrional, com a exceção de um estudo das linhas costeiras, provavelmente feito durante longos voos de exploração com o uso daquelas asas membranosas, havia evidentemente se reduzido a zero entre Os Antigos.

A destruição de cidades, causada pelo soerguimento das montanhas, pelo despedaçamento centrífugo dos continentes, pelas convulsões sísmicas da terra ou do fundo do mar, e por outras causas naturais, era uma questão de registro contínuo. E era curioso observar como cada vez menos substituições eram feitas à medida que se passavam as eras. A vasta megalópole morta que se esparramava à nossa volta parecia ser o último núcleo geral da raça, construído no início da era Cretácea, após um titânico erguimento de terra obliterar uma predecessora ainda mais vasta, não muito distante. Parecia que aquela região teria sido o ponto mais sagrado de todos, onde supostamente os primeiros Antigos se estabeleceram em um fundo do mar primitivo. Na nova cidade – das quais muitas características pudemos reconhecer nas esculturas, mas que se estendiam por cento e sessenta quilômetros ao longo da cordilheira, em ambas as direções, para além dos limites mais distantes de nossa pesquisa aérea – eram supostamente conservadas certas pedras sagradas que haviam feito parte da primeira cidade marinha, e que saíram à luz após longas eras, no curso do desmoronamento geral dos estratos.

## CAPÍTULO 8

Naturalmente, Danforth e eu estudamos com especial interesse e peculiar respeito tudo o que pertencera à região imediata em que nos encontrávamos. Havia grande abundância deste material local, e no emaranhado do nível térreo da cidade, tivemos a sorte de encontrar uma casa de data muito tardia, cujas paredes, embora um pouco danificadas por uma fenda próxima, continham esculturas de feitura decadente que levavam a história da região para além do período do mapa Plioceno, onde tivéramos nossos últimos vislumbres do mundo pré-humano. Este foi o último lugar que examinamos em detalhes, visto que o que lá encontramos nos deu um novo objetivo imediato.

Certamente, estávamos em um dos cantos mais estranhos, misteriosos e terríveis do globo terrestre. De todas as terras existentes, aquela era, infinitamente, a mais antiga. Cresceu em nós a convicção de que aquele lugar hediondo seria, de fato, o lendário platô de Leng, que até mesmo o autor louco do *Necronomicon* relutava em descrever. A grande cadeia montanhosa era tremendamente longa, começando como uma baixa cordilheira na Terra de Luitpold, na costa leste do mar de Weddell, e então atravessando todo o continente. A parte realmente alta se estendia em um imponente arco de cerca desde 82° de latitude e 60° de longitude, até 70° de latitude e 115° de longitude, com seu lado côncavo em direção ao nosso acampamento, e sua extremidade próxima do mar na região daquela longa e gélida costa, cujas colinas foram vislumbradas por Wilkes e Mawson no círculo antártico.

No entanto, exageros ainda mais monstruosos da natureza pareciam perturbadoramente próximos. Mencionei antes que aqueles picos são mais altos que os Himalaias, mas as esculturas proíbem-me de dizer que sejam os mais altos da Terra. Essa honra ameaçadora está, sem dúvida, reservada para algo que metade das esculturas hesitaram em gravar, enquanto outras a abordaram com repugnância e apreensão nítidas. Parece haver uma parte da antiga terra – a primeira parte a erguer-se das águas após a terra projetar de si a Lua e Os Antigos chegarem das estrelas – que passou a ser evitada, considerada vaga e inominavelmente maligna. As cidades ali construídas desmoronaram antes de seu tempo, e foram encontradas subitamente desertas. Então, quando a primeira grande ruptura da terra convulsionou a região na era Eocretácea, uma espantosa linha de picos disparou repentinamente em direção ao céu, em meio ao mais apavorante estrondo e caos, e a Terra recebeu suas montanhas mais sublimes e terríveis.

Se a escala das esculturas estiver correta, essas coisas abomináveis deveriam ter muito mais de doze mil metros de altura, dimensões radicalmente mais vastas que até mesmo as das chocantes montanhas da loucura que havíamos atravessado. Estendiam-se, ao que parecia, a cerca de 77° de latitude e 70° de longitude, até 70° de latitude e 100° de longitude, a menos de quinhentos quilômetros da cidade morta, de modo que teríamos espiado seus temidos cumes a obscurecida distância a oeste, não fosse por aquela imprecisa e opalescente neblina. Sua extremidade norte também seria visível da longa linha costeira do círculo antártico, na Terra da Rainha Maria.

Alguns dos Antigos, nos dias decadentes, fizeram estranhas orações para aquelas montanhas, mas nunca ninguém ousou aproximar-se ou adivinhar o que havia do outro lado. Olhos humanos jamais as contemplaram, e enquanto eu estudava as emoções transmitidas nas esculturas, rezava para que nunca ninguém as visse. Há colinas protetoras ao longo da costa além delas, as Terras da Rainha Maria e do Kaiser Wilhelm, e agradeço aos céus por ninguém ter sido capaz de pousar em tais colinas e escalá-las. Já não sou tão cético em relação aos contos e as lendas antigos como costumava ser, e não me rio agora da noção do escultor pré-humano de que o relâmpago fazia uma pausa significativa, por vezes, em cada um dos ameaçadores cumes, e que um brilho inexplicável reluzia de um desses terríveis pináculos durante toda a longa noite polar. Pode ser que haja um significado bastante real e extremamente monstruoso nos velhos sussurros Pnakóticos sobre Kadath, no Ermo Gélido.

No entanto, os terrenos circundantes não eram menos estranhos, ainda que menos obscuramente amaldiçoados. Logo após a fundação da cidade, a grande cordilheira tornou-se a sede dos principais templos, e muitas esculturas mostravam quantas torres grotescas e fantásticas perfuravam o céu, onde agora enxergávamos apenas os cubos e as muralhas curiosamente suspensos. Ao longo dos séculos, as cavernas apareceram e foram moldadas em adjuntos dos templos. Com o avanço de épocas ainda mais tardias, todos os veios de calcário da região foram escavados por águas subterrâneas, de modo que as montanhas, os contrafortes e as planícies abaixo deles tornaram-se uma verdadeira rede de cavernas e galerias conectadas.

Muitas esculturas vívidas contavam sobre as explorações no profundo subsolo, e sobre a descoberta final do sombrio mar estigiano, que se escondia nas entranhas da terra.

Não restam dúvidas de que este vasto abismo tenebroso havia sido escavado pelo grande rio que fluía desde as inomináveis montanhas ocidentais, e que anteriormente formara uma curva na base da cordilheira dos Antigos, fluindo ao lado daquela cadeia montanhosa e desaguando no oceano Índico, entre as Terras de Budd e Totten, na linha costeira de Wilkes. Pouco a pouco, o rio foi devorando a base calcária da montanha na curva, até que, finalmente, suas correntes erodentes chegaram às cavernas das águas subterrâneas e se juntaram a elas na escavação de um abismo ainda mais profundo. Ao fim, todo o seu volume esvaziou-se nas ocas montanhas, deixando seco o velho leito, seguindo rumo ao oceano. Grande parte da cidade posterior, como agora a descobrimos, havia sido construída sobre aquele antigo leito. Os Antigos, tendo conhecimento do que acontecera e exercitando seu senso artístico sempre aguçado, esculpiram em pilones ornamentados aqueles promontórios dos contrafortes, onde o grande rio iniciava sua descida à escuridão eterna.

Esse rio, outrora atravessado por dezenas de pontes de pedra nobre, era nitidamente aquele cujo curso extinto tínhamos visto na nossa pesquisa aérea. Sua posição em diferentes esculturas da cidade foi de grande ajuda para nos orientar em relação a como o cenário se apresentava em vários estágios da história imemorial da região há eras adormecida, de modo que fomos capazes de esboçar às pressas, mas com zelo, um mapa das características mais destacadas – praças, edifícios importantes e similares – para usar como orientação em outras explorações. Logo pudemos reconstruir em fantasia toda a coisa estupenda, tal como era há um milhão, ou dez milhões, ou cinquenta milhões de anos, pois as esculturas nos disseram exatamente como os edifícios, as montanhas, as praças, os subúrbios, o cenário paisagístico e a verdejante vegetação Terciária se pareciam naquela época. Há de ter sido de uma mística e encantadora beleza, e enquanto pensava nisso, quase me esqueci da languinhenta sensação de opressão sinistra com que a idade inumana da cidade, e a languidez, e o exílio, e o crepúsculo glacial, haviam me sufocado e pesado em meu espírito. Contudo, de acordo com certas esculturas, os habitantes daquela cidade haviam conhecido o poder do terror opressivo, pois existia uma sombria e recorrente cena em que Os Antigos, tomados de temor, pareciam rechaçar um determinado objeto (proibido de aparecer nos desenhos) que se encontrava no grande rio. Indicava-se ter sido trazido pela correnteza, drapeado de cipós, através das florestas de cicadáceas daquelas terríveis montanhas do oeste.

Foi somente em uma casa construída tardiamente com as esculturas decadentes que obtivemos qualquer prenúncio da calamidade final que levou à deserção da cidade. Sem dúvida, havia de existir muitas esculturas da mesma era em outros lugares, mesmo considerando as energias afrouxadas e as aspirações em um período estressante e incerto. De fato, evidências muito claras da existência de outras delas chegaram a nós pouco depois. Mas esse foi o primeiro e único conjunto que encontramos de modo direto. Tínhamos a intenção de procurar pelas outras posteriormente, mas, como já disse, as condições ditaram outro objetivo imediato. Haveria, porém, um limite, pois após toda a esperança de uma longa ocupação futura do lugar perecer entre Os Antigos, não poderia deixar de haver uma completa cessação da decoração mural. O golpe derradeiro, é claro, foi a chegada do grande frio que de uma só vez aniquilou a maior parte da terra, e que nunca mais se afastou dos malfadados polos – o grande frio que, no outro extremo do mundo, pôs um fim às lendárias terras de Lomar e Hiperbórea.

É difícil precisar quando, em questão de datas, essa tendência começou na Antártica. Nos dias de hoje, estabelecemos o início dos períodos glaciais gerais a cerca de quinhentos mil anos do presente, mas nos polos o terrível flagelo deve ter começado muito antes disso. Todas as estimativas quantitativas são, em parte, conjecturas, mas é muito provável que as esculturas decadentes tenham sido feitas a muito menos de um milhão de anos atrás, e que o real abandono da cidade foi efetuado muito antes da convencional abertura do período Pleistoceno – quinhentos mil anos atrás – tal como se calcula em termos da superfície total da terra.

Nas esculturas decadentes havia sinais de uma vegetação mais rala por toda parte, e de uma vida rural reduzida por parte dos Antigos. Apresentaram-se dispositivos de aquecimento nas casas, e viajantes invernais eram representados com agasalhos de tecidos protetores. Em seguida, vimos uma série de cártulas – o arranjo da faixa contínua várias vezes interrompido nessas esculturas mais tardias – que representavam uma migração em constante crescimento para os refúgios mais próximos e mais quentes. Alguns fugiam para as cidades submarinas, pela costa distante, e outros desciam até as redes de cavernas calcárias nas montanhas ocas, até o vizinho abismo negro de águas subterrâneas.

No final, parece ter sido este abismo vizinho aquele que recebeu a maior colonização. Não há dúvidas de que isso se deve, em parte, à tradicional sacralidade dessa região em especial, mas o fator determinante de tal movimento podem ter sido as oportunidades que o local oferecia de manter em uso os grandes templos nas montanhas escavadas, de reter a vasta cidade terrestre como uma residência de veraneio e como a base de comunicação entre várias minas. A ligação entre o antigo e o novo domicílio tornou-se mais eficaz, por meio de vários nivelamentos e melhorias ao longo das rotas de conexão, incluindo o cinzelamento de inúmeros túneis diretos, desde a antiga metrópole até o abismo negro – túneis íngremes cujas bocas cuidadosamente desenhamos, segundo nossas estimativas mais criteriosas, no mapa-guia que estávamos compilando. Era óbvio que ao menos dois desses túneis ficavam a uma distância razoável do local onde estávamos – ambos na borda montanhosa da cidade, um deles a menos de quatrocentos metros dali, em direção ao antigo curso do rio, e o outro a talvez o dobro dessa distância, na direção oposta.

O abismo, ao que parecia, possuía certas áreas de terra seca, mas Os Antigos construíram sua nova cidade sob a água – sem dúvida, porque proporcionava mais garantia de calor uniforme. A profundidade do mar oculto parecia ter sido muito grande, de modo que o calor interno da terra era capaz de garantir sua habitabilidade por um período indefinido. Os seres pareciam não ter tido problemas em adaptar-se à vida em tempo parcial – e eventualmente, como é natural, em tempo integral – na residência submarina, visto que nunca haviam permitido que os seus sistemas de guelras se atrofiassem. Havia muitas esculturas que mostravam a frequência das visitas a seus parentes submarinos em outros lugares, e como mantinham o hábito de se banhar nas profundezas de seu grande rio. A escuridão do interior da Terra também não podia ser impedimento para uma raça acostumada às longas noites antárticas.

Embora seu estilo fosse, sem dúvidas, decadente, essas esculturas mais tardias eram dotadas de uma qualidade verdadeiramente épica ao contarem sobre a construção da nova cidade no mar subterrâneo. Os Antigos haviam se dedicado ao negócio cientificamente, extraindo rochas insolúveis do coração das montanhas escavadas e empregando trabalhadores especialistas da cidade submarina mais próxima para realizar a construção seguindo os melhores métodos. Os tais trabalhadores levaram consigo tudo o que era necessário para estabelecer o novo empreendimento: tecido de Shoggoth, a partir do qual criavam carregadores de pedras e posteriormente bestas de carga para a cidade subterrânea, além de outras matérias protoplásmicas, que eram transformadas em organismos fosforescentes para fins de iluminação.

Por fim, ergueu-se uma poderosa metrópole no fundo do mar estigiano, cuja arquitetura assemelhava-se muito à da cidade acima dela, e cujo trabalho exibia relativamente pouca decadência por causa do preciso elemento matemático inerente às operações da construção. Os Shoggoths recém-criados evoluíram, tornando-se enormes em tamanho e dotados de uma inteligência singular. Foram representados nas esculturas recebendo e executando ordens com impressionante rapidez. Pareciam conversar com Os Antigos imitando suas vozes (uma espécie de sibilo musical em ampla tessitura, se a dissecação do pobre Lake estiver correta) e trabalhar mais a partir de comandos falados do que a partir de sugestões hipnóticas, como em tempos anteriores. No entanto, eram mantidos sob admirável controle. Os organismos fosforescentes forneciam luz com grande eficácia, e sem dúvida compensavam a perda das conhecidas auroras polares da noite terrestre.

Estimava-se a arte e a decoração, embora, é claro, com certa decadência. Os Antigos pareciam se dar conta dessa involução e, em muitos casos, anteciparam a política de Constantino, o Grande, através do transplante de muitas peças antigas de escultura de sua cidade terrestre, assim como o imperador, em uma época similar de declínio, despiu a Grécia e a Ásia de sua melhor arte, para dar à sua nova capital bizantina um esplendor maior do que o seu próprio povo seria capaz de criar. Se a transferência de peças entalhadas não foi mais extensa, deve-se, sem dúvida, ao fato de que a cidade terrestre não fora, a princípio, abandonada por completo. Na época em que a evacuação total aconteceu (e certamente ocorrera antes de o período Pleistoceno polar entrar em estágio avançado), é possível que Os Antigos estivessem satisfeitos com sua arte decadente, ou tivessem deixado de reconhecer algum mérito superior das esculturas mais antigas. De qualquer maneira, as ruínas há eras silenciosas à nossa volta, decerto não haviam sofrido nenhuma desnudação escultural em massa, embora todas as melhores estátuas independentes, bem como outros móveis, tivessem sido removidas.

As cártulas e os dados decadentes que contavam essa história eram, como eu disse, os espécimes mais tardios que pudemos encontrar em nossa busca limitada. Deixaram-nos uma imagem dos Antigos, indo e vindo entre a cidade terrestre no verão e a cidade do mar subterrâneo no inverno, e às vezes negociando com as cidades do fundo do mar ao largo da costa antártica. A essa altura, deviam já ter reconhecido a derrocada definitiva da cidade terrestre, pois as esculturas apresentavam muitos sinais das malignas invasões do frio. A vegetação estava em declínio, e a terrível neve acumulada do inverno já não se derretia completamente, mesmo no verão. Quase todos os sáurios haviam morrido, e os mamíferos não suportavam sem dificuldade. Para dar continuidade ao trabalho no mundo superior, tornou-se necessário adaptar alguns dos Shoggoths, amorfos e curiosamente resistentes ao frio, à vida terrestre, algo que Os Antigos relutavam em fazer. O grande rio encontrava-se agora sem vida, e as camadas superiores do mar haviam perdido a maior parte de seus habitantes, exceto as focas e as baleias. Todos os pássaros haviam migrado, salvo os grandes e grotescos pinguins.

Restava-nos somente conjecturar o que acontecera posteriormente. Quanto tempo terá sobrevivido a nova cidade do mar subterrâneo? Estaria ela ainda lá embaixo, um cadáver empedernido na escuridão eterna? Teriam as águas subterrâneas finalmente congelado? Qual terá sido o destino das cidades marinhas? Teriam alguns dos Antigos se transferido para o norte antes do avanço da calota glacial? A geologia atual não revela sequer vestígios de sua presença. Seriam ainda os terríveis Mi-Go uma ameaça no mundo terrestre ao norte? Seria possível ter certeza do que poderia ou não sobreviver, mesmo até hoje, nos abismos obscuros e insondáveis das águas mais profundas da Terra? Tais cidades pareciam ter sido capazes de suportar a força de qualquer pressão, e os marinheiros, por vezes, pescaram objetos um tanto curiosos. E será que a teoria das orcas de fato explica as selvagens e misteriosas cicatrizes observadas em focas antárticas, há uma geração, por Borchgrevingk?

Os espécimes encontrados pelo pobre Lake não foram inclusos nessas suposições, pois seu ambiente geológico provou que eles viveram no que deve ter sido um período muito precoce na história da cidade terrestre. Segundo sua localização, decerto não tinham menos de trinta milhões de anos de idade, e concluímos que em seus dias, a cidade do mar subterrâneo, e de fato a própria caverna, ainda não existiam. Eles teriam recordado um cenário mais antigo, com exuberante vegetação Terciária em todo lugar, uma cidade terrestre mais jovem, repleta de promissoras expressões artísticas ao redor, e um grande rio atravessando para o norte ao longo da base das majestosas cordilheiras, em direção a um oceano tropical distante.

No entanto, não pudemos deixar de pensar naqueles espécimes – particularmente nos oito, intocados, que haviam desaparecido do acampamento terrivelmente devastado de Lake. Havia algo de anormal em tudo aquilo, as estranhas coisas que tentáramos com afinco atribuir à loucura de alguém. Aquelas terríveis sepulturas, a quantidade e a natureza do material desaparecido, Gedney, a sobrenatural dureza daquelas monstruosidades arcaicas, e as estranhas características vitais que as esculturas agora apresentavam sobre a raça. Danforth e eu tínhamos visto muitas coisas nas últimas horas e estávamos dispostos a acreditar em inúmeros segredos, horrendos e incríveis, de natureza primitiva, sobre os quais nos manteríamos calados.

## CAPÍTULO 9

Como disse, nosso estudo das esculturas decadentes resultou em uma mudança em nosso objetivo imediato. Isso, naturalmente, teve a ver com as avenidas escavadas para o obscuro mundo interior, de cuja existência não sabíamos antes, mas que agora estávamos ansiosos para descobrir e atravessar. Pela escala dos entalhes, deduzimos que uma caminhada íngreme de cerca de um quilômetro e meio por um dos túneis mais próximos nos conduziria à beira dos penhascos vertiginosos e soturnos sobre o grande abismo, cujos caminhos laterais, aprimorados pelos Antigos, levaria à costa rochosa do oculto e ao tenebroso oceano. Uma vez que soubemos de sua existência, parecia impossível resistir à tentação de contemplar este fabuloso abismo com nossos próprios olhos. Contudo, percebemos que precisávamos iniciar a busca imediatamente se esperávamos incluí-la em nossa viagem presente.

Eram oito da noite e não dispúnhamos de pilhas suficientes para deixar nossas lanternas acesas o tempo inteiro. Havíamos feito tantos esboços e análises abaixo do nível glacial que fizemos uso quase contínuo de nossas lanternas por pelo menos cinco horas, e apesar de serem pilhas secas, durariam por apenas mais quatro. Contudo, se mantivéssemos uma das lanternas apagadas, exceto em lugares especialmente interessantes ou difíceis, talvez fosse possível alcançar uma margem de segurança mais extensa. Não daria certo descermos sem iluminação até aquelas catacumbas ciclópicas, portanto, a fim de fazer a viagem ao abismo, precisaríamos desistir de decifrarmos os murais. É claro que pretendíamos revisitar aquele lugar para dias, talvez semanas, de estudo intensivo e fotografia – a curiosidade há muito tempo tomando o lugar do horror –, mas agora tínhamos de nos apressar.

Nosso suprimento de papel, que marcava o caminho, estava longe de ser ilimitado, e relutamos a sacrificar cadernos de reserva ou papeis para esboço a fim de aumentá-lo. Contudo, acabamos por abrir mão de um denso bloco de notas. Se o pior acontecesse, poderíamos recorrer ao método de lascas nas pedras, e mesmo no caso de realmente nos perdermos, seria possível, é claro, voltarmos à plena luz do dia por um canal ou outro, desde que nos fosse concedido tempo suficiente para muitas tentativas e erros. Então, por fim, partimos ansiosos na direção indicada do túnel mais próximo.

Segundo os entalhes a partir dos quais havíamos feito o nosso mapa, a almejada entrada do túnel não estaria a muito mais que quatrocentos metros de distância de onde estávamos. O espaço intermediário mostrava edifícios de aparência sólida, que muito provavelmente ainda podiam ser adentrados no nível subglacial. A abertura em si ficaria no subsolo – no ângulo mais próximo ao sopé das montanhas – de uma vasta estrutura de cinco pontas, evidentemente de natureza pública e talvez cerimonial, a qual tentamos identificar pela nossa pesquisa aérea das ruínas.

Nenhuma daquelas estruturas veio à nossa mente quando recordamos o nosso voo, por isso concluímos que as suas partes mais altas haviam sido muito danificadas, ou que a construção havia sido completamente destruída em uma rachadura glacial que notáramos. Caso a última hipótese fosse o caso, era provável que o túnel tivesse sido bloqueado, de modo que teríamos de tentar o outro mais próximo, que ficava a menos de um quilômetro e meio ao norte. O curso do rio interveniente nos impedia de tentar qualquer um dos túneis a sul naquela exploração. Na verdade, se ambos os túneis laterais tivessem sido obstruídos, era duvidoso que nossas lanternas suportariam uma tentativa de alcançar o próximo a norte, que ficava a cerca de um quilômetro e meio além da nossa segunda opção.

Enquanto seguíamos nosso caliginoso caminho através do labirinto, com a ajuda do mapa e da bússola – atravessando cômodos e corredores em todo estágio de ruína ou preservação, subindo rampas que cruzavam pisos superiores e pontes, depois descendo outra vez, encontrando portais obstruídos e pilhas de escombros, ora apertando o passo ao longo de trechos preservados com esmero e estranhamente imaculados, tomando caminhos errados e refazendo o nosso caminho (em tais casos, removendo a trilha de papel que havíamos deixado), e de vez em quando encontrando uma abertura por onde adentrava um feixe da luz do dia – ficamos repetidas vezes fascinados pelas paredes esculpidas ao longo da rota. Muitos deviam contar histórias de imensa importância histórica, e somente a perspectiva de visitas posteriores nos reconciliavam com a necessidade de passar por elas sem analisá-las. Na verdade, vez ou outra retardávamos a caminhada e ligávamos nossa segunda lanterna. Se dispuséssemos de mais filme, decerto teríamos feito uma breve pausa para fotografar alguns baixos-relevos, mas uma cópia manual demorada estava claramente fora de questão.

Chego agora, mais uma vez, a um ponto em que a tentação de hesitar, ou de sugerir em vez de afirmar, é muito forte. É necessário, no entanto, revelar o restante, a fim de justificar minha conduta de desencorajar futuras explorações. Prosseguimos em nosso caminho e chegamos próximo ao local onde calculamos ser a boca do túnel (tendo atravessado uma ponte no nível do segundo andar, que nos levou ao que parecia ser a ponta de uma muralha pontiaguda, depois descido um ruinoso corredor especialmente rico em esculturas tardias, elaboradas de forma decadente, que pareciam ritualísticas), quando, pouco antes das 8h30 da noite, as narinas jovens e atentas de Danforth deu-nos a primeira dica de algo incomum. Se tivéssemos conosco um cão, suponho que teria nos alertado antes. A princípio, não podíamos dizer com precisão o que havia de errado com o ar, antes cristalino, mas depois de alguns segundos nossas memórias reagiram com tremenda clareza. Deixe-me tentar dizer o que era sem hesitar. Havia um odor. E esse odor era vaga, sutil e inconfundivelmente semelhante ao que nos havia causado náuseas ao abrir a insana sepultura daquele ser horroroso que o pobre Lake dissecara no acampamento.

É óbvio que a revelação não foi tão nítida naquele momento quanto parece agora. Existiam várias explicações concebíveis, e trocamos diversos sussurros indecisos. O mais importante de tudo é que não recuamos sem investigar a fundo, pois tínhamos chegado muito longe e não seríamos convencidos a desistir por qualquer motivo que não fosse um desastre iminente. De qualquer forma, aquilo de que deviamos ter suspeitado era demasiado alucinante para acreditarmos. Coisa alguma semelhante aconteceu em nenhum mundo normal. É provável que tenha sido puro instinto irracional o que nos fez reduzir a luz de nossa única lanterna – não mais tentados pelas sinistras e decadentes esculturas que espiavam ameaçadoramente daquelas paredes opressivas – e o que suavizou nossa marcha, tornando-a em uma cautelosa caminhada na ponta dos pés, pelo chão cada vez mais repleto de destroços e pilhas de escombros.

Os olhos de Danforth, bem como seu nariz, provaram ser melhores que os meus, pois foi ele novamente que primeiro percebeu o aspecto estranho dos escombros, após termos passado por muitos arcos semiobstruídos que levavam a câmaras e corredores no nível térreo. Não se parecia exatamente como deveria, passados incontáveis milênios de deserção, e quando com cautela aumentamos a intensidade da luz, percebemos que uma espécie de área aberta exibia marcas de passos recentes. A natureza caótica dos escombros impossibilitava a identificação exata dos rastros, mas nos lugares menos entulhados podia-se divisar vestígios de que algum objeto pesado havia sido arrastado. Chegamos a perceber indícios de trilhas paralelas, como que deixadas por trenós. Isso foi o que nos fez parar novamente.

E foi durante essa pausa que, simultaneamente desta vez, notamos o outro odor mais à frente. Como em um paradoxo, aquele era um odor ao mesmo tempo menos e mais assustador. Menos assustador de um modo intrínseco, porém infinitamente mais aterrorizante naquele lugar e sob as circunstâncias conhecidas. A menos, é claro, que Gedney... Pois era o puro e familiar odor de petróleo... De gasolina comum.

Qual fora nossa motivação para continuar depois disso, é algo que deixarei para os psicólogos. Sabíamos agora que alguma extensão terrível dos horrores do acampamento havia se rastejado até aquele obscuro cemitério das eras, portanto não podíamos mais duvidar da existência de condições inomináveis – presentes ou pelo menos iminentes, logo à frente. Afinal, porém, deixamos que a pura curiosidade, ou a ansiedade, ou alguma espécie de auto-hipnotismo, ou vagos pensamentos de responsabilidade para com Gedney, ou o que fosse, nos conduzisse adiante. Danforth voltou a sussurrar sobre a marca que pensava ter visto na esquina do beco, nas ruínas acima, e sobre os suaves sibilos musicais – potencialmente de enorme significado à luz do relatório de dissecção de Lake, apesar da grande semelhança com os ecos da boca das cavernas dos picos ventosos – sons esses que Danforth julgava ter ouvido levemente, pouco tempo depois, vindo das profundidades desconhecidas abaixo. Eu, por minha vez, murmurei sobre como o acampamento fora deixado, do que havia desaparecido, e de como a loucura de um único sobrevivente poderia ter concebido o inconcebível: uma exploração selvagem pelas monstruosas montanhas e uma descida pela desconhecida cantaria primitiva. Contudo, não conseguimos convencer um ao outro, nem a nós mesmos, de qualquer coisa definitiva. Havíamos desligado por completo toda as lanternas enquanto permanecíamos parados, e percebemos que um traço da luz do dia, infiltrando-se de cima, impedia que a escuridão fosse absoluta. Tendo começado a avançar, automaticamente, nos guiávamos por clarões ocasionais da nossa lanterna. Os destroços conturbados causavam uma impressão da qual não conseguíamos nos livrar, e o odor de gasolina tornava-se mais forte. Cada vez mais ruínas interpunham-se em nosso caminho e prejudicavam nossa caminhada, até que logo notamos que cessaria a passagem adiante. Estávamos corretíssimos em nosso palpite pessimista sobre aquela fenda que vislumbramos do ar. Nossa missão dentro do túnel era inútil, nem sequer conseguiríamos chegar ao subsolo onde se abria a entrada do abismo.

A lanterna, piscando sobre as paredes grotescamente esculpidas do corredor bloqueado em que estávamos, mostrava vários portais em diversos estados de obstrução, e de um deles, o odor da gasolina – submergindo aquela outra insinuação de odor – vinha com especial distinção. À medida que observávamos com mais atenção, víamos que, sem sombra de dúvida, houvera uma ligeira e recente remoção de detritos daquela abertura específica. Qual fosse o horror à espreita, passamos a crer que o caminho direto em direção a ele estava agora nitidamente manifesto. Não acredito que alguém vá se surpreender com o fato de termos esperado um tempo considerável antes de atentarmos qualquer outro movimento.

Ainda assim, quando nos aventurámos a adentrar aquele arco negro, nossa primeira impressão foi anticlimática. Na vastidão daquela entulhada cripta esculpida – um cubo perfeito com lados de cerca de seis metros – não restava nenhum objeto recente de tamanho que pudéssemos discernir de imediato. Assim sendo, olhamos instintivamente, embora em vão, para uma entrada mais distante. Em outro momento, porém, a visão aguçada de Danforth identificou um lugar onde os detritos do chão haviam sido remexidos, e acendemos as duas lanternas para que tivéssemos máxima iluminação. Embora o que tenhamos visto à essa luz seja realmente simples e trivial, não me causa menos relutância em revelar, por causa do que insinuava. Foi feita uma rústica organização dos escombros, e sobre eles jaziam vários pequenos objetos que estavam descuidadamente dispersos. Em certo canto parecia ter sido derramada uma quantidade considerável de gasolina há pouco tempo, pois o odor ainda era forte, mesmo naquela extrema altitude do platô. Em outras palavras, não poderia ser senão uma espécie de acampamento; um acampamento feito por seres que, como nós, haviam sido forçados a regressar, em consequência do caminho inesperadamente obstruído para o abismo.

Serei claro. Todos os objetos dispersos eram, no que diz respeito à substância, provenientes do acampamento de Lake, e consistiam em latas abertas de um jeito tão estranho como as que encontráramos naquele lugar devastado, muitos fósforos usados, três livros ilustrados, manchados com curiosas marcas, uma garrafa vazia de tinta ainda na embalagem de papel, uma caneta-tinteiro quebrada, fragmentos de casacos de pele e lonas estranhamente cortados, uma bateria elétrica usada com o manual de instruções, um folheto que acompanhava o tipo de aquecedor de barracas que trouxéramos e uma porção de papéis amassados. Tudo aquilo já era terrível o suficiente, mas quando afastamos os papéis e vimos o que continha neles, sentimos que havíamos chegado ao pior. Tínhamos encontrado alguns papéis inexplicavelmente manchados no acampamento, o que poderia ter nos preparado. Entretanto, o efeito do que víamos naquelas criptas pré-humanas de uma cidade de pesadelo era quase insuportável.

Ao perder a sanidade, Gedney poderia ter feito os grupos de pontos, imitando aqueles encontrados nas esteatitas esverdeadas, assim como poderia ter organizado os pontos sobre aqueles alucinantes montes de cinco pontas nas sepulturas. Era concebível, ainda, que tivesse produzido esboços apressados e grosseiros – de variada acurácia, ou de falta dela – que delineavam as regiões vizinhas da cidade e traçavam o caminho desde um sítio representado como um círculo, fora do nosso percurso anterior (um lugar que identificamos como uma grande torre cilíndrica nos entalhes e como um grande abismo circular, vislumbrado parcialmente em nossa pesquisa aérea), até aquela estrutura de cinco pontas e a boca do túnel nela situava.

Ele poderia, repito, ter preparado tais esboços, pois os que víamos diante de nós foram obviamente compilados, assim como o nosso havia sido, a partir de esculturas tardias encontradas em algum lugar no labirinto glacial, embora não as mesmas que tínhamos visto e usado. Todavia, o que o rapaz desprovido de habilidades artísticas nunca poderia ter feito era executar tais esboços com uma técnica tão estranha e confiante, talvez superior, apesar da pressa e do descuido, a qualquer um dos entalhes decadentes de que foram tomados; aquela era a técnica característica e inconfundível dos próprios Antigos no auge da cidade morta.

Haverá quem diga que Danforth e eu estávamos absolutamente loucos em não fugirmos por nossas vidas depois disso, uma vez que nossas conclusões estavam agora, apesar de absurdas, completamente definidas, e de uma natureza que não preciso sequer mencionar àqueles que leram meu relato até aqui. Talvez estivéssemos loucos, de fato. Não disse que aqueles monstruosos picos eram montanhas da loucura? Contudo, acredito que posso detectar algo da mesma ordem – embora de uma forma menos extrema – nos homens que perseguem feras mortíferas pelas selvas africanas a fim de fotografá-las ou estudar seus hábitos. Embora quase paralisados de terror, avivava-se dentro de nós uma centelha de espanto e curiosidade que, afinal, acabou por triunfar.

É claro que não tínhamos a intenção ou o desejo de nos depararmos com aquilo – ou aqueles – que sabíamos ter passado por ali, mas sentíamos que já deveriam ter partido. Àquela altura, é provável que já tivessem encontrado a outra entrada vizinha para o abismo e passado por ela, em busca de quaisquer fragmentos obscuros do passado que poderiam aguardá-los no supremo abismo, o supremo abismo que nunca avistaram antes. E se caso tal entrada também estivesse bloqueada, teriam ido para o norte em busca de outra. Eles eram, como nos lembramos, parcialmente independentes da luz.

Revisitando aquele momento, não sei dizer ao certo a forma precisa que nossas novas emoções assumiram, nem como ocorreu nossa mudança de objetivo imediato que tanto aguçou nossas expectativas. Decerto, não aspirávamos enfrentar o que temíamos, todavia não negarei que mantínhamos um oculto e inconsciente desejo de espiar certas coisas de algum ponto de observação protegido. É provável que não tivéssemos abandonado o entusiasmo de vislumbrar o abismo em si, embora um novo objetivo se interpusesse em nosso caminho na forma daquele grande lugar circular, mostrado nos esboços amarrotados que encontráramos. Não demorou até o reconhecermos como uma monstruosa torre cilíndrica que figurava nos entalhes mais antigos, aparecendo, porém, somente como uma prodigiosa abertura arredondada quando vista de cima. Algo na magnificência de sua representação, mesmo naqueles diagramas apressados, nos fez conceber que seus níveis subglaciais ainda deveriam conter aspectos de extrema importância. Talvez incorporassem maravilhas arquitetônicas ainda não descobertas por nós. Era certamente de idade avançadíssima, segundo os entalhes nos quais fora representada, estando, na verdade, entre as primeiras coisas construídas na cidade. Seus entalhes, se preservados, só podiam ser de extrema significância. Além disso, poderiam estabelecer uma boa ligação presente com o mundo superior – uma rota mais curta do que aquela pela qual tão atentamente buscávamos, e pela qual aqueles outros haviam provavelmente descido.

Em todo caso, o que fizemos foi estudar os terríveis esboços – que confirmavam com acurácia os nossos – e retornar pelo curso indicado até o lugar circular, o curso que nossos predecessores anônimos teriam percorrido duas vezes antes de nós. A outra entrada próxima estaria além daquele lugar. Não se faz necessário o relato de nossa viagem, durante a qual continuamos a deixar econômicos rastros de papel, pois foi muito semelhante à que fizéramos até chegar àquele beco sem saída, senão pela tendência que o trajeto tinha de manter-se mais próximo ao nível térreo, e até mesmo de descer aos corredores subterrâneos. Vez ou outra, identificávamos certas marcas perturbadoras nos escombros e no pó debaixo dos nossos pés. E após termos saído do raio em que se alastrava o odor da gasolina, nos tornamos outra vez vagamente conscientes – intermitentemente – daquele odor mais persistente e mais hediondo. Tendo o caminho se ramificado do nosso curso anterior, passamos, vez ou outra, prolongar os clarões de nossa única lanterna e fazíamos uma furtiva varredura ao longo das paredes. Em quase todos os casos, notamos a quase onipresença dos entalhes, que de fato pareciam formar um meio significativo para Os Antigos.

Por volta das nove e meia da noite, enquanto atravessávamos um extenso corredor abobadado – cujo piso ficava cada vez mais tomado pela glaciação parecia um pouco abaixo do nível térreo, e cujo teto tornava-se mais baixo à medida que avançávamos – começamos a enxergar a luz do sol, brilhando forte adiante, e pudemos, portanto, desligar nossa lanterna. Parecíamos estar próximos do vasto lugar circular, e não muito longe do ar livre. O corredor terminava em um arco surpreendentemente baixo para aquelas ruínas megalíticas, mas éramos capazes de enxergar com larga amplitude através dele, mesmo antes de emergirmos. Além do arco, estendia-se um prodigioso espaço arredondado – medindo não menos que sessenta metros de diâmetro – abarrotado de detritos e diversas arcadas obstruídas, alinhados àquela que estávamos prestes a atravessar. Os espaços disponíveis entre as paredes continham uma profusão de entalhes que formavam uma faixa em espiral de proporções heroicas. Exibiam, apesar da erosão causada pela exposição do local ao clima, um esplendor artístico muito além de qualquer coisa que havíamos encontrado antes. O piso estava coberto de detritos e bastante glaciação, e imaginávamos que o verdadeiro solo encontraria-se a uma profundidade consideravelmente maior.

Contudo, o que mais se destacava no lugar era a titânica muralha de pedra que, esquivando-se das arcadas através de uma curva acentuada, que subia espiralada pela estupenda parede cilíndrica como uma contraparte interna daquelas que antes subiam pelo lado de fora das monstruosas torres ou zigurates da antiga Babilônia. A velocidade do nosso voo e a perspectiva que confundia a descida com a parede interior da torre, nos impediram de notar tal característica quando estávamos no ar, assim nos levando a procurar outra via até o nível subglacial. Talvez Pabodie fosse capaz de dizer que espécie de engenharia a mantinha no lugar, mas Danforth e eu pudemos apenas admirar e maravilhar-nos. Avistávamos majestosas mísulas e enormes pilares de pedra aqui e ali, mas o que vimos parecia inadequado para a função que realizava. A coisa apresentava perfeito estado de conservação até o presente topo da torre (circunstância notável em vista de sua exposição) e seu abrigo fora muito útil para proteger os bizarros e perturbadores entalhes cósmicos nas paredes.

Conforme saíamos em direção à impressionante meia-luz daquele monstruoso fundo cilíndrico – com cinquenta milhões de anos de idade, sem dúvida a estrutura mais primitiva e antiga já vista por nossos olhos – percebemos que os lados, atravessados por rampas, estiravam-se vertiginosamente até uma altura de dezoito metros. Isso, como revelava nosso levantamento aéreo, indicava uma glaciação externa de cerca de doze metros, visto que o imenso abismo que avistáramos do avião situava-se no topo de uma pilha de destroços de cerca de seis metros, um tanto protegida até três quartos de sua circunferência pelas massivas muralhas curvas de uma linha de ruínas mais altas. De acordo com os entalhes, a torre original ficava localizada no centro de uma imensa praça circular e teria talvez cento e cinquenta ou cento e sessenta metros de altura, com camadas de discos horizontais perto do topo e uma fileira de pináculos pontiagudos ao longo da borda superior. Era evidente que a maior parte da cantaria havia tombado para fora, não para dentro – um afortunado incidente, pois, de outra forma, a muralha poderia ter sido destruída e todo o interior obstruído. Ainda assim, a muralha apresentava lamentável erosão, enquanto a quantidade de escombros era tal que todas as arcadas na parte inferior pareciam ter sido desobstruídas recentemente.

Levamos apenas um momento para concluir que aquele fora, de fato, o caminho pelo qual os outros desceram, e que aquela seria a rota lógica para a nossa própria ascensão, apesar do longo rastro de papel que havíamos deixado em outros lugares. A distância entre a boca da torre e os contrafortes onde havíamos pousado o avião não era maior que a distância até o edifício escalonado que havíamos adentrado, e qualquer outra exploração subglacial que pudéssemos fazer nessa viagem estaria naquela região. Estranhamente, continuávamos cogitando a possibilidade de viagens posteriores, mesmo depois de tudo o que tínhamos visto e pressuposto. Então, quando escolhemos trilhar com cautela o caminho sobre os escombros do grande andar, sobreveio-nos uma visão que, por alguns instantes, eliminou todas as outras questões de nossas mentes.

Eram nitidamente os três trenós, organizados naquele ângulo mais distante do curso mais baixo da rampa, que até então haviam se mantido ocultos de nossa visão. Lá estavam eles, os três trenós desaparecidos do acampamento de Lake, desgastados pelo intenso uso, que provavelmente incluiu terem sido arrastados por grandes extensões de cantaria e detritos sem neve, além do excessivo transporte manual em lugares absolutamente intransponíveis. Haviam sido carregados e atados com zelo e inteligência, e continham itens demasiado familiares: o aquecedor a gasolina, latas de combustível, caixas de instrumentos, latas de mantimento, lonas claramente abarrotadas de livros, e algumas delas repletas de um conteúdo menos óbvio – elementos todos derivados do equipamento de Lake.

Depois do que encontramos naquele outro cômodo, estávamos, de certa maneira, preparados para aquilo. O choque realmente grande se deu quando nos aproximamos e abrimos uma lona, cujos contornos haviam nos inquietado de maneira singular. Parecia que outros, assim como Lake, tinham interesse em coletar espécimes locais, pois ali havia dois: ambos congelados, em perfeito estado de conservação, com curativos em ferimentos ao redor do pescoço e envoltos com cuidado para evitar mais danos. Eram os corpos do jovem Gedney e do cão desaparecido.

## CAPÍTULO 10

Muitos provavelmente nos tomarão por insensíveis e loucos por pensarmos no túnel do lado norte e no abismo, tão logo após nossa sombria descoberta. Não estou disposto a dizer que teríamos imediatamente revivido tais pensamentos senão por causa de uma circunstância específica, que nos sobreveio abruptamente e estabeleceu todo um novo conjunto de especulações. Colocamos a lona de volta sobre o pobre Gedney e permanecemos calados, em estado de perplexidade, quando aqueles sons finalmente atingiram nossa consciência – os mesmos primeiros sons que ouvíamos desde a nossa descida do céu aberto, onde o vento da montanha uivava suave das alturas celestes. Por mais familiares e mundanos que fossem, sua presença neste lúgubre mundo remoto fazia-se mais inesperada e enervante do que quaisquer tons grotescos ou fabulosos poderiam ter sido, dado que traziam uma nova perturbação a todas as nossas concepções de harmonia cósmica.

Tivessem sido vestígios daquele bizarro sibilo melódico em ampla tessitura, que esperávamos ouvir desde o relatório da dissecação de Lake – e que, de fato, nossa exagerada imaginação interpretara em cada silvo do vento que identificávamos desde nossa saída do acampamento do horror – teria sido uma espécie de congruência infernal com a funesta região ao nosso redor. Uma voz oriunda de outras eras cabe bem em um cemitério de outras eras. No entanto, aquele ruído despedaçou todos os nossos ajustamentos profundamente enraizados, toda a nossa tácita aceitação do interior antártico como um local ermo, completa e irrevogavelmente esvaziado de quaisquer vestígios de vida normal. O que ouvimos não era nenhuma nota lendária de uma blasfêmia sepultada da terra vetusta, de cuja dureza superna um sol polar, intemporal, evocara uma resposta monstruosa. Tratava-se, em vez disso, de uma coisa tão ridiculamente normal e tão precisamente familiar aos nossos dias no mar ao largo da Terra de Vitória, e aos nossos dias de acampamento no Estreito de McMurdo, que estremecemos ao pensar em encontrar aqui coisas que não deveriam estar neste lugar. Para ser breve, era simplesmente o grunhido rouco de um pinguim.

O som abafado projetava-se de recantos subglaciais quase opostos ao corredor de onde tínhamos vindo – regiões aparentemente situadas na direção daquele outro túnel que dava para o vasto abismo. A presença de uma ave aquática viva indo naquela direção, em um mundo cuja superfície passara eras em constante ausência de vida, conduzia-nos a uma única conclusão, nosso primeiro pensamento, portanto, foi verificar a objetiva realidade do som. Repetia-se, de fato, e às vezes parecia ecoar de mais de uma garganta. Buscando sua fonte, entramos em um arco do qual muitos detritos haviam sido removidos. E ao deixar a luz do sol para trás, retomamos nossa demarcação de caminho com um suprimento de papel tomado com curiosa repugnância de um dos embrulhos de lona nos trenós.

Conforme o chão glaciado dava lugar a uma porção de detritos, éramos capazes de discernir com clareza alguns rastros inusitados de objetos arrastados, e Danforth chegou a encontrar uma pegada distinta, cuja descrição seria demasiado supérflua. O caminho indicado pelos grunhidos dos pinguins era precisamente aquele que nosso mapa e nossa bússola prescreviam como opção até a boca do túnel ao norte, e contentamo-nos em descobrir que parecia haver uma via livre de pontes no nível térreo e no subsolo. O túnel, segundo a carta, começaria a partir do subterrâneo de uma grande estrutura piramidal, e pelo que vagamente recordávamos de nossa pesquisa aérea, encontrava-se muito bem conservada. Ao longo do nosso caminho, nossa lanterna única revelou uma profusão habitual de entalhes, mas não paramos para examinar nenhum deles.

De repente, uma forma branca e volumosa ergueu-se diante de nós, ao que acendemos a segunda lanterna. É estranho como aquela nova busca dissuadira completamente nossas mentes dos medos anteriores a respeito do que poderia estar à espreita ao redor. Aqueles outros seres, tendo deixado seus suprimentos no grande lugar circular, deviam ter planejado retornar após sua viagem de reconhecimento em direção ao abismo, ou para dentro dele. No entanto, passáramos a negligenciar toda a cautela a eles referente, e o fizemos com tanta certeza que era como se nunca tivessem existido. Aquela coisa branca e meneante media cerca de um metro e oitenta de altura. Ainda assim, conseguimos perceber, em simultâneo, que não se tratava de um daqueles outros seres. Eles eram maiores, escuros e, de acordo com os entalhes, seu movimento sobre superfícies terrestres era célere e firme, apesar da estranheza de seu sistema de tentáculos, de origem marinha. Mas dizer que a coisa branca não nos causava profundo pavor seria vaidade. Na verdade, fomos, por um instante, tomados de um terror primitivo quase mais acentuado que o pior dos nossos temores fundamentados a respeito daqueles outros seres. Seguiu-se, então, um evento de desapontamento quando a figura branca entrou por uma arcada lateral à nossa esquerda para juntar-se a dois outros de sua espécie, a quem havia convocado com seus tons guturais. Porquanto tratava-se somente de um pinguim albino de uma espécie enorme e desconhecida, mais colossal que o maior dos conhecidos pinguins-reais, e tornava-se monstruoso em sua combinação de albinismo e quase total ausência de olhos.

Quando seguimos a criatura pela arcada e direcionamos ambas as nossas lanternas para o trio, indiferente e distraído, percebemos que eram todos pinguins albinos e desprovidos de olhos, da mesma espécie desconhecida e gigantesca. Seu tamanho nos fazia lembrar de alguns dos pinguins arcaicos retratados nas esculturas dos Antigos, e não demorou muito até concluirmos que aqueles eram descendentes da mesma população e que, sem dúvida, haviam sobrevivido por se retirarem para regiões subterrâneas mais quentes, cuja perpétua escuridão destruíra a pigmentação de seus olhos e permitira que atrofiassem, tornando-os meras fendas inúteis. Não duvidamos sequer por um momento de que seu habitat atual era o vasto abismo que procurávamos, e esse indício de contínuo calor e habitabilidade no abismo preencheu-nos com as mais curiosas, e sutilmente perturbadoras, fantasias.

Começamos a nos questionar, ainda, sobre o que teria levado essas três aves a se aventurarem fora do seu domínio habitual. O estado e o silêncio da grande cidade morta deixava claro que em nenhum período havia sido uma colônia sazonal costumeira, enquanto a notável indiferença do trio à nossa presença tornava estranho que a passagem de um grupo dos outros seres os tivesse assustado. Seria possível que aqueles outros tivessem tomado medidas agressivas ou tentado aumentar seu suprimento de carne? Duvidávamos que aquele odor pungente que os cães odiavam pudesse causar antipatia semelhante a esses pinguins, visto que seus ancestrais pareciam ter vivido em excelentes termos junto aos Antigos – uma relação amigável que deve ter sobrevivido no abismo abaixo até a subsistência do último dentre Os Antigos. Lamentando nossa impossibilidade de fotografar essas criaturas anômalas, e sentindo fulgurar aquele velho espírito de pura ciência, os deixamos com seus grunhidos e prosseguimos para o abismo, cuja abertura nos parecia agora muito patente e cuja direção exata os pinguins transeuntes indicaram.

Pouco tempo depois, uma descida íngreme por um corredor longo, baixo, sem portas e peculiarmente destituído de esculturas, nos levou a acreditar que estávamos, finalmente, nos aproximando da boca do túnel. Passamos por mais dois pinguins e ouvíamos outros um pouco adiante. Em seguida, o corredor terminou em um prodigioso espaço aberto que nos pegou de sobressalto. Era um perfeito hemisfério invertido, obviamente escavado nas profundezas do subsolo. Media trinta metros de diâmetro e quinze metros de altura, com arcadas baixas abrindo-se em torno de toda a circunferência, exceto em um ponto, que se arreganhava cavernosamente em uma abertura negra, arqueada, que quebrava a simetria da abóbada em uma altura de cerca de cinco metros. Era a entrada para o grande abismo.

Naquele vasto hemisfério (cujo teto côncavo impressionava, embora esculpido com entalhes decadentes à semelhança da cúpula celeste primordial), caminhavam alguns pinguins albinos, estrangeiros àquele lugar, indiferentes e cegos. O túnel negro escancarava-se indefinido em um declive acentuado, sua abertura adornada com jambas e lintéis grotescamente esculpidos. Tivemos a impressão de que a partir daquela boca críptica provinha uma corrente de ar um pouco mais quente, seguida pelo que suspeitávamos ser uma espécie de vapor. Passamos a nos questionar sobre quais entes vivos, além dos pinguins, poderiam habitar o vazio ilimitado abaixo e as contíguas colmeias na terra e nas montanhas titânicas. Também conjecturamos se o vestígio de fumaça no topo da montanha, que a princípio causara suspeitas no pobre Lake, bem como a estranha neblina que nós mesmos percebêramos em torno do pico coroado de muralhas, não poderiam ser causados por algum vapor oriundo das insondáveis regiões do núcleo da terra, passando por canais tortuosos.

Ao entrar no túnel, vimos que o seu contorno era – ao menos a princípio – de cerca de quatro metros e meio de cada lado, sendo as laterais, o chão, e o teto arqueado compostos da habitual cantaria megalítica. Os lados eram esparsamente decorados com cártulas de desenho convencional, em um estilo tardio e decadente. Toda a construção e o entalhamento estavam em maravilhoso estado de conservação. O chão encontrava-se bastante limpo, exceto pelo pó dos escombros que marcava as pegadas dos pinguins que saíam e as dos outros que entravam. Quanto mais avançávamos, mais aumentava o calor, de modo que logo estávamos desabotoando nossos casacos mais pesados. Imaginávamos se haveria alguma manifestação ígnea lá embaixo, e se as águas daquele mar caliginoso seriam quentes. Passada uma curta distância, a cantaria deu lugar a rocha sólida, embora o túnel mantivesse as mesmas proporções e apresentasse o mesmo aspecto de regularidade esculpida. Em alguns lugares, o declive se tornava tão acentuado que abriam-se ranhuras no solo. Diversas vezes notamos a existência de bocas de pequenas galerias laterais não registradas em nossos diagramas, nenhuma delas oferecia perigo de complicar nosso retorno, e todas elas pareciam convidativas para serem possíveis refúgios, no caso de encontrarmos entidades indesejadas no caminho de volta do abismo. O odor inexplicável daquelas criaturas era agora muito nítido. É inquestionável que fora uma insensatez suicida nos aventurarmos naquele túnel em tais condições, mas a fascinação pelo desconhecido é mais forte em certas pessoas do que muitos suspeitam. De fato, fora este fascínio o que nos conduzira àquele sobrenatural ermo polar, a princípio. Víamos inúmeros pinguins à medida que caminhávamos e especulávamos sobre a distância que ainda tínhamos de atravessar. Seguindo as direções dos entalhes, esperávamos ter de percorrer uma descida íngreme de cerca de um quilômetro e meio até o abismo, mas nossas andanças anteriores revelaram que as escalas apresentadas não eram plenamente confiáveis.

Após cerca de seiscentos metros, aquele odor abominável se acentuou, e passamos a vigiar atenta e cuidadosamente as várias aberturas laterais pelas quais passávamos. Não havia vapor visível como na boca do abismo, mas isso devia-se, sem dúvida, à falta de contraste com o ar gelado. A temperatura subia rapidamente, e não nos surpreendemos ao nos depararmos com uma pilha de material que nos era assombrosamente familiar. Compunha-se de casacos de peles e lonas de tenda retirados do acampamento de Lake, e nós não paramos para estudar os bizarros formatos em que os tecidos haviam sido cortados. Um pouco adiante daquele ponto, notamos um aumento considerável no tamanho e no número das galerias laterais, e concluímos que havíamos alcançado aquela região densamente alveolada por baixo das montanhas mais altas. O fétido odor começou a misturar-se de um jeito curioso com outro odor, nada menos repugnante. Não fomos capazes de identificar de que natureza seria, embora cogitássemos organismos decadentes e talvez fungos subterrâneos desconhecidos. Em seguida, chegamos a uma chocante expansão do túnel para a qual as esculturas não nos tinham preparado, uma ampla e alta caverna de aspecto naturalmente elíptico, com piso plano, medindo cerca de vinte metros de comprimento e quinze de largura, repleta de muitas passagens laterais imensas que conduziam ao críptico negrume.

Embora essa caverna tivesse um aspecto natural, uma inspeção com ambas as lanternas sugeriu que ela havia sido formada pela destruição artificial de várias paredes entre favos pétreos adjacentes. As paredes eram ásperas, e o teto alto e abobadado era grosso e repleto de estalactites, o chão de rocha viva, no entanto, havia sido suavizado, e estava livre de todos os detritos, escombros ou até mesmo de poeira em uma extensão anormal.

Com exceção da via pela qual havíamos chegado, a qualidade do chão se estendia aos pisos de todas as grandes galerias que se abriam a partir da cavernas, e a singularidade da condição era tal que nos causara enorme espanto. A curiosa nova fetidez que se misturara ao terrível odor tornara-se demasiado pungente ali, a ponto de suprimir quaisquer vestígios do outro. Algo naquele lugar inteiro, com seu chão polido e quase brilhante, nos pareceu mais chocante e horrendo do que qualquer uma das coisas monstruosas que tenhamos encontrado anteriormente.

A regularidade da passagem logo adiante, bem como a proporção maior de excrementos de pinguins ali, evitava qualquer confusão quanto ao percurso correto em meio àquela pletora de bocas de caverna igualmente imensas. Ainda assim, decidimos retomar a formação da nossa trilha de papel, caso alguma complexidade adicional se desenvolvesse, pois, naturalmente, não esperávamos encontrar pegadas de poeira dali em diante. Ao retomarmos nosso progresso direto, lançamos um facho de luz sobre as paredes do túnel e congelamos por um instante, maravilhados com a mudança extremamente radical que haviam sofrido os entalhes daquela parte da passagem. Tínhamos constatado, é claro, a grande decadência da escultura dos Antigos na época da abertura do túnel, e havíamos notado, de fato, a inferioridade do trabalho nos arabescos do percurso atrás de nós. Ali, porém, naquele trecho mais profundo além da caverna, havia uma súbita diferença que transcendia qualquer tentativa de explicação, era uma diferença tanto na natureza básica, como na mera qualidade, e que envolvia tão profunda e calamitosa degradação artística que nada no ritmo de declínio até então observado poderia construir a expectativa de tal coisa.

Esse artifício novo e degenerado era grosseiro, bruto e completamente desprovido de sofisticação e perfeccionismo. O baixo-relevo fora feito com exagerada profundidade, em faixas que seguiam a mesma linha geral que as cártulas esparsas das seções anteriores. Entretanto, a altura dos relevos não atingia o nível da superfície geral. Danforth sugeriu a ideia de que talvez se tratasse de um segundo entalhamento, uma espécie de palimpsesto formado após a obliteração de um desenho anterior. A natureza era de todo decorativa e convencional, e consistia em espirais e ângulos rústicos que seguiam, aproximadamente, a tradição matemática de base cinco dos Antigos, embora se parecesse mais com uma paródia do que uma perpetuação de tal tradição. Não conseguíamos livrar nossas mentes da ideia de que algum elemento, sutil, mas profundamente alienígena, havia sido adicionado ao senso estético por trás da técnica, elemento este, Danforth supôs, que teria sido responsável pela laboriosa substituição. Era semelhante, embora perturbadoramente dessemelhante, à arte que passáramos a reconhecer como dos Antigos, e à minha mente vinham, o tempo todo, elementos híbridos como as deselegantes esculturas de Palmira, talhadas à maneira romana. Havia vestígios de que outros tinham observado recentemente aquela faixa de entalhes, como a presença de uma pilha usada de lanterna no chão, em frente a uma das cártulas mais características.

Visto que não podíamos dar-nos ao luxo de gastar tempo naquela análise, retomamos nosso caminho após um exame superficial, embora continuássemos lançando fachos de luz sobre as paredes para verificar se novas mudanças decorativas se desenvolviam. Não notamos nada nesse sentido, embora as esculturas estivessem em lugares bastante esparsos, por causa das numerosas bocas de túneis laterais, que tinham os pisos aplanados. Passamos a ver e ouvir menos pinguins, mas pensávamos ter captado a vaga suspeita de um coro infinitamente distante deles algures, nas profundezas da terra. O novo e inexplicável odor era abominavelmente forte, e mal conseguíamos detectar um sinal daquele outro. Lufadas de vapor visível adiante indicavam contrastes crescentes de temperatura e a relativa proximidade dos obscuros penhascos marinhos do grande abismo. Então, identificamos inesperadas obstruções no chão polido adiante – obstruções que, definitivamente, não eram pinguins – e ligamos nossa segunda lanterna após nos certificarmos de que os objetos estavam bem imóveis.

## CAPÍTULO 11

Mais uma vez chego a um ponto em que se torna muito difícil prosseguir. Eu deveria estar mais endurecido a essa altura. Entretanto, há experiências e revelações que causam feridas profundas demais para permitir a cicatrização, e que deixam tamanha sensibilidade que as lembranças reavivam todo o horror original. Avistamos, como já disse, certas obstruções no chão polido adiante, e posso acrescentar que as nossas narinas foram acometidas, quase ao mesmo tempo, por uma intensificação bastante curiosa do estranho mau cheiro dominante, agora nitidamente misturado ao odor abominável daqueles outros seres que haviam nos precedido. A luz da segunda lanterna não deixou dúvidas a respeito do que eram as obstruções, e ousamos nos aproximar delas somente porque pudemos ver, mesmo a distância, que ofereciam tão pouco perigo quanto aqueles seis espécimes similares, desenterrados das monstruosas sepulturas decoradas com montículos de cinco pontas no acampamento do pobre Lake.

Estavam, de fato, tão incompletos quanto a maioria daqueles que desenterráramos. Todavia, a poça verde-escura e espessa que se acumulava ao redor deles deixava claro que sua incompletude era infinitamente mais recente. Parecia haver apenas quatro deles, enquanto os boletins de Lake sugeriam nada menos que oito formando o grupo que nos havia precedido. Encontrá-los naquele estado foi absolutamente inesperado, e nos perguntamos que tipo de luta monstruosa teria ocorrido naquele lugar em meio às trevas.

Quando atacados em conjunto, os pinguins reagem agressivamente com seus bicos, e os nossos ouvidos agora confirmavam a existência de uma colônia deles, a certa distância. Teriam aqueles outros seres perturbado o lugar e desencadeado uma sanguinária retaliação? As obstruções não sugeriam tal coisa, pois os bicos dos pinguins contra os resistentes tecidos que Lake havia dissecado, não eram suficientes para justificar o terrível dano que nossa observação cada vez mais próxima identificava. Além disso, os enormes pássaros cegos que tínhamos visto pareciam peculiarmente pacíficos.

Ocorrera, portanto, uma luta entre aqueles outros, pela qual os quatro ausentes teriam sido responsáveis? Fosse esse o caso, onde estavam? Estariam eles por perto, possivelmente uma ameaça imediata para nós? Atentávamos ansiosos para algumas das passagens laterais de solo alisado, à medida que, relutantes, prosseguíamos com lenta e franca relutância.

Qualquer que tivesse sido o conflito, claramente fora o que assustou os pinguins e provocara sua atípica deambulação. Portanto, o confronto deve ter surgido próximo à origem do som da colônia que ouvíramos debilmente, no incalculável abismo, uma vez que não havia sinais da habitação de quaisquer aves no ponto onde estávamos. Refletimos que talvez tivesse ocorrido uma horrenda luta, acompanhada de fuga, com a parte mais fraca procurando voltar para as galerias ocultas, onde seus perseguidores acabaram por destruí-los. Podíamos imaginar o combate demoníaco, entre monstruosas entidades inomináveis que surgiam do tenebroso abismo e grandes turbas de pinguins frenéticos grunhindo e correndo em fuga.

Digo que nos aproximamos lenta e relutantemente daquelas obstruções dispersas e incompletas. Oxalá nunca tivéssemos nos aproximado deles, mas fugido a toda velocidade para longe daquele túnel blasfemo, com seus untuosos pisos aplanados, onde os murais degenerados reproduziam e ridicularizavam as coisas que haviam suplantado. Quisera Deus tivéssemos corrido de volta, antes que víssemos o que vimos e nossa mente fosse cauterizada por algo que nunca nos permitiria respirar com tranquilidade outra vez!

Direcionamos nossas duas lanternas aos objetos prostrados, de modo que logo percebemos o fator dominante em sua incompletude. Mutilados, comprimidos, torcidos e danificados como estavam, a principal lesão em comum entre eles era a completa decapitação. A cabeça tentaculada e esteliforme de cada um deles havia sido arrancada, e ao chegarmos mais perto, observamos que o método de decapitação se parecia mais com uma sucção maquiavélica do que com qualquer forma comum de mutilação. Seu fétido icor verde-escuro formava uma grande poça que se espalhava, mas seu mau-cheiro era quase encoberto pelo fedor mais recente e mais estranho, ali mais pungente do que em qualquer outro ponto ao longo de nossa rota. Somente quando chegamos muito perto das obstruções esparramadas foi que pudemos conectar aquele segundo fedor inexplicável a qualquer fonte imediata. No instante em que isso aconteceu, Danforth, lembrando-se de algumas esculturas muito vívidas da história dos Antigos no período Pérmico, há cento e cinquenta milhões de anos, deu vazão a um grito torturado que reverberou histericamente por aquelas arcaicas passagens abobadadas repletas de esculturas demoníacas.

Eu mesmo, por pouco não ecoei seu clamor, pois também havia visto as esculturas primais e estremeci ao admirar a forma como o inominável artista havia sugerido aquela terrível camada de lodo encontrada em certos Antigos incompletos e prostrados, aqueles a quem os temíveis Shoggoths havia, de maneira característica, sugado e decapitado pavorosamente na grande guerra pela nova subjugação. Eram infames esculturas de pesadelo, mesmo quando transmitindo histórias antigas e passadas, pois os Shoggoths e suas obras não deveriam ser vistos por seres humanos ou retratados por quaisquer seres. O louco autor do *Necronomicon* tentara nervosamente jurar que nenhum havia sido criado neste planeta, e que somente em delírios induzidos por entorpecentes haviam sido concebidos. Protoplasmas amorfos, capazes de reproduzir e refletir todas as formas, os órgãos e os processos. Aglutinações viscosas de células borbulhantes... Esferoides borrachudos, de quatro metros e meio, infinitamente maleáveis e flexíveis... Escravos da sugestão, construtores de cidades, cada vez mais arrogantes, cada vez mais inteligentes, cada vez mais adaptáveis, cada vez mais miméticos! Santo Deus! Que loucura terá feito com que mesmo aqueles Antigos blasfemos se dispusessem a utilizar e esculpir tais coisas?

E agora, quando Danforth e eu vimos a gosma negra de recente cintilação e iridescência resplandecente – que se agarrava espessa àqueles corpos sem cabeça e exalava uma fetidez obscena, nova e desconhecida, cuja causa somente uma fantasia doentia poderia considerar... Aquela substância grudada sobre os corpos, que brilhava menos em uma parte lisa da parede entalhada com uma amaldiçoada série de pontos agrupados – entendemos a natureza do medo cósmico em sua mais obscura profundidade. Não era medo daqueles quatro outros seres desaparecidos, pois nutríamos fortes suspeitas de que não voltariam a oferecer perigo. Pobres diabos! Afinal de contas, não eram criaturas de uma espécie maligna. Eram homens de outra era, de outra ordem de existência. A natureza lhes havia pregado uma peça diabólica – como fará a outros que, conduzidos pela loucura, insensibilidade ou crueldade humana, venham a explorar aquele hediondo e falecido ermo polar – e essa fora sua trágica volta ao lar. Não haviam sido sequer selvagens, pois o que de fato teriam feito? Esse terrível despertar no frio de uma época desconhecida, talvez um ataque dos quadrúpedes peludos, que ladravam frenéticos, e uma defesa aturdida contra eles e contra os símios brancos igualmente frenéticos, com estranhos envoltórios e equipamentos... Pobre Lake, pobre Gedney... E pobres Antigos! Cientistas até ao fim. O que fizeram eles que nós não teríamos feito em seu lugar? Deus, que inteligência, que persistência! Enfrentaram o inacreditável, tal como aqueles parentes e antepassados esculpidos haviam enfrentado coisas só um pouco menos inacreditáveis. Radiados, vegetais, monstruosidades, criaturas das estrelas... O que quer que tivessem sido, eram homens!

Haviam atravessado os picos gelados, em cujas encostas repletas de templos tinham outrora ofertado adoração e vagueado entre os fetos das árvores. Haviam encontrado sua cidade morta e sob sua maldição, haviam lido a história de seus últimos dias nos entalhes, assim como fizéramos nós. Haviam tentado alcançar seus companheiros vivos nas lendárias profundezas de escuridão que nunca tinham visto antes. E o que teriam encontrado? Tudo isso passou como um lampejo pelos meus pensamentos e pelos de Danforth, enquanto desviávamos nossos olhos daqueles corpos decapitados cobertos de lodo, e olhávamos para os repugnantes entalhes palimpsestos e para os diabólicos grupos de pontos na parede ao lado, feitos com lodo fresco. Olhávamos e entendíamos o que deve ter triunfado e sobrevivido ali embaixo, na ciclópica cidade aquática daquele abismo obscuro, repleto de pinguins, de onde mesmo naquele momento uma sinistra névoa ondulante começava a eructar palidamente, como se respondesse aos gritos histéricos de Danforth.

O choque causado pela identificação do que significavam aquela monstruosa gosma e a decapitação nos transformou em estátuas mudas e imóveis, e foi somente por conversas posteriores que pudemos divisar o real teor de nossos pensamentos naquele momento. Parecia que estávamos ali há uma eternidade, mas a verdade é que não haviam se passado mais de dez ou quinze segundos. Aquela odiosa e pálida névoa ondulava-se em nossa direção, como se de fato orientada por alguma massa, mais remota, que avançava. Em seguida, veio um som que desordenou muito do que havíamos há pouco concluído e, ao fazê-lo, quebrou o feitiço e nos impulsionou a correr feito loucos, disparando entre os pinguins confusos, voltando pela nossa trilha à cidade, percorrendo corredores megalíticos imersos em gelo até o grande círculo aberto, subindo aquela rampa arcaica em espiral e lançando-nos, frenética e automaticamente, na sanidade do ar da luz do dia no ambiente exterior.

O novo som, como afirmei, desordenou por completo o que havíamos concluído, pois era aquilo que a dissecação do pobre Lake nos levara a atribuir àqueles que tínhamos julgado mortos. Era, Danforth me disse mais tarde, precisamente o que ele havia captado de forma demasiado abafada quando naquele ponto além da esquina do beco acima do nível glacial, e certamente tinha uma semelhança chocante com os sibilos do vento que ambos ouvíramos em torno das altas cavernas montanhosas. Correndo o risco de parecer pueril, acrescentarei uma coisa, nem que seja somente pela surpreendente forma como as impressões de Danforth coincidiram com as minhas. É claro que ter feito as mesmas leituras foi o que nos conduziu à mesma interpretação, embora Danforth tenha insinuado conceitos estranhos relativos a fontes insuspeitas e proibidas a que Poe pode ter tido acesso quando escreveu seu *Arthur Gordon Pym*, há um século. Todos hão de se lembrar que nesse conto fantástico há uma palavra de significado desconhecido, mas terrível e prodigioso, ligada à Antártica e bradada eternamente pelas gigantescas aves, espectralmente nevadas, do núcleo daquela região maligna. "Tekeli-li! Tekeli-li!" Isso, devo admitir, é exatamente o que pensamos ouvir ser transmitido por aquele som repentino por trás da névoa branca que avançava... Aquele insidioso sibilo musical entoado em uma tessitura singularmente ampla.

Já corríamos a toda velocidade antes que as três notas ou sílabas tivessem sido proferidas, embora soubéssemos que a rapidez dos Antigos possibilitaria que qualquer sobrevivente do massacre despertado pelo grito de Danforth nos alcançasse em um instante, se realmente desejasse fazê-lo. Nutríamos, no entanto, uma vaga esperança de que uma conduta não agressiva e uma demonstração de razão pudessem persuadir tal ser a nos poupar em caso de captura, ainda que somente por curiosidade científica. Afinal, se o ente não tivesse nada a temer, não teria motivo para fazer-nos mal. Buscar um esconderijo era inútil naquele momento, portanto usamos nossa lanterna para verificar o que havia atrás de nós, e percebemos que a névoa estava diminuindo. Veríamos, afinal, um espécime vivo e completo daqueles outros? Mais uma vez ouvimos aquele insidioso sibilo musical: "Tekeli-li! Tekeli-li!" Então, notando que estávamos realmente nos distanciando do nosso perseguidor, ocorreu-nos que a entidade poderia estar ferida. No entanto, não podíamos correr riscos, pois era muito óbvio que se aproximava em resposta ao grito de Danforth, não fugindo de qualquer outra entidade. A resposta fora demasiado imediata para admitir a dúvida. Quanto ao paradeiro do pesadelo menos concebível e menos mencionável – aquela montanha fétida expelidora de lodo não vislumbrada, cuja raça havia conquistado o abismo e enviado pioneiros terrestres para reesculpir os caminhos pelos quais se contorcia nas colinas – não podíamos fazer nenhuma conjectura, e causou-nos verdadeira angústia deixar para trás aquele Antigo, provavelmente mutilado, talvez um sobrevivente solitário, sujeito ao perigo de recaptura e a um destino inominável.

Graças a Deus, não diminuímos a velocidade da nossa fuga. A névoa ondulante se adensara outra vez e avançava ainda mais veloz, enquanto que os pinguins desgarrados na nossa retaguarda foram grunhindo, gritando e mostrando sinais de pânico realmente surpreendentes, considerando sua agitação relativamente pequena quando passáramos por eles. Mais uma vez veio aquele sinistro sibilo em ampla tessitura: "Tekeli-li! Tekeli-li!" Havíamos cometido um erro. A coisa não estava ferida, tinha apenas parado brevemente ao se deparar com os corpos de seus parentes caídos e ler a macabra inscrição feita a lodo sobre eles. Não tínhamos como saber o conteúdo daquela mensagem demoníaca, mas os sepulcros no acampamento de Lake haviam mostrado quanta importância os seres atribuíam aos seus mortos. Nossa lanterna usada imprudentemente revelava à nossa frente a grande caverna aberta, onde vários caminhos convergiam, e nos sentimos aliviados ao abandonar aquelas mórbidas esculturas em palimpsesto, quase sentidas mesmo quando mal podiam ser vistas. Outro pensamento inspirado pelo advento da caverna foi a possibilidade de despistarmos nosso perseguidor naquele caótico foco de grandes galerias. Havia inúmeros dos pinguins albinos cegos no espaço aberto, e parecia claramente que o medo que tinham por aquela entidade que se aproximava era extremo e beirava a loucura. Se naquele ponto diminuíssemos a intensidade da nossa lanterna ao mínimo necessário para avançarmos, mantendo-a estritamente à nossa frente, os movimentos assustados das aves gigantes na névoa poderiam abafar os nossos passos, ocultar nosso verdadeiro caminho e, de certa forma, criar uma pista falsa. Em meio ao nevoeiro espiralante e conturbado, além daquele ponto, o chão turvo e repleto de escombros do túnel principal, diferente dos outros caminhos morbidamente polidos, mal formaria alguma característica realmente distintiva, mesmo para aqueles sentidos especiais, até onde podíamos conjecturar, que tornaram Os Antigos, embora de maneira imperfeita, parcialmente independentes da luz em situações de emergência. Com efeito, temíamos um pouco que nos perdêssemos em nossa fuga desesperada. Pois havíamos decidido, naturalmente, manter-nos em direção à cidade morta, dado que as consequências de nos perdermos naqueles favos montanhosos desconhecidos eram impensáveis.

O fato de termos sobrevivido e emergido à luz é prova suficiente de que a criatura entrou por uma galeria errada, enquanto nós, providencialmente, seguimos pela correta. Os pinguins, por si sós, não nos poderiam ter salvado, mas em conjunto com a névoa, parecem tê-lo feito. Somente um destino benigno manteve os vapores ondulantes densos o suficiente durante o momento certo, pois mudavam constantemente e ameaçavam desaparecer. Por certo, dissiparam-se por um segundo logo após emergirmos do nauseante túnel reesculpido e adentrarmos a caverna, de modo que realmente tivemos um primeiro e único vislumbre muito vago da entidade que se aproximava, quando lançamos para trás um olhar desesperadamente apavorado antes de diminuirmos a luz da lanterna e nos misturarmos aos pinguins, na esperança de nos esquivarmos da perseguição. Se o destino que nos protegeu foi benigno, aquele que nos concedeu o breve vislumbre foi infinitamente oposto, pois àquele relâmpago de semivisão pode ser atribuído metade do horror que desde então nos tem assombrado.

Nossa motivação exata em olhar para trás novamente foi, talvez, não mais do que o instinto imemorial do perseguido de medir a natureza e o curso de seu perseguidor, ou talvez fosse uma tentativa automática de responder a uma questão subconsciente levantada por um de nossos sentidos. No meio de nossa fuga, com todas as nossas faculdades centradas no problema do escape, não estávamos em condições de observar e analisar detalhes, ainda assim, nossas células cerebrais latentes devem ter se surpreendido com a mensagem que lhes era transmitida pelas nossas narinas. Posteriormente nos demos conta do que era – que o nosso afastamento da fétida camada de lodo sobre aquelas obstruções sem cabeça, e a coincidente aproximação da entidade perseguidora não trouxera a troca de fedores que a lógica demandava. Nas redondezas dos seres prostrados, aquele novo e ainda inexplicável fedor fora completamente dominante, mas àquela altura ele já deveria ter dado lugar ao fedor inominável associado àqueles outros seres. Isso não acontecera, pois, em vez disso, o cheiro mais novo e menos suportável mantivera-se praticamente o mesmo, e ganhava a cada segundo uma insistência mais e mais venenosa.

Então, olhamos para trás simultaneamente, ou foi o que pareceu, embora não restem dúvidas de que o movimento incipiente de um motivou a imitação do outro. Conforme o fizemos, acendemos ambas as lanternas com intensidade máxima em direção ao nevoeiro momentaneamente dissipado, talvez por pura ansiedade primitiva de enxergar tudo o que podíamos, ou em um esforço menos primitivo, mas igualmente inconsciente, de cegar a entidade antes que diminuíssemos nossa luz e nos esquivássemos entre os pinguins do núcleo labiríntico à frente. Ato infeliz! Nem o próprio Orfeu, nem a esposa de Ló pagaram tão caro por olharem para trás. E mais uma vez veio aquele chocante sibilo em ampla tessitura: "Tekeli-li! Tekeli-li!"

Gostaria de ser franco – ainda que não consiga ser muito direto – ao afirmar o que vimos, embora, naquele momento sentíssemos que não devíamos admiti-lo nem mesmo um para o outro. As palavras que chegam ao leitor nunca poderão sequer sugerir o assombro da visão em si. Ela danificou a nossa consciência de tal modo que me surpreende termos tido o bom senso residual de diminuir a luz das nossas lanternas como planejado e de adentrar o túnel correto em direção à cidade morta. O instinto, somente, deve ter nos levado adiante, e talvez de modo melhor do que a razão poderia tê-lo feito. Contudo, se isso foi o que nos salvou, pagamos um preço elevado. Decerto, razão sobrou-nos pouca.

Danforth estava completamente fora de si, e a primeira coisa que me lembro do resto da jornada é de tê-lo ouvido entoar, tresloucado, uma fórmula histérica na qual somente eu, dentre toda a humanidade, poderia ter encontrado qualquer coisa além de insana irrelevância. Ela reverberou em ecos falseteados entre os grunhidos dos pinguins, reverberou pelas abóbadas adiante e, graças a Deus, pelas abóbadas agora vazias atrás. Ele não poderia tê-la começado de uma vez, caso contrário, não estaríamos vivos e correndo cegamente. Estremeço só de pensar no que uma ínfima diferença em suas reações nervosas poderia ter causado.

"South Station Under... Washington Under... Park Street Under... Kendall... Central... Harvard". O pobre jovem cantarolava as familiares estações do túnel Boston-Cambridge que corria através do nosso pacífico solo nativo a milhares de quilômetros de distância, na Nova Inglaterra, mas para mim o ritual não tinha nenhuma irrelevância, nem exprimia saudade de casa. Comunicava apenas horror, pois eu sabia, sem dúvida, a monstruosa e atroz analogia que o havia sugerido. Esperávamos, ao olhar para trás, encontrar uma terrível e inacreditável entidade em movimento, se as brumas estivessem dissipadas o suficiente, havíamos formado uma ideia clara daquela entidade. O que deveras vimos – pois a névoa, por maligna ocasião, estava de fato rala – foi algo completamente diferente, imensuravelmente mais hediondo e detestável. Era a absoluta e objetiva personificação da "coisa que não devia existir" do romancista fantástico, e sua próxima analogia mais compreensível é um vasto e veloz trem de metrô quando visto de uma plataforma de estação – a grande fronte negra avolumando colossalmente a uma infinita distância subterrânea, constelada com estranhas luzes coloridas e preenchendo o prodigioso túnel tal como um pistão enche um cilindro.

Mas não estávamos na plataforma de uma estação. Estávamos nos trilhos à frente, enquanto a plástica coluna de pesadelo, de uma fétida iridescência negra, escorria para frente através de seus sínus de quatro metros e meio, ganhando uma velocidade profana e conduzindo adiante dela uma nuvem espiralante e adensada do pálido vapor do abismo. Era uma coisa horrível e indescritível, mais vasta que qualquer trem subterrâneo – um amontoado disforme de bolhas protoplásmicas, ligeiramente autoluminoso e com miríades de olhos temporários, se formando e se desfazendo como pústulas de luminosidade esverdeada, que preenchiam todo o túnel adiante e se abatia sobre nós, esmagando os pinguins frenéticos e deslizando sobre o chão brilhante, do qual o próprio ser e seus semelhantes haviam malignamente liberado de qualquer sinal de pó. Emitia, ainda, aquele ominoso e sobrenatural brado caçoador: "Tekeli-li! Tekeli-li!" E, por fim, nos lembramos de que os demoníacos Shoggoths – aos quais Os Antigos, exclusivamente, haviam dado vida, pensamentos e sistemas plásticos de órgãos, e que não dispunham de outra linguagem senão aquela que os grupos de pontos expressavam – também não tinham outra voz exceto os tons que imitavam de seus mestres passados.

## CAPÍTULO 12

 Danforth e eu temos lembranças de sairmos no grande hemisfério esculpido e de refazermos o caminho que trilhamos pelos cômodos e corredores ciclópicos da cidade morta, no entanto, estes são puramente fragmentos de sonhos que não envolvem memória de volição, detalhes, ou esforço físico. Era como se flutuássemos em um mundo nebuloso, ou em uma dimensão desprovida de tempo, causação ou orientação. A meia-luz acinzentada do vasto espaço circular deu-nos um pouco de sobriedade, todavia, não nos aproximamos daqueles trenós escondidos, nem olhamos novamente para o pobre Gedney e para o cão. Eles possuem agora um titânico mausoléu estranho, e espero que o fim deste planeta os encontre ainda em paz.
 Foi enquanto nos esforçávamos para passar pelo colossal declive em espiral que sentimos pela primeira vez a terrível fadiga e a falta de ar que a nossa fuga através do ar do platô havia produzido, mas nem mesmo o

temor do esgotamento poderia fazer-nos parar antes de alcançar o ordinário reino exterior de sol e céu. Havia algo indefinidamente apropriado em nossa partida daquelas eras soterradas, pois à medida que perdíamos o fôlego percorrendo nosso caminho, subindo o cilindro de dezoito metros de cantaria primal, vislumbramos junto a nós uma procissão contínua de esculturas heroicas feitas com a técnica tardia e decaída da raça desaparecida – uma despedida dos Antigos, escrita há cinquenta milhões de anos.

Finalmente, saindo com dificuldade do declive, nos encontramos em um grande monte de blocos tombados, com as paredes pétreas curvas de cantarias mais elevadas erguendo-se a oeste, e os tenebrosos picos das grandes montanhas exibindo-se além das estruturas mais desintegradas a leste. O baixo sol antártico da meia-noite espreitava avermelhado do horizonte meridional, por entre as fendas nas ruínas irregulares, e a terrível ancianidade e morte da cidade de pesadelo pareciam ainda mais severas em contraste com coisas relativamente conhecidas e costumeiras, como as características da paisagem polar. O céu acima era uma massa opalescente e agitada de leves vapores glaciais, e o frio agarrava-se às nossas entranhas. Descansando no chão as sacolas de equipamentos, a que instintivamente nos agarramos durante nossa fuga desesperada, abotoamos outra vez nossos casacos pesados em preparo para a trôpega descida pelo monte e a caminhada pelo antiquíssimo labirinto de pedras até os contrafortes onde o nosso avião aguardava. A respeito do que nos fez fugir daquela escuridão dos abismos secretos e arcaicos da terra, nada dissemos.

Em menos de um quarto de hora, havíamos encontrado o íngreme declive até os contrafortes – a esplanada provavelmente antiga – pelo qual havíamos descido, e pudemos ver a estrutura escura do nosso grande avião em meio às ruínas esparsas na encosta ascendente adiante. Na metade da subida em direção ao nosso objetivo, fizemos uma breve pausa para retomarmos o fôlego, e então voltamos a olhar para o fantástico emaranhado de incríveis formas pétreas abaixo de nós, mais uma vez misticamente delineado contra o oeste desconhecido. Ao fazê-lo, percebemos que o céu havia perdido sua nebulosidade da manhã, os irrequietos vapores glaciais subiram para o zênite, onde os seus contornos zombeteiros pareciam estar a ponto de se fixarem em um padrão bizarro que temiam tornar-se definitivo ou concludente.

Então, revelara-se no horizonte branquíssimo atrás da cidade grotesca uma linha fosca e diabril de pináculos violetas, cujas alturas pontiagudas erguiam-se, como em sonho, contra o céu que acenava rosado do ocidente. Em direção a essa borda cintilante elevava-se o antigo planalto, que o curso deprimido do extinto rio atravessava como uma faixa irregular de sombra. Por um segundo, suspiramos admirados pela beleza cósmica sobrenatural do cenário, mas então um vago horror começou a entranhar-se em nossa alma. Porquanto essa distante linha violeta nada mais poderia ser senão as terríveis montanhas da terra proibida – os mais altos picos terrestres e a concentração do mal na Terra. Esconderijo de horrores e segredos Arqueanos inomináveis. Aquelas montanhas, evitadas e cultuadas por aqueles que temiam esculpir o que significavam, inexploradas por qualquer criatura vivente na Terra, mas visitadas pelos sinistros relâmpagos e origem de fachos estranhos que se propagavam pelas planícies da noite polar – indubitavelmente o arquétipo desconhecido do temido Kadath do Ermo Gélido, além do repugnante platô de Leng, a que lendas primitivas aludem, evasivas.

Se as figuras e os mapas entalhados naquela cidade pré-humana estivessem corretos, essas crípticas montanhas violetas não poderiam estar a muito mais de quinhentos quilômetros de distâncias; no entanto, seus contornos foscos e diabris não pareciam nem um pouco menos acentuados acima daquela margem remota e nevada, como a borda serrilhada de um monstruoso planeta alienígena prestes a nascer em um céu pouco habitual. A altura daquelas montanhas, portanto, deveria ser extraordinária para além de qualquer comparação, transportando-as a tênues camadas atmosféricas povoadas apenas por espectros gasosos, sobre os quais audaciosos aviadores mal viveram para contar, após quedas inexplicáveis. Olhando para elas, pensei com nervosismo em certas pistas entalhadas a respeito das coisas que o grande rio extinto havia arrastado para a cidade a partir de suas encostas amaldiçoadas, e passei a me questionar sobre quanto sentido e quanta loucura haveria nos medos daqueles Antigos que as esculpiram tão vagamente. Lembrei como sua extremidade setentrional devia chegar próximo à costa da Terra da Rainha Maria, onde sem dúvidas trabalhava a expedição de *sir* Douglas Mawson a menos de mil e seiscentos quilômetros de distância. Orei para que nenhum destino maligno tivesse dado a *sir* Douglas e aos seus homens um vislumbre do que poderia estar para além da faixa costeira protetora. Tais pensamentos davam sinais de como estava minha condição descomedida naquele momento, e Danforth parecia estar ainda pior.

No entanto, muito antes de passarmos a grande ruína esteliforme e alcançarmos o avião, os nossos temores haviam sido transferidos para a cordilheira, menor, mas ainda vasta, que logo teríamos de transpor outra vez. A partir daqueles contrafortes, as encostas negras e repletas de ruínas se erguiam impetuosa e pavorosamente contra o leste, outra vez lembrando-nos daquelas estranhas pinturas asiáticas de Nikolai Roerich. E quando pensávamos que a terrível entidade amorfa poderia ter alastrado sua fetidez, contorcendo-se e abrindo seu caminho até os mais altos pináculos ocos, não conseguíamos conceber sem pânico a perspectiva de mais uma vez passarmos por aquelas sugestivas bocas de cavernas, onde o vento produzia sons semelhantes a um sibilo musical maligno em ampla tessitura. Para piorar a situação, vimos traços distintos de névoa em torno de vários dos cumes – como deve ter visto o pobre Lake, a princípio, ao se equivocar sobre vulcanismo – e estremecemos ao pensar naquela névoa semelhante da qual tínhamos acabado de escapar, naquela névoa e no blasfemo abismo instigador de horrores, a origem de todos aqueles vapores.

Tudo estava bem com o avião e, desajeitados, vestimos nossos pesados casacos de pele para o voo. Danforth não teve problemas para ligar o motor, e fizemos uma calma decolagem sobre a cidade dos pesadelos. Abaixo de nós, espalhava-se a ciclópica cantaria primitiva, como da primeira vez que a víramos, e começamos a subir e a dar voltas a fim de testar o vento para a nossa travessia pelo desfiladeiro. Em um nível muito alto devia estar havendo grande turbulência, visto que as nuvens de poeira glacial do zênite faziam toda espécie de coisas fantásticas, mas a sete mil e trezentos metros, a altitude de que precisávamos para transpor o desfiladeiro, julgamos a navegação bastante praticável. À medida que nos aproximávamos dos cumes, os estranhos sibilos do vento voltaram a manifestar-se, e pude ver as mãos do Danforth tremerem nos controles. Apesar de amador, considerei que naquele momento eu estivesse em melhor estado do que ele para pilotar e fazer o perigoso cruzamento entre os pináculos, e quando tomei a iniciativa para que trocássemos de lugar e eu assumisse seu ofício, ele não protestou. Tentei colocar em prática toda a minha habilidade e o meu autocontrole, e fixei os olhos no trecho de céu avermelhado entre as paredes do desfiladeiro, decididamente recusando-me a prestar atenção nas lufadas de vapor do topo da montanha, e desejando ter meus ouvidos selados com cera, tal como fizeram os marujos de Ulisses na costa da Sereia, para manter aquele inquietante silvo do vento longe de minha consciência.

Danforth, porém, liberado de sua função de piloto e acometido de uma crise nervosa, não conseguia ficar quieto. Percebi que ele se remexia de um lado para o outro e se contorcia enquanto olhava para a terrível cidade que se afastava, procurando à frente por picos cheios de cavernas e cubos, observando o sombrio mar de contrafortes cobertos de neve e pontilhados de muralhas dos lados, contemplando o céu fervilhante e grotescamente nublado. Foi então, enquanto eu tentava pilotar em segurança através do desfiladeiro, que seu berro enlouquecido nos deixou à beira do desastre, fazendo suspender o meu dificultoso autocontrole e causando-me uma impotente confusão em administrar os controles por um momento. Um segundo depois, minha resolução triunfou e fizemos a travessia em segurança – mas receio que Danforth nunca mais volte a ser o mesmo.

Como disse, Danforth se recusou a me dizer que horror final o fez gritar com tamanha insanidade, um horror que, infelizmente, tenho a certeza de ser o principal responsável por seu colapso presente. Trocamos fragmentos de conversa, aos gritos, acima do sibilo do vento e do barulho do motor ao chegarmos do lado seguro da cordilheira e mergulharmos lentamente em direção ao acampamento, mas tinham a ver principalmente com as promessas de sigilo que havíamos feito quando nos preparávamos para deixar a cidade dos pesadelos. Certas coisas, como concordamos, não cabiam ser divulgadas e discutidas levianamente pelas pessoas, e eu jamais falaria delas agora, não fosse a necessidade de impedir aquela expedição, Starkweather-Moore, e outras, a qualquer custo. Faz-se absolutamente necessário, pela paz e pela segurança da humanidade, que alguns cantos lúgubres e obscuros da Terra, bem como algumas profundezas inexploradas, sejam deixados em paz, a fim de que anormalidades adormecidas não venham a despertar, para que pesadelos blasfemamente sobreviventes não se contorçam e abandonem seus covis caliginosos para novas e mais amplas conquistas.

Tudo o que Danforth insinuou foi que o horror final se tratava de uma miragem. Ele declara não ter sido qualquer coisa relacionada aos cubos e às cavernas daquelas ressoantes montanhas da loucura que atravessamos, cheias de vapores e favos esculpidos, mas um único fantástico e demoníaco vislumbre por entre as nuvens agitadas do zênite do que estava por trás daquelas outras montanhas violetas a oeste, que Os Antigos haviam evitado e temido. É muito provável que a coisa tenha sido pura ilusão nascida do estresse sofrido pelo qual havíamos passado e da miragem verdadeira, embora não reconhecida, da cidade morta de transmontana, experimentada perto do acampamento de Lake no dia anterior. De todo modo, foi tão real para Danforth que ela ainda o atormenta.

Em raras ocasiões, ele sussurra coisas incoerentes e irresponsáveis sobre "o abismo obscuro", "a margem esculpida", "os proto-Shoggoths", "os sólidos com cinco dimensões", "o inominável cilindro", "o antigo Pharos", "Yog-Sothoth", "a geleia branca primal", "a cor que caiu do espaço", "as asas", "os olhos na escuridão", "a escada para a lua", "o original, o eterno, o imortal", entre outras concepções bizarras. Mas quando volta ao domínio de si, repudia tudo isso e atribui tais exclamações às curiosas e macabras leituras que fizera nos anos anteriores. Danforth, de fato, é conhecido por estar entre os poucos que já ousaram examinar de cabo a rabo aquela cópia, um pouco mastigada pelos vermes, do *Necronomicon*, mantida sob sigilo e a sete chaves na biblioteca da universidade.

À medida que atravessávamos a cordilheira, o céu mais elevado certamente tornava-se vaporoso e turbulento. E embora eu não tenha visto o zênite, consigo muito bem imaginar que seus redemoinhos de poeira glacial podem ter assumido formas estranhas. A imaginação, sabendo o quão vividamente algumas cenas distantes podem ser refletidas, refratadas e ampliadas por tais camadas de nuvens inquietas, poderia sem dificuldade ter fornecido o resto – e, é claro, Danforth não sugeriu quaisquer desses horrores específicos senão depois que sua memória teve tempo de resgatá-las em leituras antigas. Ele jamais poderia ter visto tanto em um olhar instantâneo.

Na época, seus gritos limitaram-se à repetição de uma única e louca palavra, cuja fonte era óbvia: "Tekeli-li! Tekeli-li!"

# AZATHOTH: UM FRAGMENTO

Quando a idade recaiu sobre o mundo, e a fascinação abandonou os homens; quando cidades cinzentas ergueram, nos turvos céus, torres altas, tenebrosas e feias, em cujas sombras ninguém podia sonhar com o sol, nem com os campos florescentes da primavera; quando o conhecimento despojou a Terra do seu manto de beleza, e os poetas cantavam somente de fantasmas distorcidos, vistos através de olhos embaçados e introspectivos; quando tais coisas vieram a acontecer, e as esperanças da infância se foram para sempre, houve um homem que viajou para além dessa vida e saiu a explorar espaços de onde os sonhos do mundo haviam fugido.

Quanto ao nome e à origem deste homem pouco há registrado, pois estes pertenciam apenas ao mundo desperto. No entanto, diz-se que ambos eram obscuros. Basta saber que vivia em uma cidade de muros altos onde reinava um estéril crepúsculo, e que laborava durante todo o dia entre as sombras e o caos, voltando para casa tarde da noite a uma habitação cuja janela solitária não se abria para vastos campos e bosques, mas para um pátio lúrido em que outras janelas abriam-se em lúgubre aflição. A partir daqueles caixilhos nada se podia divisar senão paredes e janelas, a não ser que o observador se inclinasse muito e espreitasse as pequenas estrelas que passavam. E visto que as paredes e janelas logo conduziam à loucura o homem que muito sonha e que muito lê, o morador daquela habitação passava noite após noite se inclinando, espreitando as alturas para vislumbrar alguma fração de coisa além do mundo desperto e das cidades altas. Passados anos, começou a chamar pelo nome as estrelas de lento curso, e a persegui-las em fantasia quando, com pesar, deslizavam para fora de sua vista. Até que, por fim, sua visão se abriu para muitas paisagens secretas, de cuja existência nenhum olho mundano suspeitava. Certa noite, estendeu-se um gigantesco abismo, e os céus repletos de sonhos se avolumaram até a janela do solitário observador, para se fundirem ao ar viciado de sua habitação e torná-lo parte de sua fabulosa maravilha.

Adentraram o cômodo selvagens correntes de meia-noite violeta, reluzindo como pó de ouro. Vórtices de poeira e fogo rodopiavam desde os mais longínquos espaços e alastravam-se perfumes intensos de além dos mundos. Oceanos opiáceos se derramaram ali, iluminados por sóis que os olhos jamais poderão contemplar, trazendo em seus redemoinhos estranhos golfinhos e ninfas do mar, das profundezas esquecidas. A silenciosa infinitude cercou turbilhonante o sonhador e o arrebatou sem tocar o corpo que se inclinava com firmeza da janela solitária, e por dias não contados nos calendários humanos, as marés de esferas distantes o conduziram suave e docemente junto ao curso de outros ciclos, e cheias de gentileza o deixaram adormecido em uma costa verdejante ao amanhecer, uma costa verdejante perfumada com flores de lótus e a pontilhada com camalotes vermelhas.

## AZATHOTH: UM POEMA

*O demônio carregou-me pelo absurdo do vácuo adentro*
*Pr'além dos feixes luminosos do espaço dimensionado,*
*Passada a extensão de o que é matéria, de quando é tempo*
*No caos, nada tinha lugar, nada tinha um formato.*
*Ali, o vasto Senhor de Tudo, na escuridão murmurejava*

## H. P. LOVECRAFT

*Coisas com que sonhara, mas não podia compreender,*
*E coisas feias ao seu redor, esvoaçantes, ele avistava*
*Em vórtices idiotas, que luzes faziam desentorpecer.*
*Dançavam ensandecidos ao estridente som gemido*
*Da flauta estilhaçada, presa pela monstruosa mão,*
*Donde fluíam ondas errantes que ao depararem-se com o destino*
*Concedem a cada cosmos frágil a sua eterna convenção.*
*"Sou o mensageiro Dele", afirmava o demônio do horror,*
*Enquanto golpeava desdenhoso a cabeça de seu Senhor.*

# ALÉM DA BARREIRA DO SONO

Muitas vezes me perguntei se a maioria dos homens alguma vez parou para refletir sobre a ocasionalmente titânica relevância dos sonhos e do mundo obscuro ao qual pertencem. Enquanto a maior parte de nossas visões noturnas sejam, talvez, nada além de tênues e fantásticos reflexos de nossas experiências em vigília – em oposição a Freud, com seu simbolismo pueril – ainda existem certos lembretes de que seu caráter etéreo e imundano não aceita interpretações ordinárias, e cujo efeito vagamente estimulante e perturbador evoca eventuais vislumbres ínfimos de uma esfera de existência mental tão importante quanto a vida física, ainda que separada dela por uma barreira absolutamente intransponível.

De minha experiência, não posso duvidar que os homens, quando perdidos da consciência terrestre, estão de fato residindo temporariamente em uma vida distinta e incorpórea, de natureza muitíssimo discrepante da vida que conhecemos, e da qual apenas as mais tênues e indistintas memórias persistem após despertarmos. Dessas fragmentárias e indistintas memórias, muito podemos inferir, mas pouco provar. Podemos deduzir que na vida dos sonhos, a matéria e a vitalidade, tais como a Terra as conhece, não são necessariamente constantes, e que o tempo e o espaço não existem como nossos *eus* despertos os compreendem. Por vezes, creio que esta vida menos material é a nossa vida mais real, e que nossa vã presença no globo terráqueo é ela própria secundária, ou meramente um fenômeno virtual.

Foi de um sonho jovial, repleto de especulações desta sorte que me levantei em uma tarde no inverno de 1900-1901, quando foi trazido à instituição psicopática estatal, na qual eu servia, o homem cujo caso incessantemente me assombra desde então. Seu nome, conforme consta dos autos, era Joe Slater, ou Slader, e sua aparência era aquela do típico habitante da região das montanhas de Catskill: um daqueles insólitos e repelentes herdeiros de uma estirpe de camponeses coloniais, cujo isolamento por quase três séculos no bastião montanhoso do pouco visitado interior fez com que fossem reduzidos a uma espécie de degeneração bárbara, em vez de progredirem com seus semelhantes mais afortunadamente localizados em distritos mais povoados. Entre este povo singular, que corresponde exatamente ao decadente elemento do "lixo branco" do Sul, leis e morais são inexistentes, e sua condição mental geral está provavelmente abaixo de qualquer outro povo nativo americano.

Joe Slater, que veio à instituição sob a vigilante custódia de quatro oficiais da polícia do estado, e que foi descrito como um tipo altamente perigoso, certamente não demonstrou evidências de suas perigosas intenções quando o vi pela primeira vez. Embora fosse de estatura bem acima da média, e de estrutura um tanto corpulenta, passava a absurda aparência de uma estupidez inofensiva, por causa do pálido e sonolento azulado de seus olhos, pequenos e lacrimejantes, da escassez de sua muda de barba amarela, negligenciada e nunca feita, e de seu pesado lábio inferior, descaído de maneira inerte. Não se sabia sua idade, já que entre sua laia, não existem nem registros, nem linhagem. Mas pela calvície da frente de sua cabeça, e da condição deteriorada de seus dentes, o cirurgião-chefe o registrou como um homem de cerca de quarenta anos.

A partir dos arquivos médicos e jurídicos, coletamos todas as informações possíveis sobre o seu caso: este homem, um vagabundo, caçador e armadilheiro, sempre fora excêntrico aos olhos de seus primitivos colegas. Ele habitualmente dormia além do horário convencional à noite, e ao acordar, costumava falar de coisas misteriosas de uma maneira tão bizarra, que inspirava medo até mesmo nos corações de uma população desprovida de imaginação. Não que seu modo de falar fosse de maneira alguma incomum, pois ele nunca falava senão no degenerado dialeto de seu ambiente. Mas o tom e o teor do que dizia era de tamanha e insondável brutalidade, que ninguém era capaz de ouvi-lo sem apreensão. Era frequente que ele mesmo se encontrasse tão aterrorizado e estupefato quanto seus auditores, e uma hora depois de acordar, se esquecia de tudo que havia dito, ou pelo menos de tudo que o havia feito dizer o que disse, regressando a uma normalidade bovina, bem afável como a dos outros caipiras.

Conforme Slater envelhecia, suas perturbações matinais pareciam aumentar gradualmente, em frequência e violência, até que cerca de um mês antes de sua chegada à instituição havia ocorrido a tragédia chocante que causou sua prisão pelas autoridades. Certa vez, perto do meio-dia, após um sono profundo iniciado em uma embriaguez de uísque por volta das cinco da tarde anterior, o homem havia despertado de repente, com ululações tão horríveis e sobrenaturais que atraíram diversos vizinhos à sua cabana, uma pocilga imunda onde vivia com uma família tão indescritível quanto ele próprio. Correndo em direção à neve, havia atirado seus braços para o alto e começado uma série de saltos diretamente para cima no ar, tudo isso enquanto gritava sobre sua determinação em alcançar uma "grande, grande cabana, com brilho no telhado e muros e chão, e a música alta e estranha bem longe". Enquanto dois homens de tamanho razoável tentavam contê-lo, ele se debatia com força e fúria maníacas, gritando seu desejo e sua necessidade de encontrar e matar uma certa "coisa que brilha, e sacode, e ri". Por fim, depois de derrubar temporariamente um de seus detentores com um súbito golpe, lançou-se sobre o outro em um êxtase demoníaco de sanguinolência, com um agudo e diabólico grito de que iria "pular alto no ar e queimar seu caminho através de qualquer coisa que o parasse".

Família e vizinhos agora haviam fugido em pânico, e quando os mais corajosos entre eles regressaram, Slater havia partido, abandonando algo como uma massa irreconhecível que havia sido um homem vivo, não mais que uma hora antes. Nenhum dos montanhistas ousou persegui-lo, e é provável que teriam festejado sua morte pelo frio. Mas quando algumas manhãs depois, ouviram seus gritos vindos de uma ravina distante, perceberam que ele de alguma forma havia conseguido sobreviver, e que sua remoção de uma forma ou de outra seria necessária. Então, seguiu uma equipe de busca armada, cujo propósito, qualquer que tenha sido originalmente, tornou-se do pelotão do xerife, após um dos raramente populares policiais estaduais ter observado por acidente, então questionado, e finalmente se juntado aos buscadores.

No terceiro dia, Slater foi encontrado inconsciente no oco de uma árvore, e levado para a prisão mais próxima, onde alienistas de Albany o examinaram assim que ele recobrou os sentidos. A eles, contou uma história simples. Ele havia ido dormir uma tarde, como disse, por volta do horário do pôr do sol, após beber muito. Havia acordado e se viu parado na neve, com as mãos ensanguentadas diante de sua cabana, com o corpo mutilado de seu vizinho Peter Slader em seus pés. Horrorizado, fugiu para a floresta, um esforço vão de escapar da cena do que devia ter sido seu crime. Além dessas coisas, ele parecia não saber de nada, nem mesmo o hábil questionamento de seus interrogadores pôde extrair um fato adicional que fosse.

Naquela noite, Slater dormiu tranquilamente, e na manhã seguinte, acordou sem nenhuma característica singular, exceto uma certa alteração em suas feições, o doutor Barnard, que estava observando o paciente, pensou ter visto nos pálidos olhos azuis um certo brilho de natureza peculiar, e nos lábios flácidos, um estreitamento quase imperceptível, como que desenhado por uma inteligente determinação. Mas quando interrogado, Slater regressava à habitual inanidade do montanhês, e apenas reiterava o que havia dito no dia anterior.

Na terceira manhã, ocorreu a primeira de três crises mentais do homem. Após demonstrar certa inquietação em seu sono, ele irrompeu em um frenesi tão violento que os esforços de quatro homens combinados foram necessários para prendê-lo em uma camisa de força. Os alienistas ouviram com muita atenção às suas palavras, já que a curiosidade deles havia sido profundamente aguçada pelas histórias evocativas, mas sobretudo conflitantes e incoerentes de sua família e vizinhos. Slater delirou por mais de quinze minutos, balbuciando seu dialeto sertanejo sobre edifícios verdes de luz, oceanos de espaço, música estranha e vales e montanhas sombrios. Mas acima de tudo, demorou-se ao descrever uma misteriosa entidade fulgurante que sacodia, ria e zombava dele. Essa vasta e vaga personalidade parecia tê-lo ofendido terrivelmente, e matá-la em uma triunfante vingança era seu desejo primordial. Para realizá-lo, disse que alçaria voo através de abismos de vacuidade, queimando cada obstáculo que se encontrasse em seu caminho. Assim procedeu seu discurso, até que, de modo extremamente repentino, cessou. O fogo da insanidade morreu em seus olhos, e em tacanha admiração olhou para seus interrogadores e perguntou por que estava amarrado. O doutor Barnard desafivelou o cinto de couro e não o colocou novamente até a noite, quando teve êxito em persuadir Slater a usá-lo de livre e espontânea vontade, para seu próprio bem. O homem agora havia admitido que às vezes falava de um jeito estranho, embora não soubesse o porquê.

Dentro de uma semana, mais duas crises ocorreram, mas os médicos aprenderam pouco com elas. Sobre a fonte das visões de Slater, especularam amplamente, pois uma vez que ele não sabia ler nem escrever, e parecia nunca ter ouvido nenhuma lenda ou conto de fadas, seu simbolismo fantástico era quase que inexplicável. Havia ficado claro que ele não poderia ter vindo de nenhum mito ou conto, pelo fato de que o lunático infeliz se expressava unicamente em sua maneira simplória. Ele delirava com coisas que não entendia e não conseguia interpretar, coisas que ele dizia ter vivenciado, mas que não podia ter conhecido por meio de nenhuma narrativa normal ou coerente. Os alienistas logo concordaram que sonhos anormais eram a base do problema. Sonhos cuja vivacidade poderiam dominar por completo durante algum tempo a mente desperta deste homem fundamentalmente inferior.

Com a devida formalidade, Slater foi julgado por homicídio, absolvido por insanidade, e alocado na instituição onde eu tinha um humilde cargo.

Eu disse que sou um incessante especulador sobre a vida nos sonhos, e por isso você pode estimar a avidez com a qual me dediquei ao estudo do novo paciente assim que averiguei com detalhes os fatos de seu caso. Ele parecia sentir uma certa simpatia por mim, nascida sem dúvidas do interesse que eu não conseguia ocultar, e da maneira gentil que o questionava. Não que ele alguma vez houvesse me reconhecido durante seus acessos, quando me debruçava sobre suas caóticas, mas cósmicas palavras-imagem. Mas ele me reconhecia em seus momentos de tranquilidade, quando se sentava ao lado de sua janela barrada, trançando cestos de palha e salgueiro, e possivelmente suspirando pela liberdade das montanhas que nunca mais desfrutaria. Sua família nunca buscou visitá-lo. Era provável que tivessem encontrado outro líder temporário, segundo os modos do povo decadente das montanhas.

Aos poucos, comecei a sentir uma extraordinária admiração pelas insanas e fantásticas concepções de Joe Slater. O homem em si era lastimavelmente inferior, tanto na mentalidade como no modo de falar. Mas suas visões, resplandecentes e titânicas, embora descritas em um jargão bárbaro e desarticulado, eram coisas que apenas um cérebro superior, ou até mesmo excepcional, poderia conceber. Como, perguntava-me com frequência, poderia a estólida imaginação de um degenerado de Catskill conjurar paisagens cuja mera possessão sugere a oculta centelha de um gênio? Como é que um bronco sertanejo pode ter obtido uma noção que fosse daqueles brilhantes reinos de espaço e radiância supernais sobre os quais Slater vociferava em seu furioso delírio? Cada vez mais eu tendia a acreditar que na personalidade lamentável que se encolhia diante de mim, estava o núcleo perturbado de algo além da minha compreensão. Algo infinitamente além da compreensão dos meus mais experientes, porém menos imaginativos, colegas médicos e cientistas.

Ainda assim, não consegui extrair nada de concreto do homem. A totalidade de minha investigação foi que em uma espécie de vida-sonho semicorpórea, Slater vagou, ou flutuou, em meio a resplandecentes e prodigiosos vales, pradarias, jardins, cidades e palácios de luz, em uma região desvinculada e desconhecida aos homens. Que lá, ele não era um camponês nem um degenerado, mas uma criatura de importância e de vida intensas, circulando altiva e dominantemente, e afrontado apenas por certo inimigo mortal, que parecia ser um ente de estrutura etérea, mas visível, e que não aparentava ter forma humana, já que Slater nunca se referiu a ele como um homem, ou nada além de uma coisa. Esta coisa havia causado alguma terrível porém desconhecida ofensa a Slater, pela qual o maníaco, se é que ele era um, ansiava por vingar-se.

Da forma pela qual Slater aludia aos seus contatos, determinei que ele e a coisa luminosa haviam se encontrado de igual para igual. Pois em sua existência onírica o próprio homem era uma coisa luminosa, da mesma raça que seu inimigo. Essa impressão foi sustentada por suas frequentes referências a voar pelo espaço e queimar todas as coisas que impediam seu avanço. Ainda assim, estes conceitos foram formulados em palavras rústicas, absolutamente inadequadas para exprimi-las, uma circunstância que me levou à conclusão de que se um mundo onírico realmente existisse, a linguagem oral não seria o meio para a transmissão de pensamento. Poderia ser que a alma onírica, habitando este corpo inferior, estivesse desesperadamente lutando para dizer coisas que a língua simplória e hesitante da estupidez não pudesse proferir? Poderia ser que eu estive face a face com emanações intelectuais tais que explicariam o mistério, se eu pudesse apenas aprender a decifrá-las e lê-las? Eu não contei aos médicos mais velhos sobre essas coisas, pois a meia-idade é cética, cínica e relutante em aceitar novas ideias. Além disso, o chefe da instituição havia recentemente me alertado, com seu jeito paternal, que eu estava trabalhando demais, que minha mente precisava de um descanso.

Há muito tempo sustento a crença de que o pensamento humano consiste basicamente em movimento atômico ou molecular, transmutável em ondas de éter ou energia radiante como calor, luz e eletricidade. Essa crença logo me levou a contemplar a possibilidade de telepatia ou comunicação mental, por meio de um instrumento adequado, e preparei, em meus dias de faculdade, um conjunto de instrumentos de transmissão e recepção um tanto quanto similares aos desengonçados dispositivos empregados em telegrafia sem fio no primitivo período pré-rádio. Testei estes com um colega, mas não atingindo nenhum resultado, logo os encaixotei com outras bugigangas científicas para possível uso futuro.

Agora, em meu intenso desejo de sondar a vida onírica de Joe Slater, recorri mais uma vez a esses instrumentos, e passei vários dias reparando-os para a ação. Quando prontos novamente, não perdi as oportunidades para sua experimentação. A cada explosão de violência de Slater, eu colocava o transmissor em sua testa, e o receptor na minha, constantemente fazendo ajustes delicados para diversos comprimentos de onda hipotéticos de energia intelectual. Eu tinha apenas uma pequena noção de como as impressões dos pensamentos iriam, se transmitidas com sucesso, suscitar uma resposta inteligente em meu cérebro, mas tinha certeza de que poderia detectá-las e interpretá-las. Assim, segui com meus experimentos, embora sem informar ninguém de sua natureza.

Foi no dia 21 de fevereiro de 1901 que o episódio ocorreu. Quando olho para trás ao longo dos anos, percebo o quão irreal ele parece, e às vezes pergunto-me se o velho doutor Fenton não estava certo quando atribuiu tudo à minha eufórica imaginação. Lembro-me que ouviu com muita bondade e paciência quando contei a ele, mas depois deu-me um polvilho para os nervos e providenciou as férias de meio ano para as quais parti na semana seguinte.

Naquela fatídica noite, eu estava demasiado agitado e perturbado, pois apesar do excelente cuidado que havia recebido, Joe Slater estava inequivocamente morrendo. Talvez tenha sido a liberdade montanhosa que perdeu, ou talvez a perturbação em seu cérebro tinha se tornado intensa demais para o seu físico bastante débil, mas em todo o caso, a chama da vitalidade tremeluziu sem forças naquele corpo decadente. Estava sonolento, perto do fim, e enquanto anoitecia, caiu em um sono conturbado.

Eu não amarrei a camisa de força, como era costume quando ele dormia, uma vez que percebi que ele estava fraco demais para ser perigoso, mesmo se acordasse em um distúrbio mental mais uma vez antes de falecer. Mas coloquei as duas extremidades do meu "rádio" cósmico em sua cabeça e na minha, sustentando a tênue esperança de uma primeira e última mensagem do mundo onírico no breve tempo que restava. Na cela conosco estava um enfermeiro, uma pessoa medíocre que não entendia o propósito do instrumento, nem pensou em indagar sobre meu procedimento. Com o passar das horas, vi a cabeça dele pender desajeitadamente pelo sono, mas não o incomodei. Eu mesmo, embalado pela respiração ritmada do homem saudável e do moribundo, devo ter cochilado um pouco depois.

O som de uma bizarra melodia lírica foi o que me despertou. Acordes, vibrações e êxtases harmônicos ecoavam ardentemente por toda parte, enquanto em minha visão enlevada irrompia o espetáculo magnífico de incomparável beleza. Paredes, colunas e arquitraves de chamas intensas ardiam fulgurantes em torno do ponto onde eu parecia flutuar no ar, me estendendo para o alto até um domo abobadado de elevação infinita e esplendor indescritível. Fundindo-se a essa demonstração de magnificência suntuosa, ou ainda, suplantando-a por vezes em uma rotação caleidoscópica, havia lampejos de amplas planícies e graciosos vales, elevadas montanhas e convidativas grutas, cobertas com cada um dos encantadores atributos da paisagem que meus maravilhados olhos podiam conceber, embora fossem inteiramente constituídas de alguma substância cintilante, etérea e maleável, cuja consistência possuía características tanto de espírito quanto de matéria. Enquanto observava fixamente, percebi que meu próprio cérebro detinha a chave para essas fascinantes metamorfoses, pois cada paisagem que se apresentava diante de mim era aquela que minha mente inconstante mais desejava contemplar. Em meio a este reino paradisíaco, residi não como um estranho, pois cada cena e som me eram familiares. Assim como havia sido por incontáveis éons de eternidade anteriormente, e seria por tantas eternidades vindouras.

Então, a aura resplandecente de meu irmão de luz aproximou-se e teve comigo, de alma para alma, uma troca silenciosa e perfeita de pensamentos. O momento era de triunfo iminente, pois não estaria minha entidade semelhante escapando, por fim, de uma degradante e contínua servidão? Escapando para sempre, e preparando-se para seguir seu amaldiçoado opressor até os mais longínquos campos do éter, para que sobre ele pudesse recair flamejante e cósmica vingança, tal que poderia abalar os firmamentos? Assim, flutuamos por um momento, quando percebi um leve embaçamento e descoloração dos objetos ao nosso redor, como se alguma força nos estivesse enviando de volta à Terra, para onde eu menos desejava ir. A forma próxima a mim pareceu também sentir uma mudança, pois ela gradualmente trouxe seu discurso a uma conclusão, e se preparou para deixar o local, desaparecendo da minha vista em um ritmo ligeiramente mais rápido do que os outros objetos. Trocamos mais alguns pensamentos, e soube que o ser luminoso e eu estávamos sendo enviados de volta à servidão, embora para meu irmão de luz, esta teria sido a última vez. Com sua deplorável casca terrena já quase exaurida, em menos de uma hora, meu companheiro estaria livre para caçar seu opressor ao longo da Via Láctea, além das estrelas mais próximas até os extremos confins do infinito.

Um choque evidente separa minha impressão final do espetáculo de luzes que se apagava diante de meu abrupto, e um tanto envergonhado, despertar e endireitar-me em minha cadeira, enquanto via o corpo moribundo se mover vacilante no divã. Joe Slater estava de fato acordando, embora provavelmente pela última vez. Quando olhei com mais atenção, vi que em seu rosto lívido luziam manchas de cor que nunca estiveram presentes antes. Os lábios também pareciam incomuns, encontrando-se firmemente comprimidos, como se por força de uma natureza mais poderosa que a de Slater. Seu rosto começou a tensionar por completo, e sua cabeça se revirava irrequieta com os olhos fechados.

Eu não despertei o enfermeiro que dormia, mas reajustei a faixa levemente desregulada do meu "rádio" telepático, decidido a captar qualquer última mensagem que o sonhador pudesse ter para transmitir. De uma só vez, sua cabeça se virou bruscamente em minha direção e seus olhos se abriram, fazendo com que eu o fitasse em pálida estupefação. O homem que havia sido Joe Slater, o decadente de Catskill, estava me encarando fixamente com um par de olhos luminosos e arregalados, cujo azul parecia ter sutilmente se aprofundado. Não se via degeneração nem mania naquele olhar, e senti, sem dúvidas, que estava encarando um rosto atrás do qual jazia uma mente ativa de alta ordem.

Neste momento, meu cérebro tomou conhecimento de uma influência externa constante operando sobre si. Fechei meus olhos para concentrar meus pensamentos mais profundamente e fui recompensado pelo conhecimento categórico de que minha tão procurada mensagem havia, por fim, chegado. Cada ideia transmitida formou-se rapidamente em minha mente, e embora nenhum idioma fosse de fato empregado, minha associação habitual de conceito estava tão elevada, que eu parecia receber a mensagem em meu idioma comum.

– Joe Slater está morto – emergiu a voz que congelou minha alma, oriunda de uma força vinda de além da barreira do sono. Meus olhos arregalados buscaram uma expressão de dor com curiosa aversão, mas os olhos azuis ainda me fitavam calmamente, e o semblante ainda se encontrava em penetrante animação. – Ele é mais útil morto, pois era inadequado para portar o intelecto ativo de uma entidade cósmica. Seu corpo rudimentar não conseguiu passar pelos ajustes necessários entre a vida etérea e a vida terrena. Ele era excessivamente animal, insuficientemente homem. Ainda assim, foi através de suas limitações que você chegou a me descobrir, pois as almas cósmicas e terrenas, com razão, nunca deveriam se encontrar. Ele tem feito parte de meu tormento e de minha prisão diurna por quarenta e dois de seus anos terrestres.

Sou uma entidade similar a que você mesmo se torna na liberdade do sono sem sonhos. Sou seu irmão de luz, e flutuei com você nos vales fulgurantes. Não me é permitido contar ao seu eu terrestre sobre seu verdadeiro eu, mas somos todos nômades de vastos espaços e viajantes em muitas eras. No próximo ano, posso residir no Egito que você chama de antigo, ou no cruel império de Tsan Chan, que surgirá dentro de três mil anos. Você e eu vagueamos até os mundos que volteiam a vermelha Arcturo, e habitamos os corpos dos insetos-filósofos que rastejam orgulhosamente sobre a quarta lua de Júpiter. Quão pouco a própria Terra sabe sobre a vida e sua dimensão! Quão pouco, de fato, deveria saber para sua própria tranquilidade!

Sobre o opressor, não posso falar. Vocês na Terra inconscientemente sentiram sua presença distante. Vocês que, sem saber, deram de maneira indolente ao farol cintilante o nome de Algol, a Estrela Demônio. Foi para encontrar e derrotar o opressor que lutei em vão por éons, contido por entraves corpóreos. Esta noite, parto como uma nêmesis, portando a ardente e justa vingança cataclísmica. Observa-me no céu próximo à Estrela Demônio.

Não posso mais falar, pois o corpo de Joe Slater torna-se frio e rígido, e seu cérebro rudimentar está cessando de vibrar como desejo. Você foi meu único amigo neste planeta, a única alma a me detectar e me buscar dentro da forma repulsiva que jaz neste divã. Nos encontraremos novamente, talvez nas brumas reluzentes da Espada de Órion, talvez em um desolado planalto na Ásia pré-histórica, talvez em sonhos olvidados esta noite, talvez em alguma outra forma em um éon vindouro, quando o sistema solar tiver sido varrido.

Neste ponto, as ondas-pensamento cessaram abruptamente, os pálidos olhos do sonhador – ou posso dizer do defunto? – começaram a vidrar como os de um peixe. Em um semiestupor, cruzei a sala até o divã e senti seu pulso, mas encontrei-o frio, rígido e sem pulso. O rosto lívido empalideceu outra vez, os lábios grossos se separaram, revelando as presas repulsivamente apodrecidas do degenerado Joe Slater. Senti um arrepio, estirei um cobertor sobre o rosto medonho, e acordei o enfermeiro. Então deixei a cela e parti em silêncio até meu quarto. Senti uma avidez instantânea e inexplicável por um sono cujos sonhos não deveria lembrar.

O clímax? Que relato banal da ciência pode exibir tal efeito retórico? Limitei-me a apresentar certas coisas que entendo como fatos, permitindo que você as interprete como quiser. Como já admiti, meu superior, o velho doutor Fenton, nega a veracidade de tudo que relatei. Ele jura que eu estava combalido por uma sobrecarga de nervos, e que precisava seriamente de longas férias remuneradas, que ele tão generosamente me concedeu. Ele me jura sobre sua honra profissional que Joe Slater era nada além de um reles paranoico, cujas ideias fantásticas devem ter vindo dos rudimentares contos folclóricos que circulavam até mesmo nas mais decadentes das comunidades. Ainda que ele me diga tudo isso, não consigo esquecer o que vi no céu na noite seguinte à morte de Slater. Para que não pense que sou uma testemunha tendenciosa, outra pena deve acrescentar este testemunho final, que talvez possa fornecer o clímax que você espera. Vou citar o seguinte relato da estrela Nova Persei verbatim das páginas da eminente autoridade astronômica, o Professor Garrett P. Serviss:

> *Em 22 de fevereiro de 1901, uma estrela extraordinária, não muito distante de Algol, foi descoberta pelo doutor Anderson de Edimburgo. Nenhuma estrela era visível naquele ponto antes. Em vinte e quatro horas a estrela desconhecida havia se tornado tão brilhante que ofuscou Capella. Em uma semana ou duas, ela havia se apagado visivelmente, e no decorrer de poucos meses mal se podia discerni-la a olho nu.*

# CELEPHAÏS

Em um sonho, Kuranes avistou a cidade no vale, e a costa além dela, e o pico nevado vigiando o mar, e as galeras alegremente variegadas que zarpavam do porto em direção a regiões distantes, onde o mar encontra o céu. Foi em um sonho também que ele obteve o nome Kuranes, pois quando acordado era chamado por outro nome.

Talvez fosse natural para ele sonhar com um novo nome. Pois era o último de sua família, e sozinho em meio aos milhões de indiferentes de Londres, de modo que não havia muitos para falar com ele e lembrá-lo de quem era. Seu dinheiro e suas propriedades haviam sido perdidos, e não se importava com os costumes das pessoas ao seu redor, mas preferia sonhar e escrever sobre seus sonhos. Seus escritos eram ridicularizados por aqueles a quem os mostrava, então depois de um tempo, os guardou para si, e finalmente cessou de escrever.

Quanto mais se distanciava do mundo a seu redor, mais maravilhosos se tornavam seus sonhos, e seria inteiramente fútil tentar descrevê-los no papel. Kuranes não era moderno nem pensava como outros escritores. Enquanto eles se empenhavam em extrair da vida seus robes bordados de mito e exibir em sua disforme nudez a coisa imunda que é a realidade, Kuranes buscava tão somente a beleza. Quando a verdade e a experiência fracassavam em revelá-la, buscava-a na fantasia e na ilusão, e a encontrou na porta de sua casa, em meio às memórias nebulosas de contos e sonhos de infância.

Não existem muitas pessoas que sabem que maravilhas lhes são reveladas nas histórias e visões de sua juventude, pois enquanto crianças, quando ouvimos e sonhamos, concebemos apenas ideias semielaboradas, e como adultos, quando tentamos nos lembrar, nos tornamos apáticos e prosaicos com o veneno da vida. Mas alguns de nós acordam à noite com estranhos fantasmas de vales encantados e jardins, de fontes que cantam ao sol, de escarpas douradas projetando-se sobre murmurantes mares, de planícies que se estendem até adormecidas cidades de pedra e de bronze, e companhias sombrias de heróis que cavalgam cavalos brancos caparazonados pelas margens de densas florestas, e assim sabemos que olhamos para trás, através dos portões de marfim, para dentro daquele mundo de encantos que era nosso, antes de sermos sábios e infelizes.

Kuranes deparou-se repentinamente com seu antigo mundo de infância. Ele vinha sonhando com a casa onde nascera. A ampla casa de pedra coberta de hera, onde treze gerações de seus ancestrais viveram, e onde ele esperava morrer. Foi sob a luz do luar que ele se esgueirou na perfumada noite de verão, através de jardins, descendo pelos terraços, além dos grandiosos carvalhos do passeio, e ao longo do extenso e longo caminho até a vila. A vila tinha um aspecto muito antigo, carcomida em seus limites, como a lua que começa a minguar, e Kuranes imaginou se os telhados pontiagudos das pequenas casas guardavam sono ou morte. Nas ruas havia brotos compridos de grama, e as vidraças em ambos os lados se encontravam quebradas, ou minimamente entreabertas. Kuranes não se demorou, mas caminhou penosamente, como se convocado em direção a algum objetivo. Ele não ousou desobedecer ao chamado, por temer se revelarem ilusórios, como as necessidades e aspirações da vida desperta, que conduziam a objetivo nenhum. Então, ele fora atraído por uma vereda que levava para fora da rua da vila, em direção às escarpas do canal, e chegara ao final das coisas no precipício, abismo onde toda a vila e todo o mundo caíam abruptamente, no vazio sem ecos do infinito, e onde até mesmo o céu adiante era vazio e desvanecido pela lua em ruínas, com as estrelas à espreita. A fé o instou a prosseguir, pelo precipício e dentro do abismo, onde flutuou para baixo, mais e mais, onde passou por sonhos sombrios, disformes e nunca concebidos, por esferas de brilho tênue que podem ter sido sonhos parcialmente sonhados, e por coisas aladas risonhas que pareciam zombar dos sonhadores de todos os mundos. Então, uma fenda pareceu se abrir em meio a escuridão diante dele, e viu a cidade do vale, brilhando esplendorosa, muito, muito abaixo, com o mar e o céu ao fundo, e uma montanha coberta de neve próxima à costa.

Kuranes havia acordado no exato momento em que contemplou a cidade, mas ainda assim sabia, por seu breve vislumbre, que era nenhuma outra senão Celephaïs, no vale de Ooth-Nargai, além das Colina Tanarianas, onde seu espírito havia residido por toda a eternidade de uma hora, em uma tarde de verão há muito tempo, quando havia escapulido de seu enfermeiro e deixado a cálida brisa marítima embalá-lo em seu sono, enquanto observava as nuvens do penhasco próximo à vila. Havia protestado à época, quando o encontraram, o acordaram e o carregaram de volta para casa, pois assim que fora acordado, estava prestes a navegar em uma galera dourada, até as fascinantes regiões onde o mar encontra o céu. E agora se encontrava igualmente ressentido por despertar, pois havia localizado sua fabulosa cidade após quarenta enfadonhos anos.

Mas três noites depois, Kuranes regressou a Celephaïs. Como antes, sonhou primeiro com a vila que estava adormecida, ou morta, e com o abismo pelo qual se deve flutuar silenciosamente abaixo. Então, a fenda apareceu novamente, e ele contemplou os minaretes reluzentes da cidade, e viu as graciosas galeras navegando ancoradas no porto azul, e observou as árvores de ginkgo do monte Aran, balançando na brisa marítima. Mas desta vez, não foi retirado do sonho, e como um ser alado, ajeitou-se gradualmente sobre uma encosta gramada até que finalmente seus pés repousaram suaves na turfa. Havia de fato regressado ao Vale de Ooth-Nargai e à esplêndida cidade de Celephaïs.

Descendo a colina, em meio às aromáticas relvas e flores brilhantes, caminhava Kuranes, sobre a borbulhante Naraxa, na pequena ponte de madeira onde havia encravado seu nome há tantos e tantos anos, e cruzou o bosque sussurrante até a grande ponte de pedra, próxima aos portões da cidade. Tudo era antiquíssimo, mas nem as muralhas de mármore descoloriram, nem as estátuas de bronze polido sobre elas se mancharam. E Kuranes viu que não precisava temer que as coisas que conhecia desaparecessem. Pois até mesmo as sentinelas nos baluartes eram as mesmas, e ainda tão jovens quanto se lembrava. Quando entrou na cidade, além dos portões de bronze e pelo pavimento de ônix, os mercadores e cocheiros de camelos o saudaram como se nunca houvesse partido, e da mesma forma se deu no templo de Nath-Horthath, onde os sacerdotes com grinaldas de orquídeas lhe disseram que não existe tempo em Ooth-Nargai, apenas juventude perpétua. Então, Kuranes caminhou pela Rua dos Pilares até a muralha voltada para o mar, onde se reuniam os mercadores e os marinheiros, e homens estranhos das regiões onde o mar encontra o céu. Ali ele se demorou, contemplando a paisagem sobre o luminoso porto, onde as ondulações cintilavam sob um sol desconhecido, e onde singravam suavemente as galeras de locais distantes por sobre as águas. Contemplou também o monte Aran, que se elevava majestosamente a partir da costa, suas encostas inferiores, verdes com árvores balançantes, e seu pináculo tocando o céu.

Mais do que nunca, Kuranes desejou navegar em uma galera até as paragens distantes das quais havia ouvido tantas histórias insólitas, e novamente foi ter com o capitão, que havia concordado em transportá-lo há tanto tempo. Encontrou o homem, Athib, sentado sobre o mesmo baú de temperos em que sentava-se antes, e Athib nem parecia ter percebido qualquer passagem de tempo. Os dois remaram até uma galera no porto, e dando ordens aos remadores, começaram a zarpar em direção ao revolto Mar Cerenariano que levava ao céu. Por vários dias, deslizaram ondulantes sobre as águas, até que finalmente chegaram ao horizonte, onde o mar encontra o céu. Ali, a galera não se deteve de modo algum, mas flutuou com facilidade no azul do céu entre nuvens felpudas tingidas de rosa. E muito abaixo da quilha, Kuranes podia ver estranhas terras, e rios, e cidades de beleza insuperável, distribuídas indolentemente sob a luz do sol, que parecia nunca abrandar ou desaparecer. Finalmente, Athib disse a ele que sua jornada estava perto do fim, e que logo alcançariam o porto de Serannian, a cidade de mármore rosa das nuvens, que fora edificada naquela costa etérea onde o vento oeste corre pelo céu. Mas assim que a mais alta das esculpidas torres foi avistada, ouviu-se um som em algum ponto no espaço, e Kuranes acordou em seu sótão em Londres.

Por muitos meses depois, Kuranes buscou a formidável cidade de Celephaïs e suas galeras celestes, em vão, e embora seus sonhos o transportassem para muitas deslumbrantes e inauditas paragens, ninguém que encontrara sabia dizer como localizar Ooth-Nargai além das Colinas Tanarianas. Certa noite, ele voava sobre escuras montanhas, onde havia tênues e solitárias fogueiras muito distantes entre si, e rebanhos estranhos e desgrenhados, com sinos tilintantes nos líderes, e na zona mais selvagem desta região acidentada, tão remota que poucos homens poderiam sequer avistá-la, encontrou uma terrivelmente antiga barreira ou ponte de pedra ziguezagueando ao longo das colinas e dos vales. Gigantesca demais para jamais ter sido erigida por mãos humanas, e de tal extensão que nenhuma de suas extremidades podia ser vista. Além daquela barreira, em um alvorecer cinzento, ele chegou a uma região de jardins pitorescos e cerejeiras, e quando o sol nasceu, contemplou tamanha beleza de flores vermelhas e brancas, folhagem e relva verdes, veredas brancas, riachos adamantinos, lagoas azuis, pontes esculpidas, e pagodes de telhados vermelhos, que por um momento se esqueceu de Celephaïs, em absoluto deleite. Mas lembrou-se novamente quando caminhou por uma vereda branca em direção a um pagode de telhado vermelho, e teria perguntado ao povo desta região sobre ela, não houvesse descoberto que não havia ninguém ali, apenas pássaros e abelhas e borboletas. Em outra noite, Kuranes subiu incessantemente por uma escadaria de pedra em espiral, e chegou à janela de uma torre, divisando uma grandiosa planície e um rio iluminado pela lua cheia. E na cidade silenciosa que se alastrava a partir da margem do rio, pensou ter visto alguma característica ou disposição que já tinha visto antes. Teria descido e perguntado o caminho para Ooth-Nargai, não tivesse uma temível aurora sido expelida de algum lugar remoto além do horizonte, revelando a ruína e ancestralidade da cidade, e a estagnação do rio juncoso, e a morte pairando sobre aquela região, como pairava desde que o rei Kynaratholis retornou ao lar de suas conquistas para encontrar a vingança dos deuses.

Kuranes, então, buscou em vão pela formidável cidade de Celephaïs e suas galeras que navegavam até Serannian no céu, enquanto avistava muitas maravilhas, uma vez escapando por um triz do sumo sacerdote que não deve ser descrito, que veste uma máscara amarela de seda sobre seu rosto e reside completamente sozinho em um monastério de pedra pré-histórico no frio e desértico platô de Leng. Por fim, tornou-se tão impaciente com os deprimentes intervalos diurnos, que começou a comprar drogas para aumentar seus períodos de sono. Hasheesh ajudou imensamente, e uma vez o enviou a uma parte do espaço onde a forma não existe, mas onde gases incandescentes estudam os segredos da existência. E um gás cor de violeta contou a ele que aquela parte do espaço estava fora daquilo que ele chamava infinito. O gás não ouvira falar de planetas e organismos antes, mas identificou Kuranes meramente como alguém do infinito, onde a matéria, a energia e a gravitação existem. Kuranes agora estava muito ansioso por regressar à cravejada de minaretes Celephaïs, e aumentou a dosagem de suas drogas. Mas por fim ficou sem dinheiro, e não podia mais comprá-las. Portanto, certo dia de verão, foi despejado de seu sótão, e vagou sem rumo pelas ruas, flutuando sobre uma ponte até um local onde as casas se tornavam cada vez mais esparsas. Foi ali que se deu a realização, e ele encontrou o cortejo de cavaleiros vindos de Celephaïs para conduzi-lo até lá, onde passaria a eternidade.

Eram belos cavaleiros, montados em cavalos ruanos, trajando armaduras reluzentes com tabardos de tecido de ouro insolitamente brasonado. Eram tão numerosos que Kuranes quase os tomou por um exército, mas foram enviados em sua honra, já que fora ele quem criara Ooth-Nargi em seus sonhos, motivo pelo qual seria agora nomeado seu deus supremo para todo o sempre. Deram-lhe um cavalo e o colocaram na ponta da cavalgada, e todos montaram majestosamente através das colinas de Surrey e adiante, na direção da região onde Kuranes e seus ancestrais haviam nascido. Era muito estranho, mas conforme os cavaleiros prosseguiam, pareciam galopar de volta no tempo, pois toda vez que passavam por uma vila ao entardecer, viam apenas casas e aldeões, tais como Chaucer ou homens antes dele devem ter visto, e às vezes viam cavaleiros montados a cavalo com pequenas companhias de vassalos. Quando escurecia, viajavam mais rapidamente, até que logo estivessem correndo de um jeito estranho, como que no ar. Na turva alvorada, encontraram a vila que Kuranes havia presenciado viva em sua infância e adormecida, ou morta, em seus sonhos. Estava viva agora, e aldeões madrugadores faziam reverências enquanto os cavaleiros estrondavam pela rua e partiam pelo caminho que terminava no abismo dos sonhos. Kuranes tinha entrado naquele abismo antes apenas à noite, e imaginava como seria seu aspecto durante o dia, então assistiu ansiosamente enquanto a coluna se aproximava de sua borda. Assim que galoparam acima do terreno elevado até o precipício, um clarão dourado veio de algum ponto do oeste e ocultou toda a paisagem em cortinas radiantes. O abismo era um caos fervilhante de esplendor rosáceo e cerúleo, e vozes invisíveis cantavam exultantes enquanto o cortejo dos cavaleiros lançava-se da borda e flutuava graciosamente, caindo por nuvens brilhantes e coruscações prateadas. Descendo infinitamente, os cavaleiros flutuavam, seus cavalos de batalha pateando o éter como que galopando sobre areias douradas. E então, os vapores luminosos se dispersaram para revelar um brilho ainda maior, o brilho da cidade de Celephaïs, e a costa marítima além dela, e o pico nevado vigiando o mar, e as galeras alegremente variegadas que navegavam do porto em direção a regiões distantes onde o mar encontra o céu.

Depois disso, Kuranes reinou sobre Ooth-Nargai e todas as regiões oníricas circunvizinhas, e presidiu sua corte alternadamente em Celephaïs, e na feita de nuvens, Serannian. Ele ainda reina por lá, e reinará feliz para sempre, embora abaixo dos despenhadeiros em Innsmouth as marés do canal tenham brincado jocosamente com o corpo de um mendigo que havia caído da vila semideserta ao amanhecer. Brincaram jocosamente e o lançaram sobre as rochas ao lado das Torres Trevor, cobertas de vinhas, onde um cervejeiro milionário, particularmente gordo e especialmente grosseiro, desfruta da atmosfera adquirida de extinta nobreza.

# AR FRIO

    Você me pede para explicar por que tenho medo das correntes de vento frio, por que tremo mais que as pessoas comuns ao entrar em uma sala algente e pareço sentir náuseas e repulsa quando a friagem da noite rasteja furtiva pelo calor de um dia ameno de outono. Há quem diga que reajo ao frio tal como outros reagem a um mau odor, e serei eu o último a negar tal impressão. O que farei será relatar a circunstância mais horrível em que já me encontrei, e deixar que você julgue se ela constitui ou não uma explicação adequada para essa minha peculiaridade.

    É um equívoco pressupor que o horror está intrinsecamente associado às trevas, ao silêncio e à solidão. Eu o encontrei no fulgor de uma tarde de sol, em meio ao clangor de uma metrópole, e no interior agitado de uma puída e ordinária pensão, acompanhado de uma senhoria prosaica e de dois homens robustos. Na primavera de 1923, eu havia conseguido um trabalho monótono e pouco rentável em uma revista na cidade de Nova York. Incapaz de pagar um valor substancial em aluguel, comecei a vagar de uma pensão barata a outra, em busca de um quarto que combinasse as qualidades de limpeza decente, mobiliário tolerável e preço bastante razoável. Logo ficou claro para mim que teria de escolher um dentre variados males, mas passado algum tempo, deparei-me com uma casa na *West*

*Fourteenth Street* que me causou muito menos aversão do que as outras que havia examinado.

O lugar era uma mansão de grês pardo, com quatro andares, que aparentemente datava do fim da década de 1840, com madeiramento e mármore cujo esplendor enodoado e manchado comunicava o declínio desde altos níveis de elegante opulência. Os quartos, grandes, com pé-direito alto, decorados com um papel de parede insuportável e cornijas ridiculamente ornamentadas de estuque, abafavam um deprimente odor de mofo misturado a um inexato cheiro de cozinha, mas o chão era limpo, a roupa de cama suportável e a água quente não costumava estar fria ou desligada, de modo que passei a considerar o lugar como minimamente aceitável para hibernar até de fato poder voltar a viver. A senhoria, uma espanhola desmazelada e quase barbada que se chamava Herrero, não me incomodava com fofocas ou reclamações a respeito da luz que deixava acesa até tarde da noite em meu quarto, no terceiro andar, de frente para a rua. E os outros pensionistas eram tão tranquilos e reservados quanto se poderia desejar, sendo a maioria deles espanhóis um pouco acima do nível mais grosseiro e rude. Somente o barulho dos carros na avenida principal abaixo provava ser um sério aborrecimento.

Estava lá há cerca de três semanas quando o primeiro incidente estranho aconteceu. Certa noite, por volta das oito horas, ouvi um som como o de um líquido pingando no chão, e de repente dei-me conta de que há algum tempo sentia um odor pungente de amônia. Olhando ao redor, percebi que o teto estava molhado e gotejando, a infiltração parecia proceder de um canto do lado que dava para a rua. Ansioso para resolver o problema já na fonte, apressei-me até a parte debaixo para comunicar a senhoria, e fui assegurado por ela de que o aborrecimento logo seria ajustado.

– *El doctor Muñoz* – exclamou ela enquanto subia as escadas apressada em minha frente – *deve ter derramado sus produtos químicos. Está muy doente para ser médico de si mismo, e cada vez piora más. Pero no quiere que nadie le ayude. E fica muy esquisito con essa doença, todo dia toma uns baños con cheiros curiosos e no puede ficar nervoso, nem calentarse. Todo trabajo doméstico o faz el mismo, e su quartiño está siempre cheio de frascos e máquinas, e há mucho tiempo no trabaja como médico. Pero antes, fora um hombre muy importante. Mi padre em Barcelona ouvia bastante el nombre. E ahora há poco tiempo consertou o braço del encanador que se feriu de repente. El doctor nunca sai, solamente até o terraço. Mi hijo, Esteban, leva a ele comida, roupa limpa, sus remédios e produtos químicos. Diós, o tanto de sal amoníaco que el hombre usa para refrescarse!*

A senhora. Herrero desapareceu pelas escadas do quarto andar e eu voltei para o meu quarto. A goteira de amônia cessou. Enquanto limpava o que havia derramado no chão e abria a janela para respirar, ouvi os passos pesados da senhoria no andar de cima. Eu nunca havia ouvido o doutor Muñoz, exceto determinados sons como o de um mecanismo movido a gasolina, visto que seus passos eram suaves e delicados. Perguntei-me por um momento qual seria a estranha enfermidade daquele homem, e se a sua obstinada recusa de ajuda externa não seria o resultado de uma excentricidade um tanto infundada. Refletindo trivialidades, percebi como é infinitamente patético o estado de uma pessoa eminente que sofreu decadência no mundo, na sociedade.

Eu poderia nunca ter chegado a conhecer o doutor Muñoz, não fosse pelo repentino ataque cardíaco que me acometeu certa manhã, enquanto escrevia no meu quarto. Médicos haviam me alertado quanto ao perigo de tais eventos, e eu sabia que não havia tempo a perder. Portanto, lembrando do que a senhoria havia dito sobre a ajuda que o inválido oferecera ao trabalhador ferido, arrastei-me até o andar superior e bati debilmente à porta acima da minha. Minha batida foi respondida com um bom inglês, por uma voz curiosa a alguma distância à direita, perguntando meu nome e o que queria. Tendo sido tais coisas afirmadas, abriu-se a porta ao lado daquela em que eu havia batido.

Cumprimentou-me uma corrente de ar frio, e embora o dia fosse um dos mais quentes do fim de junho, senti meu corpo se arrepiar enquanto eu atravessava os umbrais e adentrava um grande apartamento, cuja suntuosa e elegante decoração me surpreendeu naquele ninho de esqualidez e miséria. Um sofá dobrável preenchia agora o seu papel diurno de sofá, e os móveis de mogno, os ornamentos luxuosos, as pinturas antigas, e as belíssimas estantes de livros mais representavam o escritório de um cavalheiro do que um quarto de pensão. Então, reparei que o quarto que ficava sobre o meu – o "quartinho" cheio de frascos e máquinas que a senhora Herrero havia mencionado – era senão o laboratório do doutor, e que seus aposentos principais eram a espaçosa sala adjacente, cujas alcovas confortáveis e o grande banheiro contíguo lhe permitia esconder todas as suas vestimentas e dispositivos obstrusivamente utilitários. O doutor Muñoz, decerto, era um homem com berço, cultura e bom gosto.

A figura diante de mim era baixa, mas admiravelmente proporcional, envolta por indumentárias um tanto formais, com corte e caimento perfeitos. Um rosto com características de alta estirpe e expressão magistral, embora não arrogante, via-se adornado por uma grisalha barba aparada, enquanto um pincenê antiquado se acomodava ante os grandes olhos escuros, equilibrando-se em um nariz aquilino que dava um toque mouro a uma fisionomia cujos traços predominantes pareciam celtibéricos. Os cabelos volumosos e bem arrumados, que apontavam o trabalho frequente de um barbeiro, dividiam-se graciosamente sobre a testa alta, e tudo em sua figura denotava impressionante inteligência e nobreza genealógica e de educação.

No entanto, quando vi o doutor Muñoz naquela rajada de ar frio, senti uma repugnância que nada em seu aspecto poderia justificar. Somente sua tez, que se inclinava à lividez e à frieza do toque, poderia proporcionar algum fundamento físico para tal sentimento, e mesmo estas coisas deveriam ser escusáveis, considerando a sabida invalidez do homem. É possível, também, que tenha sido aquele frio singular o motivo da minha alienação, pois calafrios como aqueles escapavam da normalidade em um dia tão quente, e o anormal sempre excita aversão, desconfiança e medo.

Mas a repugnância logo deu lugar à admiração, pois a habilidade tremenda do estranho médico imediatamente se tornou manifesta, apesar da frieza e do tremor de suas mãos, em que mal parecia correr sangue. Ele claramente entendeu minhas necessidades em um único relance, e ministrou-me com a destreza de um mestre, enquanto me tranquilizava com uma voz gentil e modulada, embora estranhamente oca e desprovida de qualquer timbre, dizendo ser o mais implacável dentre os inimigos da morte, tendo gastado sua fortuna e perdido todos os amigos em uma vida de experimentos bizarros dedicados a enganá-la e extirpá-la. Havia nele uma espécie de fanatismo benevolente, e divagou quase garrularmente enquanto auscultava meu peito e misturava a quantidade adequada de remédios, retirados do cômodo menor de laboratório. Era evidente que a presença de um homem bem-nascido representava para ele uma rara novidade naquele ambiente de mesquinharias, e sentiu-se movido a fazer um discurso desacostumado das memórias de quando dias melhores lhe sobrevieram.

Sua voz, apesar de estranha, era ao menos tranquilizadora, e eu não notava sequer sua respiração enquanto as frases fluíam afáveis de sua boca. Ele procurou distrair minha mente da minha própria apreensão, falando de suas teorias e de seus experimentos. Recordo-me de sua diplomacia ao me consolar pelo meu coração debilitado, insistindo que a determinação e a consciência são mais fortes do que a própria vida orgânica, de modo que se uma estrutura física for naturalmente saudável e preservada com zelo, pode, por meio de um aprimoramento científico dessas qualidades, manter uma espécie de animação nervosa, ainda que lhe acometam os danos mais graves, defeitos, ou até mesmo ausências no sistema de órgãos específicos. Poderia algum dia, disse-me meio que em tom de brincadeira, ensinar-me a viver, ou ao menos a adquirir uma espécie de existência consciente, até mesmo sem coração! Quanto ao próprio caso, fora acometido de uma complicação de mazelas que exigiam um tratamento muito rigoroso, incluindo frio constante. Qualquer aumento significativo na temperatura poderia, se prolongado, afetá-lo fatalmente, e a frieza de sua habitação – cerca de 12°C ou 13°C – era mantida por um sistema absorvente de arrefecimento a amônia, o motor a gasolina de cujas bombas eu tantas vezes ouvira o som em meu quarto no andar de baixo.

Aliviado de minha crise cardíaca após um tempo surpreendentemente curto, deixei o lugar arrepiante como um discípulo e devoto do talentoso recluso. Depois disso, fiz-lhe frequentes visitas, apropriadamente agasalhado. Eu o ouvia falar de pesquisas secretas e dos resultados quase pavorosos, e estremecia um pouco quando examinava em suas prateleiras os volumes nada convencionais, cuja ancianidade impressionava. Por fim, devo acrescentar, acabei sendo quase que curado de uma vez por todas da minha doença graças aos seus efetivos tratamentos. Parecia que ele não desprezava as encantações dos medievalistas, dado que acreditava que essas fórmulas crípticas contivessem estímulos psicológicos raros, que poderiam surtir efeitos singulares na substância de um sistema nervoso em que as pulsações orgânicas haviam cessado. Fiquei comovido com seu relato sobre o idoso doutor Torres de Valência, que compartilhara com ele suas primeiras experiências e cuidou dele durante o tempo em que esteve abatido por uma grave doença, dezoito anos antes, de onde prosseguiram seus transtornos atuais. Pouco tempo após o venerável médico ter salvado a vida de seu colega, ele próprio sucumbiu ao cruel inimigo que havia combatido. É possível que o esforço tenha sido exabundante, pois o doutor Muñoz, em sussurros, deixou claro – embora não tenha dado os mínimos detalhes – que os métodos de cura haviam sido os mais extraordinários, envolvendo cenas e processos rejeitados por galenos idosos e conservadores.

Com o passar das semanas, observei com pesar que o meu novo amigo estava, de fato, lenta mas inequivocamente, perdendo as forças, como havia sugerido a senhora Herrero. O aspecto lívido de seu semblante se intensificava, sua voz se tornava mais oca e indistinta, seus movimentos musculares menos coordenados, e seu espírito e sua disposição exibiam menos resiliência e iniciativa. Não parecia de modo algum inconsciente a respeito dessa triste mudança, e pouco a pouco, tanto sua expressão como suas conversas assumiram um tom macabro de ironia que restaurou em mim algo daquela sutil repulsa sentida a princípio.

Ele foi desenvolvendo caprichos estranhos e adquiriu uma predileção por especiarias exóticas e incenso egípcio, até seu quarto passar a ter o odor do jazigo de um faraó sepulcrado no Vale dos Reis. Ao mesmo tempo, aumentaram suas demandas por ar frio, e com minha ajuda ele ampliou a tubulação de amônia de seu quarto e modificou as bombas e a alimentação da máquina de arrefecimento, até que fosse possível manter a temperatura tão baixa quanto 1°C, 4°C ao ponto de, enfim, chegar a -2°C. O banheiro e o laboratório, é claro, eram menos resfriados, de modo que a água do encanamento não congelasse e os processos químicos não fossem dificultados. O inquilino do quarto adjacente queixou-se do ar gélido que entrava pela porta comunicante, por isso ajudei o doutor a instalar cortinas pesadas para amenizar o problema. Uma espécie de crescente horror, de natureza bizarra e mórbida, parecia possuí-lo. Falava de morte sem cessar, mas emitia uma risada oca quando coisas como o sepultamento ou os arranjos de funeral eram gentilmente propostos.

De modo geral, acabou por tornar-se uma companhia desconcertante e até mesmo repulsiva, no entanto, grato como me sentia pela cura que me proporcionara, não poderia abandoná-lo nas mãos dos estranhos que o cercavam. Tive o cuidado de limpar o seu quarto e atender às suas necessidades dia após dia, enfiado em um casaco pesado que havia comprado especialmente com este propósito. Além disso, fazia também grande parte de suas compras, e observava com espanto alguns dos produtos químicos que ele encomendava com os farmacêuticos e fornecedores de laboratórios.

Uma crescente e inexplicável atmosfera de pânico parecia avultar-se ao redor de seu apartamento. A pensão inteira, como disse antes, cheirava a mofo, mas o cheiro em seu quarto era ainda pior, apesar de todas as especiarias, do incenso e dos pungentes produtos químicos colocados nos incessantes banhos que ele agora insistia em tomar sozinho. Percebi que o motivo disso deveria estar relacionado à sua doença e senti arrepios quando ponderei acerca de qual enfermidade poderia ser aquela. A senhora Herrero fez o sinal da cruz quando o viu em seu estado, e o deixou completamente aos meus cuidados, não permitindo nem mesmo que o filho Esteban continuasse a prestar-lhe serviços. Quando eu sugeria a visita de outros médicos, o enfermiço tomava-se de tão intensa fúria quanto parecia permitir-se sentir. Era evidente que temia o efeito físico da emoção violenta, mas sua volição e força motriz avolumavam-se em vez de decrescerem, e ele se recusava a guardar o leito. A lassitude dos primeiros dias de sua enfermidade deu lugar ao retorno de seu ardente propósito, de modo que ele parecia prestes a lançar um desafio ao demônio da morte, ao mesmo tempo em que aquele antigo inimigo se apossava dele. A simulação do comer, que de modo curioso sempre fora quase uma formalidade para ele, foi praticamente abandonada, e somente o poder mental parecia impedi-lo de ter um completo colapso.

Adquiriu o hábito de escrever longos documentos de alguma natureza, os quais ele cuidadosamente selava e cercava de injunções para que eu os transmitisse, após sua morte, a certas pessoas a quem ele nomeara. A maior parte de letrados das Índias Orientais, mas havia entre elas um médico francês outrora celebrado, hoje tido como morto, e sobre quem os murmúrios mais inconcebíveis haviam se espalhado. Eu, porém, queimei todos esses papéis sem abri-los nem enviá-los. Seu aspecto e sua voz tornaram-se absolutamente assustadores, e sua presença quase insuportável. Certo dia de setembro, após vê-lo de relance, um homem que viera para reparar sua luminária sofreu um ataque epilético, ataque para o qual ele prescreveu remédios eficazes, mantendo-se bem longe da vista. Aquele homem, por estranho que pareça, havia passado pelos terrores da Grande Guerra sem ter sido afetado por tão profundo pavor.

Então, em meados de outubro sobreveio o horror dos horrores, com aterradora fortuitidade. Eram cerca de onze da noite quando a bomba da máquina de refrigeração quebrou, de modo que em três horas o processo de resfriamento a amônia tornou-se impossível. O doutor Muñoz chamou-me dando pancadas no chão, e passei a trabalhar desesperadamente para reparar o dano, enquanto meu anfitrião praguejava com um tom de voz tão oco e sem vida que superava qualquer descrição. Meus esforços amadores, no entanto, provaram-se inúteis. Busquei, portanto, um mecânico em uma garagem vizinha que funcionava durante a noite, e descobrimos que nada poderia ser feito até a chegada da manhã, quando um novo pistão teria de ser obtido. A raiva e o medo do eremita moribundo, inchando em proporções grotescas, parecia propenso a despedaçar o que restava de seu físico enfraquecido, chegou a ter um espasmo que o fez levar as mãos aos olhos e correr para o banheiro. Depois, foi tateando para fora com o rosto bem enfaixado, e desde então, nunca mais lhe vi os olhos.

Era perceptível a perda de frieza do apartamento, e por volta das cinco da manhã o doutor retirou-se para o banheiro, ordenando-me a mantê-lo abastecido com todo o gelo que eu pudesse obter nas farmácias e bares abertos aquela noite. Ao retornar de minhas viagens, às vezes desanimadoras, e colocar o que havia conseguido diante da porta fechada do banheiro, escutava um contínuo espadanar de água lá dentro, e uma voz grave que resmungava a demanda: "mais, mais!". Por fim, nasceu um dia quente, e as lojas abriram uma a uma. Pedi a Esteban que me ajudasse com a busca por gelo enquanto eu adquiria o pistão, ou que fosse buscar o pistão enquanto eu continuava com o abastecimento de gelo, mas instruído por sua mãe, ele se recusou em absoluto.

Acabei por contratar um vadio maltrapilho que encontrei na esquina da Oitava Avenida para manter o paciente abastecido com o gelo de uma pequena loja aonde o levei, e me apliquei diligentemente à tarefa de encontrar um pistão de bomba e engajar trabalhadores competentes para instalá-lo. A tarefa parecia interminável, e esbravejei quase com tanta violência quanto o eremita ao ver as horas voando, sem respiro nem comida, em um ciclo de vãs conversas telefônicas e uma frenética busca de lugar em lugar, aqui e acolá, de metrô e transporte de superfície. Por volta do meio-dia, encontrei uma loja adequada no centro da cidade, e perto de uma e meia da tarde, cheguei à pensão com a parafernália necessária e dois mecânicos robustos e inteligentes. Fizera tudo o que podia e esperava ter chegado a tempo.

Todavia, precedeu-me o abismal horror. A casa estava em grande tumulto, e acima da conversa de vozes espantadas ouvi um homem que rezava com voz gravíssima. Havia uma atmosfera diabólica, e os inquilinos rezavam seu rosário ainda mais fervorosamente ao sentirem o odor que exalava por debaixo da porta fechada do médico. O vadio que eu contratara, ao que parecia, havia fugido gritando com um olhar de louco não muito depois de sua segunda entrega de gelo, talvez como resultado de curiosidade excessiva. Não poderia, é claro, ter trancado a porta ao sair. No entanto, ela agora encontrava-se fechada, presumindo-se que por dentro. Nenhum som saía dali de dentro, exceto uma espécie não identificável de um gotejamento lento e denso.

Após uma breve consulta à senhora Herrero e aos trabalhadores, apesar de um medo que corroía minha alma, aconselhei que arrombassem a porta. Entretanto, a senhoria encontrou uma maneira de virar a chave do lado de fora com algum utensílio de arame. Havíamos previamente aberto as portas de todos os outros quartos naquele corredor e escancarado todas as janelas até o topo. Agora, com os narizes protegidos por lenços, invadimos, trêmulos, o maldito quarto que ardia com o sol quente do início da tarde.

Uma espécie de trilha escura e viscosa conduzia da porta aberta da sala de banho até a porta do corredor, e dali subia para a mesa, onde uma pequena e terrível poça havia se acumulado. Algo estava rabiscado a lápis, aparentemente por uma mão trêmula e cega, em um pedaço de papel manchado como que pelas próprias garras que traçaram as últimas palavras apressadas. Então, o rasto levava ao sofá e cessava de modo indescritível.

O que estava, ou tinha estado, no sofá, não posso nem me atrevo a mencionar aqui. Mas eis o que decifrei, tremendamente perplexo, do que havia no papel pegajoso antes de lançar sobre ele um fósforo aceso e reduzi-lo a cinzas, o que decifrei aterrorizado, enquanto a senhoria e os dois mecânicos corriam frenéticos daquele lugar infernal, para balbuciar suas histórias incoerentes na delegacia de polícia mais próxima. As palavras nauseantes pareciam quase inacreditáveis sob aquela luz amarelada do sol, ao som dos carros e caminhões que subiam clamorosamente a *Fourteenth Street*, por onde passavam multidões, no entanto, confesso que naquele momento acreditei nelas. Se continuo a acreditar agora, honestamente, não sei. Há coisas sobre as quais é melhor não especular, e tudo o que posso dizer é que abomino o cheiro de amônia e sinto-me esmorecer ante uma corrente de ar invulgarmente frio.

"É o fim", dizia o pútrido rabisco. "Não há mais gelo... O homem olhou e fugiu. A cada minuto fica mais quente, e os tecidos não durarão. Imagino que saibas... O que eu disse sobre a vontade, os nervos e o corpo preservado depois que os órgãos deixassem de funcionar. Era uma boa teoria, mas não podia continuar indefinidamente. Houve uma deterioração gradual que eu não havia previsto, doutor Torres sabia, mas o choque o matou. Não suportou o que teria de fazer. Teve de me levar a um lugar estranho e escuro, quando se atentou à minha carta e me trouxe de volta. Mas os órgãos jamais voltaram a funcionar. Tinha de ser feito à minha maneira: preservação, pois fique sabendo que morri naquela época, há dezoito anos."

# EX OBLIVIONE

    Quando os últimos dias diante de mim assomavam, e as odiosas frivolidades da existência começaram a me enlouquecer, como as pequenas gotas d'água que torturadores deixam cair sem cessar sobre um ponto no corpo de suas vítimas, passei a adorar o radiante refúgio do sono. Em meus sonhos, encontrei uma fração da beleza que, em vão, busquei em vida, e vaguei entre velhos jardins e matas encantadas.
    Certa vez, quando o vento estava suave e fragrante, ouvi o chamado austral, e naveguei lânguida e incessantemente sob insólitas estrelas.
    Certa vez, quando a suave chuva caía, deslizei em uma balsa por um riacho sem sol sob o solo, até que alcancei outro mundo, de um crepúsculo purpúreo, arvoredos iridescentes e rosas eviternas.
    E certa vez, andei por entre um vale dourado, que levava a bosques e ruínas sombrios, e terminava em uma imensa muralha, esverdeada por veneráveis vinhas, trespassada por um pequeno portão de bronze.
    Muitas vezes caminhei por aquele vale, e me demorava cada vez mais em minhas pausas na meia luz espectral, onde as árvores gigantes torciam-se e retorciam-se grotescamente, e o solo cinzento se estendia úmido entre os troncos, às vezes revelando as pedras tingidas de mofo dos templos

soterrados. E toda vez, o alvo de minhas fantasias era a imensa muralha envolta em vinhas, com o modesto portão de bronze nela.

Passado um tempo, à medida que os dias de vigília se tornavam cada vez menos toleráveis por sua melancolia e monotonia, eu costumava andar errante, em um repouso opiáceo, pelo vale e pelos bosques sombrios, e imaginava como poderia apossar-me deles para torná-los minha morada eterna, para que não precisasse mais rastejar de volta a um mundo opaco e destituído de encanto e novas cores. E conforme examinei o pequeno portão na imensa muralha, senti que para além dela jazia uma terra onírica da qual, uma vez adentrada, não haveria regresso.

Então, cada noite, em meu sono, empenhei-me em encontrar o trinco oculto do portão na hederosa muralha, embora estivesse extraordinariamente bem encoberta. E eu dizia a mim mesmo que o reino além da muralha não era apenas mais perene, como também mais belo e esplêndido.

Então, certa noite, na cidade onírica de Zakarion, encontrei um papiro amarelado, repleto das reflexões dos sábios oníricos que há muito residiram naquela cidade, e que eram sábios demais para nascerem no mundo desperto. Ali foram escritas muitas coisas a respeito do mundo onírico, e dentre elas estava o conhecimento sobre um vale dourado e um bosque sagrado, com templos e uma alta muralha, trespassada por um pequeno portão de bronze. Quando mirei este conhecimento, sabia que aludia aos cenários que com frequência visitara, portanto percorri longamente o papiro amarelado.

Alguns dos sábios oníricos descreveram de forma deslumbrante as maravilhas além do portão do qual não havia regresso, mas outros relatavam ter visto horror e desencanto. Eu não sabia em qual acreditar, contudo, ansiava mais e mais atravessar de modo eterno para a terra desconhecida. Pois a dúvida e o mistério são as tentações das tentações, e nenhum horror desconhecido pode ser mais terrível que a tortura diária do lugar-comum. Então, quando aprendi sobre a droga que descerraria o portão e me conduziria através dele, resolvi tomá-la quando despertasse.

Noite passada, a ingeri e flutuei idilicamente, adentrando o vale dourado e os bosques sombrios, e quando desta vez alcancei a antiga muralha, vi que o pequeno portão de bronze estava entreaberto. Do outro lado, veio um lampejo que insolitamente iluminou as gigantescas e retorcidas árvores e os topos dos templos soterrados, e melodiosamente me deixei levar, ansiando as glórias da terra da qual eu nunca regressaria.

Mas à medida que o portão se descerrou, e o feitiço da droga e o sonho me empurraram através dele, eu soube que todas as paisagens e glórias se acabariam. Pois naquele novo reino não havia solo ou mar, apenas o branco vazio do espaço sem limites. Então, mais feliz do que jamais ousei esperar ser, dissolvi-me outra vez naquele infinito autóctone de cristalino oblívio, de onde o demônio Vida havia me convocado por uma breve e desolada hora.

# DO ALÉM

Horrível e alheia à compreensão fora a mudança que ocorrera em meu melhor amigo, Crawford Tillinghast. Não o havia visto desde aquele dia, dois meses e meio atrás, quando me disse a qual objetivo suas pesquisas físicas e metafísicas o estavam levando, e quando respondeu às minhas impressionadas e quase atemorizadas advertências, me enxotando de seu laboratório e de sua casa em uma explosão de ira fanática. Eu sabia que ele agora costumava permanecer recolhido em seu laboratório, no sótão com aquela maldita máquina elétrica, comendo pouco e afastando até mesmo os criados, mas não imaginava que um curto período de dez semanas poderia alterar e desfigurar tanto uma criatura humana. Não é nada agradável ver um homem robusto tornar-se franzino de repente, e é ainda pior quando a pele frouxa se torna amarelada ou acinzentada, os olhos fundos, com olheiras, com um brilho sinistro, a testa cheia de veias e rugas, e as mãos trêmulas e espasmódicas. E se somado a isso houvesse um desmazelo repugnante, um desalinho selvagem em suas vestes, cabelos desgrenhados escuros, mas brancos na raiz, e um crescimento desenfreado de barba alva em um rosto que já fora escanhoado, o efeito cumulativo é deveras chocante. Mas tal era o aspecto de Crawford Tillinghast na noite em que sua semicoerente mensagem me levou à sua porta após minhas semanas de exílio, tal era o espectro que tremulava enquanto me recebia, vela em mão, e olhava furtivamente por sobre seu ombro como que temeroso de coisas invisíveis na antiga, solitária casa nos fundos da Rua Benevolente.

Era um erro que Crawford Tillinghast jamais tivesse estudado ciência e filosofia. Estas coisas têm de ser deixadas aos investigadores frígidos e impessoais, pois oferecem duas igualmente trágicas alternativas ao homem de convicção e ação. Desespero, caso fracasse em sua empreitada, e terrores impronunciáveis e inimagináveis se for bem-sucedido. Tillinghast já fora vítima do fracasso, solitário e melancólico. Mas agora eu sabia, com meus próprios nauseantes temores, que ele fora vítima do sucesso. Eu havia, de fato, o alertado dez semanas antes, quando irrompeu com seu conto do que sentia que estava prestes a descobrir. Ele estava corado e eufórico na ocasião, falando em uma voz alta e forçada, embora sempre pedante.

– O que sabemos – dizia – do mundo e do universo que nos cerca? Nossos meios de receber impressões são absurdamente poucos, e nossas noções sobre os objetos que nos cercam, infinitamente limitadas. Vemos as coisas apenas como somos construídos para vê-las, e não podemos conceber sua natureza absoluta. Com cinco débeis sentidos, fingimos compreender o cosmo infinitamente complexo, mas outros seres com uma gama mais ampla, aguçada ou variada de sentidos podem não somente ver de maneira muito diferente as coisas que vemos, como podem ver e estudar mundos inteiros de matéria, energia e vida que se encontram próximos, mas nunca poderão ser detectados com os sentidos que temos. Eu sempre acreditei que mundos muito estranhos e inacessíveis existem sob nossos narizes, e agora acredito ter encontrado uma maneira de derrubar as barreiras. Não estou brincando. Dentro de vinte e quatro horas, aquela máquina próxima à mesa irá gerar ondas atuando em órgãos sensoriais desconhecidos que existem em nós na forma de vestígios rudimentares ou atrofiados. Essas ondas revelarão muitas vistas desconhecidas para o homem, e várias desconhecidas para tudo quanto consideramos vida orgânica. Veremos para que os cães uivam na escuridão, e para que os gatos põem suas orelhas em pé após a meia-noite. Veremos estas coisas e muitas outras, que nenhuma criatura vivente jamais viu. Transcenderemos tempo, espaço e dimensões, sem nenhum movimento corpóreo, perscrutaremos o âmago da criação.

Quando Tillinghast disse essas coisas, eu o adverti, pois o conhecia bem o bastante para me assustar em vez de me divertir. Mas ele era um fanático, e me expulsou de sua casa. Neste momento, não era menos fanático, mas seu desejo de falar havia vencido seu ressentimento, e me escreveu imperiosamente com uma letra que eu mal pude reconhecer. Assim que entrei na morada do amigo que tão bruscamente se metamorfoseou em uma gárgula convulsiva, fui infectado pelo horror que parecia espreitar em cada sombra. As palavras e crenças declaradas dez semanas antes pareciam encarnadas na escuridão além do pequeno círculo de luz de vela, e senti náuseas diante da cavernosa e degenerada voz de meu anfitrião. Desejei que os criados estivessem por perto, e não gostei quando ele disse que todos haviam partido três dias atrás. Parecia estranho que o velho Gregory, ao menos, abandonasse seu mestre sem dizer a um amigo confiável como eu. Foi ele quem havia me dado toda a informação que eu tinha sobre Tillinghast após ter sido escorraçado colericamente.

No entanto, logo subordinei todos os meus temores ao meu fascínio a minha curiosidade crescentes. Exatamente o que Crawford Tillinghast queria de mim agora, eu podia apenas supor, mas que ele tinha algum segredo ou descoberta estupendos para revelar, disso eu não tinha dúvidas. Antes eu havia protestado contra suas intromissões forçadas contra o inconcebível. Agora que ele havia, evidentemente, obtido sucesso em certa medida, eu quase compartilhava de seu espírito, por mais terrível que parecesse o custo da vitória. Através da escuridão vazia da casa, segui a vela vacilante nas mãos desse trêmulo arremedo de homem. A eletricidade parecia estar desligada, e quando perguntei ao meu guia, ele disse que era por um motivo específico.

– Seria demais... Eu não ousaria – ele continuou a resmungar. Notei especialmente seu novo hábito de resmungar, pois não era de seu feitio falar sozinho. Entramos no laboratório, no sótão, e notei aquela detestável máquina elétrica, brilhando com uma luminosidade violácea, doentia e sinistra. Estava conectada a uma potente bateria química, mas parecia não receber corrente alguma, pois lembrei-me de que em seu estágio experimental, ela crepitava e produzia um ruído surdo quando em operação. Respondendo à minha pergunta, Tillinghast murmurou que aquele brilho permanente não era elétrico em nenhum sentido que eu pudesse entender.

Naquele momento, ele me colocou sentado próximo à máquina, de modo que ela estava à minha direita, e acionou uma chave em algum lugar sob a coroa de muitas lâmpadas de vidro. O crepitar habitual começou, e tornou-se um sibilo, e terminou em um zunido tão suave como se fosse retornar ao silêncio. Enquanto isso, a luminosidade aumentava, diminuía novamente, então assumia uma combinação de cores pálidas, bizarras, que eu não conseguiria nomear nem descrever. Tillinghast estava me observando e notou minha expressão perplexa.

– Você sabe o que é isso? – sussurrou. – Isso é ultravioleta. – Ele riu de maneira insólita com a minha surpresa. – Você achava que ultravioleta era invisível, e realmente é. Mas você pode vê-lo e a muitas outras coisas invisíveis agora. Escute! As ondas daquela coisa estão despertando mil sentidos latentes em nós. Sentidos que herdamos de eras de evolução desde o estado de elétrons desemparelhados até o estado da orgânica humanidade. Eu vi a verdade e pretendo mostrá-la a você. Questiona como será seu aspecto? Eu lhe direi.

Tillinghast sentou-se bem em frente a mim, soprando sua vela e olhando fixamente de forma hedionda nos meus olhos.

– Seus órgãos sensoriais existentes, primeiro os ouvidos, eu acho, vão captar muitas das impressões, pois eles estão intimamente conectados aos órgãos dormentes. Então haverá outros. Já ouviu falar da glândula pineal? Eu rio do superficial endocrinologista, companheiro iludido e parvenu do freudiano. Aquela glândula, descobri, é o mais importante dentre os órgãos sensoriais. É, afinal, como a visão, e transmite imagens visuais para o cérebro. Se você for normal, esta é a forma com que receberá a maior parte... Quero dizer, receber a maior parte das evidências do além.

Esquadrinhei o imenso sótão com a parede sul inclinada, fracamente iluminada por raios que o olho mundano não consegue ver. Os cantos mais distantes eram apenas sombras, e o lugar todo manifestou uma irrealidade que obscureceu sua natureza e convidou a imaginação ao simbolismo e à fantasmagoria. Durante o longo intervalo em que Tillinghast esteve em silêncio, imaginei-me em algum vasto e incrível templo de deuses há muito tempo mortos, um tipo vago de edifício com inúmeras colunas de pedra negra que se alçavam de um piso de placas úmidas até um apogeu enevoado, além do alcance da minha visão. A imagem foi muito vívida por um tempo, mas gradualmente deu lugar a uma visão mais horrível: a mais extrema, absoluta solidão em um espaço infinito, sem visão e sem som. Parecia ser um vácuo, e mais nada, e eu senti um temor infantil que me levou a sacar do meu bolso de trás o revólver que eu portava após o anoitecer, desde a noite em que fui assaltado em East Providence. Então, das regiões mais longínquas do isolamento, o som deslizou suavemente existência adentro. Era infinitamente fraco, sutilmente vibrante e inequivocamente musical, mas detinha uma qualidade de absoluta selvageria que fez com que eu sentisse seu impacto como uma delicada tortura em todo o meu corpo. Experienciei sensações como aquelas que sentimos quando acidentalmente arranhamos vidro fosco. Ao mesmo tempo, ali formou-se algo como uma corrente de ar frio, que parecia deslizar por mim na direção do som distante. Enquanto esperava sem fôlego, percebi que tanto o som quanto o vento estavam aumentando. O efeito começou a me dar uma estranha impressão de estar atado a um par de trilhos no caminho de uma locomotiva gigantesca que se aproximava. Comecei a falar com Tillinghast, e assim que o fiz, todas as insólitas sensações desapareceram abruptamente. Vi apenas o homem, as máquinas que brilhavam e o apartamento escuro. Tillinghast estava sorrindo para o revólver que eu havia quase inconscientemente sacado, mas por sua expressão, eu estava certo de que ele vira e ouvira tanto quanto eu, se não muito mais. Sussurrei o que havia vivenciado, e ele me disse para permanecer o mais calmo e receptivo possível.

– Não se mova – ele alertou –, pois nestes raios podemos tanto ver quanto sermos vistos. Eu disse que os criados partiram, mas não disse como. Foi aquela empregada obtusa. Ela acendeu as luzes no andar de baixo após eu tê-la alertado para não fazê-lo, e os fios captaram vibrações simpáticas. Deve ter sido assustador. Pude ouvir os gritos aqui em cima, apesar de tudo que via e ouvia de outra direção, e depois foi bem horrível encontrar aquelas pilhas de roupas vazias pela casa. As roupas da senhora Updike estavam perto do interruptor da entrada, por isso sei que foi ela. Ele pegou a todos. Mas desde que não nos movamos, estaremos seguros. Lembre-se de que estamos lidando com um mundo horrendo, no qual estamos praticamente indefesos... Fique parado!

O choque combinado da revelação e do comando repentino me deu um tipo de paralisia, e em meu horror, minha mente se abriu para as impressões vindas do que Tillinghast chamava "além". Eu agora estava em um vórtice de som e movimento, com imagens confusas diante dos meus olhos. Vi os contornos borrados da sala, mas de algum ponto no espaço parecia verter uma coluna borbulhante de formas ou nuvens irreconhecíveis, penetrando o telhado sólido em um ponto à frente e à direita de mim. Então, vislumbrei o efeito do templo novamente, mas desta vez os pilares estendiam-se acima, até um oceano aéreo de luz, que atirou para baixo um feixe cegante ao longo do curso da coluna enevoada que tinha visto antes. Depois disso, a cena foi quase totalmente caleidoscópica, e no emaranhado de imagens, sons e impressões sensoriais não identificadas, senti que estava prestes a me dissolver ou perder minha forma sólida, de alguma maneira. De um lampejo nítido me lembrarei para sempre. Eu parecia contemplar por um instante um trecho estranho de céu noturno, repleto de esferas reluzentes e rotatórias, e quando ele retrocedeu, vi que os sóis resplandecentes formavam uma constelação, ou galáxia, com uma forma definida. Essa forma era a face distorcida de Crawford Tillinghast. Em outro momento, senti criaturas animadas enormes passando rentes a mim, ocasionalmente caminhando ou flutuando através de meu corpo supostamente sólido, e pensei ter visto Tillinghast observando-as como se seus sentidos mais bem treinados pudessem capturá-las visualmente. Lembrei do que ele havia dito sobre a glândula pineal, e perguntei-me o que via com seu olho sobrenatural.

De repente, eu mesmo fui possuído por um tipo de visão aprimorada. Além do caos de luz e sombras, surgiu uma imagem que, embora vaga, detinha os elementos de consistência e permanência. Era, de fato, um tanto familiar, pois a parte inusitada estava sobreposta ao cenário terrestre habitual, assim como a imagem de cinema pode ser lançada sobre as cortinas pintadas de um teatro. Vi o laboratório do sótão, a máquina elétrica e a forma desagradável de Tillinghast em frente a mim. Mas de todo o espaço que fora desocupado por objetos familiares, nenhuma partícula estava vaga. Formas indescritíveis, vivas ou não, misturavam-se em uma desordem nauseante, e próximo a cada coisa conhecida, havia mundos inteiros de entidades alienígenas e desconhecidas. Da mesma forma, parecia que todas as coisas conhecidas entravam na composição de outras coisas desconhecidas e vice-versa. Predominantes entre os objetos viventes, estavam monstruosas águas-vivas, escuras como nanquim, que estremeciam flacidamente em harmonia com as vibrações da máquina. Estavam presentes em uma profusão repugnante, e para meu horror, vi que elas se sobrepunham. Eram semifluidas e capazes de passar umas através das outras, e através daquilo que conhecemos como sólidos. Essas coisas nunca estavam paradas, mas pareciam sempre flutuar sem rumo, com algum propósito maligno. Às vezes, pareciam devorar umas às outras, a atacante lançando-se sobre sua vítima e instantaneamente obliterando-a da cena. Estremecendo, senti que sabia o que havia obliterado os desafortunados criados, e não podia excluir a coisa de minha mente enquanto me esforçava a observar outras propriedades do recém-visível mundo que jaz despercebido ao nosso redor. Mas Tillinghast estava me observando e falando.

– Você os vê? Você os vê? Vê as coisas que flutuam e implodem ao seu redor e através de você a cada momento de sua vida? Vê as criaturas que formam o que os homens chamam de ar puro e céu azul? Por acaso não obtive sucesso em quebrar a barreira? Não lhe mostrei mundos que nenhum outro homem vivo já presenciou? Ouvi seus gritos em meio ao horrível caos, e olhei o rosto atroz disparar tão ofensivamente perto do meu. Seus olhos eram poços de chamas, e me fitaram com o que eu agora sentia ser um ódio avassalador. A máquina zunia detestavelmente.

– Acha que aquelas coisas estrebuchantes acabaram com os criados? Idiota, elas são inofensivas! Mas os criados se foram, não? Você tentou me impedir. Desencorajou-me quando eu precisava de cada gota de encorajamento que pudesse obter. Você estava com medo da verdade cósmica, seu maldito covarde, mas agora eu o peguei! O que aniquilou os criados? O que os fez gritar tão alto?... Não sabe, é! Logo saberá. Olhe para mim. Ouça o que digo. Acha que efetivamente existem coisas como o tempo e a magnitude? Acredita que existam coisas como forma ou matéria? Pois lhe digo, descobri profundezas que sua mente limitada não consegue imaginar. Enxerguei além dos limites do infinito e atraí demônios das estrelas...

Subjuguei as sombras que transitam de mundo em mundo para semear a morte e a loucura... O espaço pertence a mim, está ouvindo? As coisas estão me caçando agora. As coisas que devoram e dissolvem. Mas sei como evitá-las. É você quem elas vão pegar, assim como pegaram os criados... Está inquieto, caro senhor? Eu lhe disse que era perigoso se mexer, salvei você até agora, instruindo-o a ficar parado. Salvei você para que veja mais cenas e me ouça. Se tivesse se mexido, eles teriam atacado há muito tempo. Não se preocupe, eles não irão machucá-lo. Eles não feriram os criados. Foi vê-los que fez os pobres diabos gritarem tanto. Minhas mascotes não são bonitas, pois vêm de lugares onde padrões estéticos são... Muito diferentes. A desintegração é totalmente indolor, eu garanto. Mas eu quero que você os veja. Quase os vi, mas soube como parar. Está curioso? Eu sempre soube que você não era cientista. Tremendo, hein? Tremendo de ansiedade para ver as criaturas perfeitas que descobri. Por que não se mexe, então? Cansado? Bem, não se preocupe, meu amigo. Pois elas estão chegando... Olhe, olhe, maldito seja, olhe... Está bem acima do seu ombro esquerdo...

O que resta ser contado é muito breve, e pode lhe ser familiar pelos relatos dos jornais. A polícia ouviu um disparo na velha casa dos Tillinghast e nos encontrou lá. Tillinghast morto e eu inconsciente. Eles me prenderam porque o revólver estava em minha mão, mas me liberaram após três horas, depois de descobrirem que foi a apoplexia que havia dado cabo de Tillinghast, e viram que meu disparo havia sido dirigido contra a perniciosa máquina que agora jazia irrecuperavelmente despedaçada no chão do laboratório. Não contei muito do que vira, pois temi que o legista fosse cético. Mas pela descrição evasiva que dei, o médico me disse que eu havia, sem dúvidas, sido hipnotizado pelo homem louco, vingativo e homicida.

Quem me dera poder acreditar naquele médico. Ajudaria meus nervos instáveis se eu pudesse ignorar o que agora tenho de pensar sobre o ar e o céu sobre mim e ao meu redor. Nunca me sinto confortável quando sozinho, e uma horrenda e arrepiante sensação de perseguição às vezes me sobrevém quando estou cansado. O que me impede de acreditar no médico é um simples fato. Que a polícia nunca encontrou os corpos daqueles criados que dizem que Crawford Tillinghast assassinou.

# ELE

Eu o vi em uma noite insone, quando caminhava desesperadamente para salvar minha alma e minha visão. Minha vinda para Nova York havia sido um erro, pois enquanto buscava por maravilhas fascinantes e inspirações profundas nos labirintos fervilhantes das ruas antigas que serpenteiam sem-fim, a partir de praças, e orlas, e pátios esquecidos, até praças, e orlas, e pátios igualmente esquecidos, e nas modernas torres ciclópicas, e nos pináculos que se erguem sombrios e babilônicos sob luas minguantes, havia encontrado somente uma sensação de terror e opressão que ameaçava dominar, paralisar e aniquilar-me.

A desilusão fora gradual. Chegando pela primeira vez à cidade, eu a reconheci no pôr do sol que contemplei de uma ponte, majestosa acima de suas águas, seus incríveis píncaros e pirâmides elevando-se como flores delicadas e névoa violeta, para brincar com as nuvens fulgurantes e as primeiras estrelas da noite. Então, vi-a iluminar janela a janela acima das marés cintilantes, onde as lanternas assentiam e deslizavam, e o grave som das buzinas entoavam estranhas harmonias, transformando-se em um onírico firmamento estrelado, evocativo da música feérica, unificado às maravilhas de Carcassonne, e Samarcanda, e El Dorado, e a todas as gloriosas e quase fabulosas cidades. Logo depois, fui conduzido por aqueles caminhos antigos tão caros à minha imaginação – becos estreitos e sinuosos, passagens nas quais fileiras de casas georgianas de adobe vermelho reluziam com as pequenas vidraças das janelas dormer, acima das portas cercadas por colunas, que se pareciam com liteiras douradas e carruagens apaineladas – e tão logo me apercebi de tais coisas que há muito desejava, pensei ter de fato alcançado os tesouros que, com o tempo, fariam de mim um poeta.

Mas o sucesso e a felicidade não estariam ao meu alcance. A luz garrida do sol revelou-me senão miséria, alienação e a intoxicante elefantíase da ascensão, espalhando pedras onde a lua havia sugerido encanto e magia anciã, e as multidões que se enxameavam por essas ruas caudalosas como um rio, eram constituídas de estranhos atarracados e morenos, com rostos endurecidos e olhos entreabertos, estranhos entorpecidos, sem sonhos, sem vínculo com os eventos ao seu redor, que absoluto nada poderiam dizer a um homem de olhos azuis que vivera outros tempos, carregando em seu coração o amor pelas belas vias verdejantes e as torres brancas da Nova Inglaterra.

Portanto, em vez dos poemas pelos quais esperava, veio somente uma aterradora obscuridade e inefável solidão, e por fim, vi uma verdade terrível que ninguém jamais se atrevera a sussurrar antes – o impronunciável segredo dos segredos – o fato de que essa cidade de pedra e estridor não é uma perpetuação senciente da Velha Nova York, como Londres é da Velha Londres e Paris da Velha Paris, mas que, na verdade, está completamente morta, com seu corpo embalsamado sem esmero, infestado de estranhas coisas animadas que nada têm a ver com sua vida anterior. Após ter feito tal descoberta, deixei de dormir confortavelmente, embora alguma espécie de tranquilidade resignada tenha retornado quando fui tomando o hábito de me manter fora das ruas durante o dia, aventurando-me no exterior somente à noite, quando a escuridão suscitava o pouco restante do passado que ainda paira como um espectro, e os antigos portais brancos fazem lembrar das figuras robustas que passaram outrora por eles. Com este método de alívio, cheguei até a escrever alguns poemas, e ainda me abstive de ir para casa e voltar para o meu povo, temendo um ignóbil retorno rastejante após a derrota.

Então, em uma insone caminhada noturna, conheci o homem. Foi em um pátio grotesco e escondido do bairro de Greenwich, pois ali, na minha ignorância, havia me estabelecido, tendo ouvido que o lugar era o habitat dos poetas e artistas. As ruas e casas arcaicas, as inesperadas pequenas praças e pátios, de fato me encantaram, e quando descobri que os poetas e artistas não passavam de pretensiosos com voz alta, cuja peculiaridade é o falso esplendor e cujas vidas negam toda aquela beleza pura que é a poesia e a arte, fiquei por amor a essas coisas veneráveis. Eu as imaginava como se estivessem em seu auge, quando Greenwich era uma vila plácida ainda não engolida pela cidade, e nas horas que precediam o amanhecer, quando haviam se retirado todos os foliões, eu costumava vaguear sozinho entre suas curvas crípticas e meditar sobre os curiosos mistérios que gerações haviam de ter depositado ali. Isso manteve a minha alma viva, e concedeu-me alguns desses sonhos e visões pelos quais tanto clamava o poeta que habita em mim.

O homem apoderou-se de mim por volta das duas, em uma nublada madrugada de agosto, enquanto eu passeava por uma série de pátios distintos, agora somente acessíveis através dos corredores apagados dos edifícios interventivos, mas que outrora formavam partes de uma rede contínua de becos pitorescos. Ouvira falar deles por meio de vagos rumores, e percebi que não poderiam estar em qualquer mapa atual, mas o fato de terem sido esquecidos, somente os tornava ainda mais cativantes para mim, de modo que os persegui com o dobro da minha avidez habitual. Agora que os havia encontrado, redobrava-se minha ânsia, pois algo em sua disposição sugeria vagamente que aqueles poderiam ser apenas alguns dentre muitos semelhantes, cujas contrapartidas sombrias e silenciosas escondiam-se entre paredes altas e vazias e fundos de habitações desertas, ou espreitavam obscurecidas atrás de arcos não traídos por hordas de estrangeiros, ou eram guardadas por artistas furtivos e inexpressivos, cujas práticas não desejavam a notoriedade nem a luz do dia.

Ele falou comigo sem que fosse convidado a fazê-lo, observando meu humor e meus olhares enquanto eu analisava certos portais envelhecidos, acima dos degraus cercados por corrimões de ferro, o brilho pálido dos traçados iluminando suavemente o meu rosto. Seu rosto estava nas sombras, e ele usava um chapéu de abas largas que, de alguma forma, combinava perfeitamente com a capa antiquada que vestia, mas percebi-me sutilmente inquieto, mesmo antes de ele se dirigir a mim. Sua figura era muito magra, franzina quase a ponto de parecer-se com um cadáver. E sua voz era, como que por um fenômeno, suave e oca, embora não particularmente grave. Havia, como disse ele, reparado em mim por diversas vezes em minhas andanças, e deduzira que eu me assemelhasse a ele por amar os vestígios dos anos passados. Será que eu não gostaria de ter a orientação de alguém com tanta experiência em tais explorações, e que detinha informações locais mais profundas do que um óbvio recém-chegado poderia obter?

Enquanto ele falava, tive um vislumbre do seu rosto, sob o facho de luz amarela que vinha de uma janela no solitário sótão. Era um semblante nobre e chegava a ter um aspecto belo e antigo. Carregava os traços de linhagem e refinamento incomuns para aquela época e lugar. No entanto, alguma qualidade sobre ele perturbava-me quase tanto quanto agradavam-me suas características. Talvez fosse branco demais, ou inexpressivo demais, ou destoasse demais da localidade para que me sentisse tranquilo ou confortável. No entanto, acabei por segui-lo, pois naqueles dias sombrios a minha busca pela beleza e pelos mistérios antigos era tudo com o que contava para manter minha alma viva, e considerei um raro favor do Destino deparar-me com alguém cujas aspirações, tão semelhantes às minhas, pareciam ter penetrado muito mais fundo do que as minhas.

Algo durante a noite constrangia o homem sob a capa a permanecer em silêncio, e por uma longa hora ele me conduziu adiante sem palavras desnecessárias. Fazia somente comentários brevíssimos a respeito de datas, mudanças e nomes antigos, e guiava o meu progresso quase sempre por meio de gestos, enquanto nos espremíamos ao passar pelos interstícios, andávamos nas pontas dos pés através de corredores, escalávamos paredes de tijolo e quando certa vez fomos obrigados a rastejar sobre as mãos e os joelhos por uma baixa e arqueada passagem pétrea, cujas dimensões imensas e tortuosas apagavam finalmente qualquer indício de localização geográfica que eu havia conseguido preservar. As coisas que víramos eram antiquíssimas e maravilhosas, ou pelo menos pareciam ser sob os fracos raios de luz em que as observava, e nunca esquecerei as colunas jônicas cambaleantes, e as pilastras caneladas, e os postes de ferro, e as janelas com amplos lintéis e basculantes decorativas que pareciam se tornar cada vez mais estranhas à medida que avançávamos naquele labirinto inesgotável de ancianidade desconhecida.

Não encontramos ninguém, e com o passar do tempo as janelas iluminadas tornavam-se cada vez menos numerosas. As luzes da rua com que nos deparamos pela primeira vez eram a óleo, e seguiam o antigo padrão de losango. Mais tarde, notei que algumas com velas e, finalmente, após atravessarmos um terrível pátio sem iluminação, onde meu guia teve de me conduzir com sua mão enluvada, em meio à escuridão absoluta, até um portão estreito de madeira em um muro alto, encontramos uma parte do beco iluminada apenas por luminárias em frente a cada sétima casa – inacreditáveis luminárias coloniais de lata, com topos e buracos cônicos perfurados nos lados. Este beco levava a uma íngreme subida – mais íngreme do que pensei ser possível nessa região de Nova York – e a extremidade superior encontrava-se claramente bloqueada por uma parede coberta por hera de uma propriedade privada, além da qual eu conseguia enxergar uma pálida cúpula e os topos das árvores acenando contra uma vaga luminosidade celeste. Naquela parede havia um pequeno portão de carvalho negro, levemente arqueado e cravejado, o qual o homem pôs-se a destrancar com uma chave pesada. Convidando-me a entrar, ele me conduziu por um trajeto de completa escuridão pelo que parecia ser um caminho de cascalho, e finalmente por um lance de degraus de pedra até a porta da casa, que ele destrancou e abriu para mim.

Entramos e, ao fazê-lo, senti-me tonto com um odor de infinito mofo que se propelia ao nosso encontro, e que deve ter sido o fruto de séculos de deterioração. O meu anfitrião parecia não reparar nisso, e por cortesia mantive-me em silêncio enquanto ele me direcionava por uma escadaria curva, atravessando um corredor e entrando em uma sala, cuja porta eu o ouvi trancar atrás de nós. Então o vi puxar as cortinas das três pequenas vidraças que mal refletiam o céu iluminado, depois disso, aproximou-se da lareira, riscou uma pederneira, acendeu duas das doze velas de um candelabro e com um gesto se pôs a falar comigo, usando um tom suave.

Sob a fraca luz, vi que estávamos em uma biblioteca espaçosa, bem mobiliada e decorada que devia datar do primeiro quarto do século XVIII, com esplêndidos frontões, uma bela cornija dórica e uma magnífica escultura entalhada no topo, com urnas repletas de arabesco. Acima das estantes lotadas de livros, intervaladas ao longo das paredes, havia retratos de família bem trabalhados, mas todos desbotados e com um enigmático aspecto opaco, carregando uma semelhança inconfundível com o homem que agora me guiava até uma cadeira ao lado da graciosa mesa Chippendale. Antes de sentar-se ao lado oposto da mesa, meu anfitrião parou por um momento, como que constrangido, e finalmente retirou as luvas, o chapéu de abas largas e a capa. Levantou-se de modo teatral, revelando um completo traje georgiano, dos cabelos presos e rufos no pescoço aos calções compridos, meias de seda e sapatos de fivela, que eu não havia notado anteriormente. Então, afundando-se devagar em uma cadeira lira, começou a olhar-me atentamente.

Sem o chapéu, ele assumiu um aspecto de avançada idade, antes pouco visível, e eu me questionei se essa marca singular de longevidade que passara despercebida não seria uma das fontes da minha inquietação. Enquanto se demorava em uma longa fala, sua oca e suave voz cuidadosamente abafada tremia com certa frequência. Vez ou outra, eu tinha grande dificuldade em acompanhá-lo, ouvindo-o tomado de espanto e um quase ignorado alarme que crescia a cada instante.

– Veja só, senhor – começou meu anfitrião –, eis um homem de hábitos muito excêntricos, por cujos trajes não necessito pedir desculpas a alguém com sua sabedoria e suas inclinações. Ao tratar-se de tempos melhores, não tenho quaisquer escrúpulos em verificar seus caminhos, adotar seus trajes e suas maneiras, uma indulgência que não ofende a ninguém, se praticada sem ostentação. Foi uma sorte, para mim, manter a sede rural dos meus antepassados, embora tenha sido engolida por duas cidades, primeiro Greenwich, construída aqui depois de 1800, e em seguida Nova York, que se juntou por volta de 1830. Havia muitas razões para manter e cuidar deste lugar pertencente à minha família, e não tenho sido negligente em cumprir tais obrigações. O senhorio que o fez em 1768 estudou certas artes e fez certas descobertas, todas relacionadas a influências que residem neste terreno em particular, e que ilustremente demandam uma espécie mais forte de proteção. Pretendo mostrar-lhe agora alguns efeitos curiosos de tais artes e descobertas, sob o mais estrito sigilo. Acredito que posso confiar no meu julgamento dos homens o suficiente para não nutrir desconfianças acerca do seu interesse ou da sua fidelidade.

Ele parou por um instante, enquanto eu fui capaz somente de assentir com a cabeça. Já mencionei que sentia-me alarmado, embora para a minha alma nada fosse mais mortal do que o mundo material de Nova York à luz do dia, e fosse esse homem um inofensivo excêntrico ou um dominador de artes perigosas, eu não tinha escolha senão acompanhá-lo e controlar minhas expressões de espanto diante do que ele pudesse me oferecer. Portanto, eu o ouvi.

– Para o meu predecessor – continuou com voz suave –, parecia haver algumas qualidades notáveis na força de vontade da raça humana, qualidades estas que exerciam um domínio um pouco suspeito, não apenas sobre os atos individuais e alheios, mas sobre toda a variedade de forças e substâncias na Natureza, bem como sobre muitas dimensões e elementos considerados mais universais do que a própria Natureza. Permite-me dizer que ele desprezava a santidade de coisas tão grandes quanto o espaço e o tempo, e usava de maneira estranha os ritos de certos índios peles-vermelhas mestiços, outrora acampados nesta colina? Os índios mostraram-se encolerizados quando o lugar fora construído, e com pestilência não cessavam de pedir para visitar o terreno na lua cheia. Durante anos, pulavam o muro todos os meses, sempre que podiam, e furtivamente exerciam certas práticas. Então, em 1768, o novo senhorio os apanhou em suas atividades, e ficou petrificado diante do que viu. Depois disso, negociou com eles e trocou o livre acesso às suas terras pela exata essência do que faziam. Veio, portanto, a ter conhecimento de que os avós dos índios haviam herdado parte dos seus costumes de ancestrais peles-vermelhas, e parte de um velho holandês, na época dos Estados Gerais. Maldito seja, temo que o senhorio lhes tenha servido rum de péssima qualidade – intencionalmente ou não –, pois uma semana depois de conhecer o segredo, passou a ser o único homem vivo a sabê-lo. Você, senhor, é o primeiro forasteiro a ter conhecimento da existência de tal segredo, e eu não me arriscaria a aludir tanto a tais poderes, não fosse pelo seu ávido interesse em assuntos de outrora.

Estremeci à medida que a fala do homem tornava-se mais confortável. E com o discurso familiar de tempos antigos, ele continuou.

– Mas você deve saber, senhor, que o conteúdo pelo senhorio adquirido daqueles selvagens mestiços fora apenas uma pequena porção do conhecimento que ele veio a possuir. Não estivera em Oxford para aprender nada, nem conversara com antigos químicos e astrólogos em Paris. Dera-se conta de que o mundo inteiro se resume senão à fumaça de nossos intelectos, além do alcance do vulgar, mas, para o sábio, algo a ser tragado e inalado como uma nuvem do melhor tabaco da Virgínia. O que queremos, podemos atrair para nós, e o que não queremos, podemos afastar. Não digo que tudo isso seja plena verdade, mas é o suficiente para proporcionar um espetáculo muito bonito vez ou outra. Você, eu concebo, ficaria satisfeito em obter uma visão aprimorada de outros anos para além daquilo que sua imaginação lhe proporciona. Portanto, peço que refreie qualquer temor diante daquilo que pretendo lhe mostrar. Venha até a janela e mantenha-se em silêncio."

Meu anfitrião tomou-me a mão a fim de levar-me a uma das duas janelas na parte mais extensa da sala malcheirosa, e ao primeiro toque dos seus dedos desnudos, senti meu sangue gelar. Sua carne, embora seca e firme, era de uma natureza de gelo, por pouco não me encolhi para longe quando me puxou. Entretanto, voltei a pensar no vazio e no horror da realidade, e com ousadia me preparei para acompanhá-lo onde quer pudesse ser guiado. Ao chegar à janela, o homem abriu as cortinas amarelas de seda e direcionou o meu olhar para a escuridão do lado de fora. Por um momento, nada vi senão uma miríade de pequenas luzes dançantes, muito, muito distantes de mim. Então, como que em resposta a um movimento insidioso da mão do meu anfitrião, acendeu-se um intenso lampejo calorífico sobre a cena, ao que notei um exuberante mar de folhagem não poluída, e não o mar de telhados que esperava ver qualquer mente normal. À minha direita, o Rio Hudson brilhava com certa malícia, e a distância, pude ver a fulgência doentia de um vasto pântano salgado, repleto de pirilampos irritados. O lampejo se foi, e um sorriso maligno iluminou o rosto de cera do necromante envelhecido.

– Isso foi bem antes do meu tempo... Antes do tempo do novo senhorio. Por favor, vamos tentar novamente."

Sentia-me tonto, ainda mais do que a odiosa modernidade daquela maldita cidade me deixava.

"Santo Deus!", pensei. "Podes fazer isso para qualquer época?" Enquanto ele assentiu com a cabeça, mostrando pedaços negros do que outrora haviam sido dentes amarelados, agarrei-me às cortinas para evitar uma queda. Mas ele me manteve estável com aquela terrível garra gelada e mais uma vez fez seu gesto insidioso.

O lampejo acendeu novamente. Mas desta vez, em um cenário que não me era estranho por completo. Era Greenwich, Greenwich como costumava ser, com um telhado aqui e ali, ou uma fileira de casas como as vemos agora, todavia, com belos jardins, campos e gramados verdejantes repletos de vegetação. O pântano ainda brilhava além, mas ainda mais distante avistei os campanários do que era nesse tempo toda Nova York. Era Trinity, St. Paul e a Igreja de Adobe dominando suas irmãs, e a leve fumaça amadeirada pairando sobre o todo. Respirei fundo, não tanto pela visão em si, mas pelas possibilidades que minha imaginação conjurou, tomada de pavor.

– Você poderia... Atreveria-se... A ir mais longe? – perguntei, perplexo, e acredito que ele partilhou de meu espanto por um segundo, mas o sorriso maquiavélico retornou.

– Mais longe? As coisas que já vi tornaria-te uma louca estátua de sal! Para trás, para a frente, para a frente, veja, isso te faz perder o juízo!

E, enquanto ele rosnava a frase sob sua respiração, gesticulou outra vez trazendo ao céu um lampejo mais ofuscante do que qualquer outro que tivesse conjurado antes. Por três segundos inteiros, pude vislumbrar aquela cena pandemoníaca, e naqueles segundos vi algo que irá para sempre me atormentar em meus sonhos. Vi os céus verminosos, com estranhas criaturas voadoras e sob eles uma cidade umbrosa e infernal, de gigantes terraços de pedra com pirâmides ímpias lançadas selvagemente até a lua, e luzes demoníacas queimando em um sem-número de janelas. E pululando odiosamente em galerias etéreas, vi o povo amarelo de olhos furtivos daquela cidade, trajados horrivelmente em laranja e vermelho, e dançando de um jeito insano ao bater febril dos timbales, o tinir de crótalos obscenos, e o gemer maníaco das cornetas em surdina, cujos incessantes réquiens intensificavam e suavizavam ondulantes como as ondas de um oceano profano de betume.

Declaro que vi esta cena, e a ouvi como que com os ouvidos da mente, o blasfemo Domdaniel de cacofonia que a acompanhava. Era a concretização gritante de todo o horror que a cidade-cadáver havia suscitado em minha alma, e esquecendo todas as injunções de silêncio, gritei e gritei e gritei, enquanto meus nervos cediam e as paredes tremiam sobre mim.

Então, à medida que o lampejo esmaeceu, vi que meu anfitrião também tremia. Um olhar de medo incrível quase borrava de sua face a distorção de fúria serpentina que meus gritos haviam despertado. Ele cambaleou, se agarrou às cortinas como eu havia feito antes, e agitou a cabeça violentamente, como um animal caçado. Deus sabe que ele tinha motivos, pois quando os ecos dos meus gritos se dissiparam, irrompeu outro som tão infernalmente evocativo que somente minhas emoções entorpecidas me mantiveram são e consciente. Era o constante, sorrateiro ranger das escadas além da porta trancada, bem como a subida de uma horda descalça, e por fim o cauteloso e premeditado chacoalhar do trinco de latão que brilhava na fraca luz de vela. O velho me arranhou e cuspiu em mim através do ar bolorento, e vociferou coisas de sua garganta, enquanto balançava com a cortina amarela que segurava.

– A lua cheia! Maldito seja seu... seu... seu cão estridente! Você os chamou, e eles vieram por mim! Pés de mocassim, cadáveres, Deus os enterre, seus demônios vermelhos, mas eu não os envenenei! Não mantive sua magia putrefata segura? Vocês se embebedaram de doença, maldito seja, e ainda precisam culpar a um senhor. Soltem-me! Larguem esse trinco! Não tenho nada pra vocês aqui.

Neste momento, três batidas lentas e muito deliberadas sacudiram os painéis da porta, e uma espuma branca se acumulou na boca do mágico fora de si. Seu pavor, que se tornava um implacável desespero, deixou espaço para o ressurgimento de sua fúria contra mim, e cambaleou um passo em direção à mesa em cuja borda eu me equilibrava. As cortinas, ainda agarradas por sua mão direita, enquanto a esquerda me arranhava, se esticaram, e finalmente caíram dos seus elevados colchetes, permitindo adentrar a sala uma torrente daquele luar que o clarear do céu havia visionado. Naqueles feixes esverdeados as velas empalideceram, e um novo aspecto de deterioração se espalhou pela sala, que fedia a almíscar com seu apainelado vermiforme, o piso vergado, a cornija danificada, e a tapeçaria esfarrapada. Espalhou-se sobre o velho, também, seja da mesma fonte ou por causa de seu temor e veemência, e o vi enrugar e enegrecer enquanto aos trancos se aproximava e se esforçava para me rasgar com as garras vulturinas. Apenas seus olhos permaneceram intactos e brilhavam com uma incandescência propulsiva e dilatada, que crescia à medida que o rosto em torno deles se carbonizava e minguava.

A batida agora se repetiu com mais insistência, e desta vez acompanhava um ruído de metal. A coisa enegrecida que me encarava havia se tornado apenas uma cabeça com olhos, tentando, impotente, contorcer-se através do chão vergado em minha direção, ocasionalmente emitindo pequenos e débeis cuspes de malícia imortal. Agora, golpes rápidos e destrutivos atacavam os painéis doentios, e vi o brilho de um machado de guerra enquanto ele partia a madeira. Não me mexi, porque não podia. Mas assisti atordoado a forma como a porta caiu em pedaços, admitindo um fluxo colossal e disforme de substância escura como nanquim, estrelada, com olhos reluzentes e malévolos. Jorrava espessamente, como uma inundação de óleo rebentando um anteparo apodrecido, derrubou uma cadeira enquanto se espalhava e finalmente fluiu sob a mesa e através da sala, onde a cabeça enegrecida com os olhos ainda me fitava. Se encerrou em torno da cabeça, engolindo-a por completo, e em outro momento começou a retroceder, levando sua carga invisível sem me tocar, fluindo outra vez pela porta e descendo as escadas invisíveis, que rangiam como antes, embora em ordem reversa.

Então, o chão finalmente cedeu, e eu deslizei ofegante para a câmara escurecida abaixo, engasgando-me com teias de aranha e quase desmaiando de pavor. A lua verde, brilhando através das janelas quebradas, me mostrou a porta do corredor entreaberta, e enquanto levantava-me do chão irregular de gesso e me retorcia até livrar-me do teto vergado, vi passar por ela uma horrível torrente de escuridão, com dezenas de olhos nefastos brilhando. Buscavam a porta para o porão, e quando a encontraram, ali desapareceram. Senti o chão dessa sala inferior ceder, assim como a da câmara superior havia, e logo um baque acima foi seguido por algo caindo pela janela oeste, que deve ter sido a cúpula. Estando liberado dos destroços, corri pelo corredor para a porta da frente e me vi incapaz de abri-la, tomei uma cadeira e quebrei uma janela, escalando freneticamente para fora, até o gramado descuidado onde o luar dançava sobre ervas e grama altas. O muro era alto e todos os portões estavam trancados, mas ao colocar uma pilha de caixas em um canto, consegui alcançar o topo e me agarrar a grande urna de pedra ali colocada.

Sobre mim, em minha exaustão, via apenas muros e janelas estranhas, e velhos telhados amansardados. A rua íngreme por onde cheguei não podia ser vista, e o pouco que vi rapidamente sucumbiu a uma névoa que surgiu do rio, apesar do brilho do luar. De repente, a urna à qual me agarrava começou a tremer, como se compartilhasse da minha própria tontura letal, e em outro instante meu corpo estava despencando para um destino desconhecido.

O homem que me encontrou disse que eu devo ter me arrastado por um longo caminho, apesar de meus ossos quebrados, pois uma trilha de sangue se estendia até onde ele ousava olhar. A chuva que se aproximava logo apagou este elo da cena com meu tormento, e relatórios não conseguiram indicar mais do que meu desaparecimento de um local desconhecido, na entrada de um pequeno e negro pátio na Rua Perry.

Nunca procurei retornar a aqueles labirintos tenebrosos, nem indicaria a direção até eles para nenhum homem são, se pudesse. De quem ou o quê aquela antiga criatura era, não faço ideia. Mas repito que a cidade está morta e cheia de horrores insuspeitos. Para onde foi, não sei. Mas voltei para casa, para as puras veredas da Nova Inglaterra, sobre as quais a fragrante brisa marítima corre pela noite.

# UMA REMINISCÊNCIA DO DOUTOR SAMUEL JOHNSON

O privilégio da reminiscência, por mais confuso ou cansativo que seja, é um dos que se reserva aos de idade mais avançada. Costuma ser, na verdade, por meio dessas lembranças que as obscuras ocorrências da História e as menores anedotas dos grandes são transmitidas à posteridade.

Embora muitos de meus leitores tenham, por vezes, observado e comentado a respeito de uma espécie de fluxo arcaico em meu estilo de escrita, tive o prazer de passar-me, para os membros desta geração, por um jovem rapaz, declarando a ficção de que nasci em 1890, na América. No entanto, estou agora determinado a livrar-me de um segredo que guardei até o momento, por causa do terror da incredulidade e para transmitir ao público um real conhecimento sobre meus longos anos, a fim de satisfazer seu gosto por informações autênticas de uma época com cujos famosos personagens tive convívio próximo. Que se fique a saber, portanto, que nasci na propriedade da família em Devonshire, no dia 10 de agosto de 1690 (ou no novo estilo do cômputo gregoriano, no dia 20 de agosto), estando agora com meus 228 anos. Tendo me mudado cedo para Londres, vi quando criança muitos dos célebres homens do reinado do rei Guilherme, incluindo o saudoso senhor Dryden, que costumava sentar-se na *Tables of Will's Coffee-House*. Posteriormente, tornei-me muito próximo do senhor Addison e do doutor Swift, e fui um amigo ainda mais próximo do senhor Pope, a quem conheci e respeitei até o dia de sua morte. Todavia, é sobre meu mais recente associado, o falecido doutor Johnson, que, neste momento, rogam-me que escreva. Abandonarei minha juventude por agora.

Ouvi a respeito do doutor pela primeira vez em maio do ano de 1738, embora não o tenha conhecido naquela época. O senhor Pope há pouco havia concluído o epílogo de suas Sátiras (a obra começava: "não se aparece duas vezes em doze meses na imprensa".), e providenciado sua publicação. No mesmo dia de seu lançamento, foi publicada também uma sátira ao estilo de Juvenal, intitulada "Londres", do então desconhecido Johnson, e esta surpreendeu a cidade de tal maneira, que muitos cavalheiros de bom gosto declararam ser a obra de um poeta maior do que o senhor Pope.

Apesar do que alguns detratores disseram sobre o ciúme trivial do senhor Pope, ele não poupou elogios aos versos de seu novo rival, e ao descobrir, por intermédio do senhor Richardson, a identidade do poeta, disse-me "que o doutor Johnson logo seria *deterré*".

Não conheci o doutor pessoalmente até 1763, quando fui apresentado a ele na *Mitre Tavern*, pelo senhor James Boswell, um jovem escocês de excelente família e grande erudição, mas de pouca perspicácia, cujas efusões métricas eu por vezes revisei.

O doutor Johnson, quando o vi, era um homem robusto e dispneico, muito malvestido e de aspecto desleixado. Lembro-me de que ele usava uma densa peruca de cachos brancos, desamarrada e sem estar empoada, muito pequena para sua cabeça. Seus trajes eram de um marrom enferrujado, muito amarrotados e com mais de um botão faltando. Seu rosto, muito redondo para ser bonito, estava igualmente desfigurado pelos efeitos de alguma moléstia escrofulosa, e sua cabeça revolvia continuamente, de uma maneira convulsiva. Desta enfermidade, de fato, eu já sabia antes. Havia ficado sabendo dela por meio do senhor Pope, que cuidou de se informar dos pormenores.

Tendo quase setenta e três anos, dezenove anos mais velho que o doutor Johnson (digo doutor, embora só tenha obtido seu diploma dois anos depois), naturalmente esperava que ele tivesse alguma consideração pela minha idade. E, portanto, não estava com aquele temor dele, do qual outros me haviam confessado. Ao perguntar-lhe o que achava de minha nota favorável a seu dicionário no *The Londoner*, meu jornal periódico, ele disse:

– Senhor, não me lembro de ter lido seu jornal e não tenho grande interesse nas opiniões da parcela menos pensativa da humanidade.

Estando mais do que um pouco ressentido com a incivilidade de alguém cuja fama me deixou apreensivo por sua aprovação, ousei retaliar na mesma moeda e disse-lhe que fiquei surpreso que um homem de discernimento julgasse a opinião de alguém cujas produções admitia nunca ter lido.

– Ora, senhor – respondeu Johnson –, não preciso me familiarizar com os escritos de um homem para avaliar a superficialidade de suas realizações, quando esta mostra nitidamente sua ânsia de mencionar as próprias produções na primeira pergunta que me faz.

Tornando-nos assim amigos, confabulamos sobre muitos assuntos. Quando, para concordar com ele, disse que não confiava na autenticidade dos poemas de Ossian, o senhor Johnson disse:

– Isso, senhor, não confere muito crédito ao seu discernimento, pois aquilo que é de conhecimento de toda a cidade, não é grande descoberta para um crítico picareta de *Grub Street*. Você poderia muito bem dizer que tem uma forte suspeita de que Milton escreveu *Paraíso perdido*!

Posteriormente, encontrei Johnson com muita frequência, na maioria das vezes nas reuniões do clube literário, que foi fundado no ano seguinte pelo doutor, juntamente com o doutor Burke, o orador parlamentar, o senhor Beauclerk, um distinto cavalheiro, o senhor Langton, um homem devoto e capitão da milícia, *sir* J. Reynolds, pintor amplamente conhecido, o Goldsmith, escritor de prosa e poesia, o doutor Nugent, sogro do senhor Burke, *sir* John Hawkins, o senhor Anthony Charmier, e eu mesmo.

Costumávamos nos reunir às sete horas da noite, uma vez por semana, no *Turk's-Head*, na *Gerrard Street, Soho*, até que aquela taberna foi vendida e transformada em uma morada particular. Passado esse evento, mudamos nossas reuniões sucessivamente para o *Prince's* em *Sackville Street, Le Tellier's* em *Dover Street* e *Parsloe's* e *The Thatched House* em *St. James Street*.

Nessas reuniões, preservamos um notável grau de amizade e tranquilidade, o que contrasta muito positivamente com algumas das dissensões e rupturas que observo nas associações da imprensa literária e amadora de hoje. Essa tranquilidade era ainda mais notável porque tínhamos entre nós cavalheiros de opiniões muito antagônicas, doutor Johnson e eu, assim como muitos outros, éramos grandes *tories*[5], embora o senhor Burke fosse um *whig*[6], e contra a guerra americana, muitos de seus discursos sobre o assunto foram amplamente publicados. O membro menos compatível foi um dos fundadores, *sir* John Hawkins, que desde então escreveu muitas representações errôneas a respeito de nossa Sociedade. *Sir* John, um excêntrico colega, certa vez recusou-se a pagar sua parte do cálculo do jantar, pois, em sua casa, não era de seu costume cear. Mais tarde, insultou o senhor Burke de uma maneira tão intolerável, que todos nos empenhamos para mostrar nossa desaprovação, incidente após o qual ele não veio mais às nossas reuniões. No entanto, nunca querelou abertamente com o doutor, e foi o executor de seu testamento, embora o senhor Boswell e outros tenham motivos para questionar a autenticidade de sua ligação.

Outros membros posteriores do clube foram o senhor David Garrick, ator e velho amigo do senhor Johnson, os senhores Tho. e Jos. Warton, o senhor Adam Smith, o doutor Percy, autoridade em relíquias, o senhor Edw. Gibbon, historiador, o doutor Burney, músico, o senhor Malone, crítico, e o senhor Boswell. O senhor Garrick somente obteve admissão com muita dificuldade, pois o doutor, a despeito de sua grande boa vontade, estava sempre inclinado a condenar a ribalta e todas as coisas relacionadas a ela. Johnson, de fato, tinha o hábito muitíssimo peculiar de falar a favor de Davy quando os outros estavam contra ele, e de argumentar contra ele quando os outros estavam a seu favor. Não tenho dúvidas de que amava genuinamente o senhor Garrick, pois nunca o tratou como o fazia a Foote, sujeito muito grosseiro, apesar de seu talento cômico. O senhor Gibbon não era muito apreciado, pois era de um feitio odioso e zombeteiro que ofendia até mesmo aqueles dentre nós que mais admiravam suas publicações

---

[5] Apelido dado aos apoiadores do partido conservador inglês. (N.T.)
[6] Apelido dado aos apoiadores do partido liberal inglês. (N.T.)

históricas. O senhor Goldsmith, um homenzinho muito vaidoso em suas vestes e muito deficiente no talento para a conversação, era meu favorito em particular, visto que eu era igualmente incapaz de brilhar no discurso. Ele tinha muito ciúme do doutor Johnson, embora gostasse dele e o respeitasse. Lembro-me de que certa vez um estrangeiro, um alemão, creio, esteve em nossa companhia, e que enquanto Goldsmith falava, ele observou o doutor se preparando para dizer algo. Inconscientemente, olhando para Goldsmith como um mero estorvo quando comparado ao homem mais imponente, o estrangeiro sem rodeios o interrompeu e provocou sua eterna hostilidade ao gritar:

– Filênfio, o toutor Xonfon fai falar!

Nessa ilustre companhia, fui tolerado mais por causa de minha idade do que por minha inteligência ou erudição, não sendo páreo para o restante deles. Minha amizade pelo célebre *monsieur* Voltaire sempre foi uma causa de aborrecimento para o doutor, que era profundamente ortodoxo, e costumava dizer sobre o filósofo francês: *Vir est acerrimi ingenii et paucarum literarum*"[7].

Senhor Boswell, um sujeitinho zombeteiro a quem eu já conhecera há algum tempo, costumava ridicularizar meu feitio desajeitado e minha peruca e vestes antiquadas. Certo dia, chegando um pouco carregado de vinho (era viciado na bebida), arriscou satirizar-me por meio de um verso improvisado, escrito na superfície da mesa, mas, sem a ajuda que normalmente tinha em sua redação, cometeu um grosseiro erro gramatical. Eu disse a ele que não deveria tentar fazer pasquinadas sobre a fonte de sua poesia. Em outra ocasião, Bozzy (como costumávamos chamá-lo) queixou-se de minha aspereza para com os novos escritores nos artigos que preparava para a revista mensal. Ele disse que eu havia empurrado todos os aspirantes das encostas do Parnaso.

– Senhor – respondi –, você está enganado. Aqueles que perdem sua resolução, o fazem por falta de força de vontade. Mas, ansiando ocultar sua fraqueza, atribuem a ausência de sucesso à primeira crítica que os menciona.

---

[7] Do latim "Um homem de afiado intelecto e pouca erudição". (N.T.)

Fico feliz em lembrar que o doutor Johnson me apoiou neste assunto. Doutor Johnson era insuperável nos esforços que empregava para revisar os versos inferiores alheios. Na verdade, dizem que no livro da pobre, velha e cega senhora Williams, mal se encontram duas linhas que não sejam do doutor. Certa vez, Johnson recitou para mim alguns versos de um servo do Duque de Leeds, que o divertiram a ponto de sabê-los de cor. Eles são sobre o casamento do Duque e se parecem tanto em qualidade com o trabalho de outros ignorantes poéticos mais recentes, que não posso deixar de copiá-los:

> *Quando o Duque de Leeds for casado*
> *Tiver bela e fina donzela ao seu lado*
> *A vida será para ela eterno agrado*
> *Sua Graça, o Duque de Leeds seu amado.*

Perguntei ao doutor se ele já havia tentado decifrar esta obra, e após ele dizer que não, me diverti com a seguinte emenda:

> *Quando o galante de Leeds auspiciosamente se casar*
> *E a virtuosa Bela, de antiga linhagem, vir a esposar*
> *Como se alegrará a Donzela, com orgulho manifesto*
> *Ter sempre consigo um Marido tão bom, tão honesto!*

Ao mostrá-lo ao doutor Johnson, ele disse:
– O senhor pode ter endireitado os pés, mas não colocou sentido nem poesia nos versos.

Muito me gratificaria contar mais sobre minhas experiências com o doutor Johnson e seu círculo de sagazes, mas sou um homem velho e me canso facilmente. Pareço divagar sem muita lógica ou continuidade quando me esforço para relembrar o passado, e temo que eu descubra apenas alguns incidentes que outros já não tenham discutido. Se minhas recordações atuais fizerem o obséquio de se reunirem, eu poderia futuramente registrar algumas outras anedotas dos velhos tempos, dos quais eu sou o único sobrevivente. Lembro-me de muitas coisas de Sam Johnson e seu clube. Tendo mantido minha condição de membro deste muito depois da morte do doutor, pela qual lamentei sinceramente. Lembro-me de como o ilustríssimo senhor John Burgoyne, o General, cujas obras dramáticas e poéticas foram publicadas após sua morte, foi rejeitado por três votos, provavelmente por causa de sua infeliz derrota na guerra americana, em Saratoga. Pobre John! Seu filho se saiu melhor, eu acho, e foi nomeado baronete. Mas estou muito cansado. Estou velho, muito velho, e é hora do meu cochilo da tarde.